流光

散策

散策

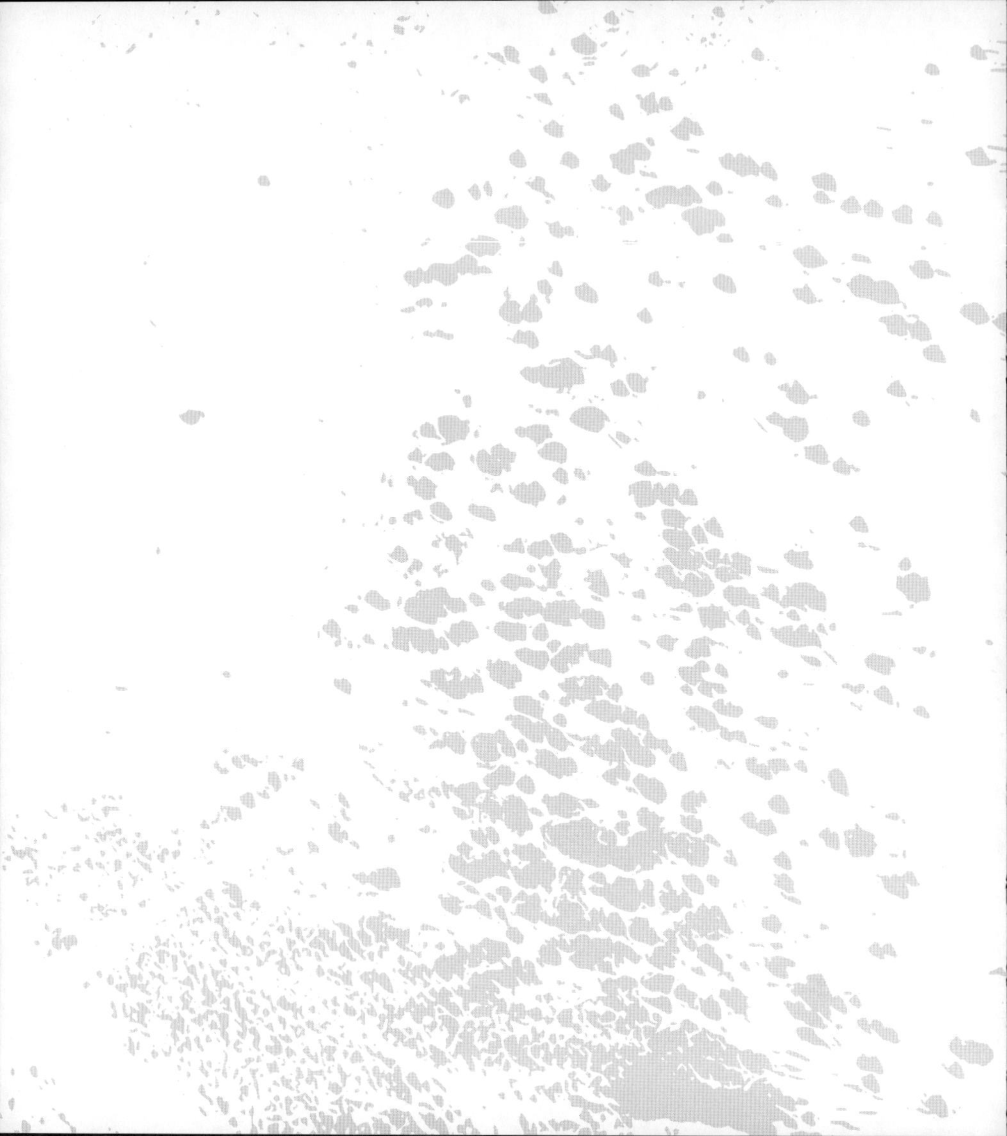

流光／散策

我的中年生活

廖志峰

謹以此書

敬

同行

以及

我們的青春

推薦語

四季流光 書人在路上

陳雨航

中年書人焦慮於時光流逝如斯，積極書寫每日心情與工作行止，意趣兼具，如是數年，編輯而有流光之書。

這裡有許多人生中感人的邂逅，他的作者、親長、朋友；書籍、書店、老街區；月夜秋光、天光雲影、樹蔭……。

也有引人好奇的場面，譬如說「一位作者的前女友來新書發表會場，一路拉拉扯扯……」這篇，不是只有評論家殷惠敏記得，我想看到這段的人都會印象深刻，很想知道後來怎麼了。

更免不了的是人生的拉扯，一個編輯要如何介入太多的人世願景與悲歡？自己的回憶，培養成今日之我的往事，自然是重要的部分；然而做為一名編輯，一個人文編輯，也得頂著那些逝去時代的往事或使命重量，念茲在茲。

江湖三十年，一直在路上，作者期許自己「保持著一種前進和吸收的狀態」。低調的銳進。

有感喟、輕愁，也有小小的喜悅，快意的時光……

工作和使命之外，還好有咖啡館與酒館暫歇。

身為蒙迪安諾的擁躉，作者著迷於《在青春迷失的咖啡館》，所有的街道和咖啡館都是他（已然是）中年迷失的街道咖啡館，而迷失於咖啡館（和酒館）終究是必須的，在這樣的世道下（每一季都是淡季），酒館和咖啡館提供了此刻的救贖和沉思、整備，蓄積下一刻即戰力的秘密基地。

或許是平衡得宜，在四季終卷之後，還有「又一年」和「散策」。

以幽默和自嘲，以簡練的感性，以疏朗的筆觸，時時與書寫抵死纏綿，《流光・散策》具有令人會心與共鳴的隨筆光采。

是職人也是生活家，依然一位書人在路上。

出版人手記之志峰

李金蓮

如果硬要界定的話，《流光・散策》可謂是部「出版人手記」。努力想了想，解嚴後的台灣出版業，好像沒有過「出版人手記」這個類型的創作，如果當真沒有，我的朋友志峰，或許創造了它。

但它絕不是突然冒長出來的。台灣出版業向來有項文人的傳統，寫而優則編輯的赫赫之士，可以唱名好長一列。印象裡志峰是先投入出版，很長的時間，默默地為他堪稱時代巨人的作者們服務，突然某一天，沉埋心底的活火山大噴發，自此他的筆就停不下來了。他從文人傳統歧異出來，反向成了編而優則寫。

《流光・散策》的內容看似出版人的日常，但志峰避開了百分之八十原該屬於事務性質的繁瑣刻苦，將筆刀切入那百分之二十編輯與作者精彩交往的切面，他寫得隨興，卻光彩流動，映照出一抹抹綽綽的側影，包括他自己。照他書腰的文案，「不停地進出書店、咖啡館，或小酒館……」，瞧，多麼像西方或日本那些創造奇蹟的大編輯，沒停歇過行履。

且慢！如果你被志峰書中豐饒的遊走吸引，請想像一下，想像他坐在辦公室裡，紅色簽字筆揮灑著校對符號、皺著眉頭瀏覽資產負債表和損益表、往返書店巡田水……種種出版人疲乏的模樣，證明寫出興味盎然的「出版人手記」，可也不容易。

大概是年紀之故，近年我特別喜愛「隨筆」的輕盈、簡約，《流光・散策》即示範了隨筆的趣味，沒有龐大的主題，看似隨意，像緩慢行走般的文字節奏。志峰志不在紀錄大編輯贏得的出版傳奇、以及那些寂寞反覆的編輯起居注，而是他很個人式的感性，他是個一面行走、一面釋放感性的人啊。

作者群裡，志峰寫最多的當屬尉天驄和余英時二位時代巨人。其中〈開往普林斯頓的慢車〉一篇，特別令我動容。二〇一八年，因出版《余英時回憶錄》，志峰前往普林斯頓，與享譽中外的余英時教授相會，彼此交談的點點滴滴，翻騰出志峰思索以出版為志業的信念。他說：「在我的人生中，這三天有它不可磨滅的位置。」

容我摘錄幾段——

「我一直是平凡的人，只有當我有機會做到不凡的書時，我才感到出版這份工作的神聖，它同時也照亮了我。」

「從事這一行最快樂的事是，不經意地遇到大作家、大學者，不斷點醒你思想或生活的盲點，讓你在人生理想上有了標高，我覺得這才是我真正的幸運之處。」

「人多以名位財富衡量人的價值，但我追求心智的開闊與清明，人各有志，每個人都有自己的道路。」

我們忽然從他短文裡的感性，跳到了一名志士澎湃的行事風格裡，更深刻的認識了他。當讀到：「我對余教授說了兩次：余老師我好想留下來跟您好好念書……」我立即在心裡升起濃重的理解之情，我們這一行，人人都被知識牽引，不時都有乍然之想，想跟著哪位名師，好好的讀書。幸好余英時澆了他一小盆水，鼓勵他好好創作。讀這一段，猶如那盆水，也澆在了我的頭上。

初識志峰時，他還年少，可能接手允晨未久，我在時報文學獎的頒獎典禮上初初遇見他，他對著我憨憨的笑，話說得不多。許多年後，發現志峰的笑容歷經職場風霜，竟然毫無改變，還是憨，你讚美他，他回以憨笑，你小小欺負他，他還是回以憨笑。有回眾人一起吃麵，桌上剩下一小碗。有人說，志峰年輕，你解決它吧！志峰使出招牌憨笑，完全沒抵抗，笑著吃下了那碗剩餘的麵。原來，擁有那樣的笑容不是人人做得到的，那是本質的良善、寬容。（但如果還有下回，我不敢再欺負他了，一定跟他一起分擔剩食。）

這些年志峰寫作勤勉，也就是說，當年「話說得不多」，如今卻有許多想說的話。我常跟他說，你站上了寫作的高峰。我這樣講，是否意味著寫作的時間是有限的？真是個難以面對的大哉問啊。但既然站上了高峰，所謂高峰，寫作能力和想寫的慾望，相加相乘，我總勉勵志峰多寫一點。這小子被我壓迫，也就是憨笑，但我猜他知道自己創作的狀態，的確想多寫一點。那麼，加油囉，我的朋友，志峰。

穿梭在現實與回憶之間

果子離

廖志峰的文筆有一分迷人的語調。《流光．散策》穿梭在現實與回憶之間，出入於書店、酒肆與咖啡館，理想與滄桑並存，熱情與傷逝同在。人生滋味，中年景致，盡在時間長河裡一波一波流動。流水光陰，包容著溫暖的人情筆意。

見證書業人生的人情與現場

陳夏民

想了解出版人廖志峰，除了研究允晨文化的出版方向，更不能錯過其散文。廖志峰的文字質地和他的為人十分近似，溫順平和，有一派的從容，我猜這或許是他總能邀到好的稿子的原因。雖然親切和善，甚至可能被作家吃得死死，但他真實的脾性也無聲地在文字中顯現。沒有太多憤世嫉俗，甚至乍讀之下也沒有情緒，但往往文末一兩句話——像是被輕柔文字所包覆的一根針——就刺出一名出版人的反叛與孤高的姿態。《流光．散策》（與廖志峰的其他著作）帶讀者見證書業的人情與現場，是研究臺灣出版史的重要參考，但最重要的是，多虧廖志峰乖乖寫臉書紀錄工作場景，並將之編輯成書，讓臺灣除了有一名厲害的編輯，更多了一位優秀的散文家。

新版記

流光的故事，本來應該停在二〇一七年五月。初版售罄後，我把《流光》做成電子書上架，決定不再管這本書。LET IT BE.

但陸陸續續有讀者來問這本書，想閱讀紙本。二〇二三年的台北國際書展，朋友到攤位上來買《流光》，我說絕版了。朋友說她在某攤位看到一本全新的《流光》，我很驚訝，市面上已沒有流通了，何況是書況好的？我想起來也許前一陣子一位作家向我要了這本自己珍藏的書去讀，可能因此開始它流轉的命運，我於是動念改版重出。

重出的《流光》增加了大約二萬八千字左右，收錄的文章從二〇一七年之後到二〇二二年，於我意義深刻的人事與記憶，書名《流光・散策》，整理的過程是甜美的，我好像又重歷與這些師友互動的溫暖。編輯工作所能得到最甜美的果實我已經獲得了，不能再奢求了。新收的文章特別著重在余英時、尉天驄，和彭明敏諸位師長，他們已經辭世了，但對我來說，精神永在。

新版特別邀請了作家也是出版前輩同行：陳雨航、李金蓮、果子離，和陳夏民寫推薦語，非常感謝他們的盛情與鼓勵。這本書與其說是一般讀物，毋寧說是獻給自己的職人生涯，但願從文字裡可以讀出一個時代的文人側影與我們這個世代所經歷的文化風景。

書很厚，是因為故事很多，我希望和大家分享我所真誠感受到的人情與溫暖，無法復刻。

那麼，就讓我們一起優游自在地展開這段旅程吧。

謝謝閱讀。

廖志峰　二〇二三年八月一日

目錄 contents

流光篇

散策篇

流光

篇

代序

四季流光

人在青年期望的事，在老年成就。這句世事洞明的話語，我在很年輕的時候讀過，直到現在才開始體會。說出這句至理名言的，是德國大文豪歌德。第一次讀到是在英國作家吉辛的《四季隨筆》中，印象深刻，送我這本書的，是我的高中老師，老曹。之後，我很少翻起這本書，但以四季來寫隨筆的念頭，也許，是從那時候就開始了。

又過了很多年，進入中年，沒有成就什麼，卻隱隱覺得有一股衝動和渴望蠢動著，於是又拿起了筆（敲起鍵盤），寫了起來，一開始寫著主題明確的敘事，三年之後，覺得力絀而辭窮，於是，改在臉書寫起了日誌。寫著寫著，越寫越長，有一天，忽然想：如果我持續地寫，也會寫出像吉辛一樣的隨筆嗎？或許這正是持續書寫的動力。只是我寫不出那麼深刻的文字，我既沒有戲劇性起伏的人生，也缺乏深刻的體驗和思索，那麼，我最終可以寫出什麼？我認為寫作的人必須要進入一種狀態，一種長期探索內心蟄伏念想的狀態，能夠好好梳理生活的所思所感，才能寫出意義深刻的作品，而我遠不夠孤獨，也不夠窮困，對邊緣一義，無法究理，對生命的認識也只在皮毛；我感覺欠缺。雖然，我也並不安逸，編著書，傍著書，因書而勞動奔走，卻又沒有真的深入到書寫的狀態，只是徒然焦躁著，被不安擾動著，隨著工作延展人生的道路。

不知何時起，在臉書上寫下心情記事變得很重要，得空就隨手記下，它成了一種逃避的出口，轉移了工作與生活的重壓，臉書變身成一本公開的日記；它既是紀錄，也是心情的整理。但是，對於成書這件事，它的文學性和閱讀的意義在哪裡？我始終存疑。二〇一三年末起，我陸續寫下了四十餘萬字，一直沒有好好整理，只是存檔，然而，在二〇一七年的跨年列車上，我突然意識到，書的句點浮現了，我寫下列車上這夜的心情，然後開始逆溯時日以來的浮生記憶和冷暖人情。我藉了四季的殼，取消了日期，又重建了時序脈絡，這樣它或許看起來會像是一年內發生的事，是庸常的一日，也是一季，然後，是一年，以及，一再重複的每一年。

當這些片段的臉書文字，編成一本書的時候，裡頭出現了一個人，一個總是以背影出現，在路上行走，不停地進出書店，咖啡館，或小酒館，和所遇見的朋友們寒暄敘舊的中年男子。書裡頭那個面目模糊的人真是我嗎？或是，我其實只是一把生活的織梭，造物者藉我織出了中年的行走地圖？我好像也仿照吉辛，虛擬了自己，虛構了主敘述者，寫下了生活四季的風景。我走不出的地圖，像馬奎斯的迷宮，也像蒙迪安諾的巴黎街道，所有的敘事因此交錯成了一闋迴旋曲，流轉成一張轉動的黑膠。哀樂中年。

假如這書是一張黑膠唱片，希望它不會跳針，若有刮壞的音軌，應該是粗疏的文字造成的。我刻意用樸實的文字寫下我的心情，因為這世界虛假的事物和情感已太氾濫，希望還能保留一點初心。我也用這樣的初心，面對著遇見的朋友和書稿。在《書，記憶著時光》之後，我不知該如何為這本書命名，當我想著光陰的流逝，忽然跳出了「流光」一詞，我讀過這個詞，在蘇東坡的〈赤壁賦〉中出現過：擊空明兮泝流光。然而，句中的流光，指的是水中月，是不可追溯的，我只剩下文字可以憑藉。伴隨著「流光」一詞的，至少有兩層意思，「一向年光有限身」和「追憶似水年華」；在有限與無限，流動與不流動，具現我的矛盾與掙扎，人生行走的道路，逝者如斯。

編稿之初，對於是否取消日期，或採取日記形式，猶豫不決，於是藉臉書之便，攔截了幾位上線的朋友，得到他們的鼓勵和寶貴意見，十分感謝：胡慧玲，邱振瑞，賴秀如，李肇修，陳夏民，李斯毅，林承毅，謝佳吟；尤其感謝胡慧玲大筆刪去多處重出贅語與校訂錯誤。國際書展期間，巧遇柏黎，他問起書的事，意味深長地說：照片不一定要放。真是醍醐灌頂，於是，捨了照片，就讓純粹的文字，直面讀者，說著自己的故事。不過，文章的取捨還是十分為難，果子離早預告過：自己是砍不下手的。誠哉斯言。最後只刪了三十萬字，別成四卷，一百六十五則，每一則獨立成篇，合在一起，也自有一種脈絡；這個脈絡無非是走過的地方，和遇見的人，無關風月，只是中年心情。這本書終究不敢勞煩前輩名家寫序推薦，畢竟，我逾矩多矣。久坐編輯檯的我，面對著這樣一份書稿，實在難以割捨，想要以自己的手路，賦予它想像的面貌，編輯人的執念。感謝玉山社魏淑貞總編輯和聯經出版公司胡金倫總編輯對拙著的興趣。書的封面版式依然由楊啟巽設計操刀，謝謝啟巽。彼此的合作因緣，始自他出道之初的《貴雙佛教政治傳統與大乘佛教》，這本書後來聽說作家阿城也十分喜愛，深受影響，今已絕版。

出版路上，得到許多朋友默默的支持和鼓勵，藉此一併表達我衷心的感謝。最後，我要感謝允晨文化，沒有它所提供的出版平台，我無法出版想出版的書，為作者們圓夢，也無法成為今天的自己。

廖志峯

二〇一七年三月十一日，仍在出版的路上

part 1

第一卷

春日遲遲

1 夜間書店

我們如今還是以書街記憶著重慶南路一段，短短的一段路，許多書店早已撤守，被遺棄的陣地，開始賣起咖啡，炸雞，麵包和彩券。書街最後的句點，就落在衡陽路和重慶南路交會的轉角口，金石堂書店，再往下走，就是有一陣子經常被拒馬圍繞的總統府。

在所有的金石堂書店中，這是我最常路過的一家，也可以說是最喜歡的一家，因為它所在的街區，因為它獨特的建築體，書店連結起時代的記憶，讓人經過時都可以感覺到一種時代的文本在上空交錯盤繞，這種記憶的氣味在高樓大廈群集的城市裡是顯現不出來的；它就像是冬夜餘燼的殘溫，只有貼近時才感受得到，也微具著一種堡壘意象，尤其是當你就站在街角望著時，白色的書店聳立在黑夜的長街中，是唯一的光亮。

綠燈亮的時候，有片刻的錯覺，好像所有人都朝著書店走去，像是趕赴一場約會，但人一下子又從左右兩側的騎樓散去，瞬間無影無蹤。美麗的誤會。夜晚的沉靜事實上是最適合逛書店的，白天的工作告一段落，到書店翻翻書，轉換個心情，喘口氣，再回家，最好離去時還帶著一本書。但這只是我的隨想，很少發生。從書店窗口透出的明亮光影，你可以察覺得出，並沒有多少人在書店裡。室內明亮的燈光一無阻隔地灑落街道，被燈光暈染和街燈投射照明的書店，竟異樣地顯露出一種教堂般的莊嚴。街角的聖殿。在城市的一角，有一間燈火通明的書店是一種幸福，一種讓人可以在書店隨意翻閱著書，被書包圍的幸福，但對書店店員來說，他可能會為這樣的冷清煩惱，為沒有讀者前來向書告解而犯愁；而對整理退書的出版社倉管人員來說，被書包圍從來就不是一種幸福，而是殘酷。冷酷異境。

我站在街角望著這白色書店時，有一種看電影般的不真實感，也像看著一種三D風景。街道在沒有汽機車通行時，異常地安靜冷清，每個人都只是路過，我明明應該覺得感傷，又覺得好像毫不相干，原來我也只是個偶然的旅人。

2

南街

帶尉老師到南街喝茶。這條南街，不在台北市的南區，而在西區的大稻埕，今天的迪化街。

難得的午後，雖然下著梅雨，但是走在騎樓裡，仍然可以感受雨不沾身的悠閒。從南京西路轉進迪化街，先晃到小藝埕一樓的一九二〇書店，人不多，平台上顯眼處擺著《荊棘中的探索》，幫尉老師拍照留影，證明路過。每回走進這街區，就有一種時光在此暫留的感覺，古老的百年街屋，橫跨清領，日治，民國，建築風格默默刻示著歷史的一切。繁華過影。

我帶尉老師走進一棟街屋，穿過中進的天井，洩下的天光，照在植栽的盆景上，雨聲幽幽地落在葉尖，尉老師突然停下腳步對我說：好像走進小津安二郎的電影，應該談一場日本式的戀愛，然後帶著促狹地微笑，對我半鞠躬，說了一句日文，我不懂日文，猜想是敬請指教之類的意思。

他的心情很好，或許他真的往小津的電影走去。小津安二郎是尉老師聊天時經常談到的名字。他的文章〈在迷惘的年代裡〉的結語落在「如此而已，如此而已」並不突兀，其實就是小津安二郎的電影中，主人翁經常有的，一種時代人生的感喟。

在二樓的茶坊坐了一個多小時，閒談青春情事，又戛然而止，彷彿有什麼在湧動著。尉老師說要回家等一通巴黎來的電話，我們就離開了，在長街分手，送尉老師坐上計程車，我踩著不疾不徐的步伐，繼續漫步，經過法主公廟和天馬茶坊舊址，向著圓環方向走去。

3

也是人情之美

作家胡慧玲忽然問起：我們認識多久了？怎麼認識的？雖不至從盤古開天時期，但也不算短，那是李劼第一次到台灣來，為了不讓李劼覺得我人緣不佳，認識的朋友太少，我問賴秀如：有哪些朋友可以介紹給李劼認識？秀如第一時間就說：那就去水晶公館啊。水晶公館住的不是龍王，而是神廚妙手料理王。那晚，李劼很滿意，我也很滿意，我很滿意地吃著外頭餐廳吃不到的滿桌佳餚，而李劼很滿意他結識的新朋友們。他一直在講話，幾乎沒有吃，為了怕浪費，他的份我全包了。我更高興的是，新朋友們也都喜歡李劼。從那時候起，我慢慢地變成了水晶公館的食客，每有餐約，毫不掙扎，都是託李劼的福。

作家林世煜、胡慧玲夫婦五湖四海的朋友真多，幾乎餐桌上見到的朋友都是第一次見面，他們經常問：這是某某某，你認識嗎？不認識；這個誰誰誰，你聽過嗎？沒聽過。實在問不下去了，他們的結論：你應該多出來見見世面。《105 號公路》的作者 Yvonne 就是在他們家的餐桌上認識的，完全沒預期會擦出合作出版的火花，但其實是那晚的紅酒讓人昏頭，隔天幾乎忘了前夜的聊天內容及承諾，醒來只記得自己好像答應了什麼……。《105 號公路》得到二〇一四年臺北國際書展大獎和二〇一四年年度最佳童書獎，他們比我還高興，是的，那張餐桌真不得了，功在允晨。

阿國也是在他們的餐桌上認識的，他們告訴我這個人是「清冰箱救台灣」的隊長，我想：這麼厲害？清冰箱就可以救台灣？阿國師的料理手法又是另一種食神級的手路，食材經常出乎意料，有一次吃到以豆乾絲做成的前菜，其中有一種配菜吃起來很熟悉，但又幾乎沒吃過，充滿嚼勁，忍不住問：這是什麼？芫荽的梗。芫荽？對了！就是這個味道。真是太神奇了。阿國是大數溝通的創意總監，腦筋一流，身手了得，而他的辦公室更會讓很多人自嘆弗如，流淚讚嘆。一天他親手下廚，操辦一桌盛宴，請我講我的出版人生，談這個題目其實有點淒涼，好像出版以外，沒有人生，而出版是我唯一見過的世面。為了騙一餐美食，我還是硬著頭皮去講了，我的開場白是從一個失敗的廣告人講起，擔任廣告文案曾是我夢想的工作，但在短暫的四個月經歷之後，卻讓我走向出版，一直到現在。

4

夜遊

下班後，一個人到華山光點看電影，到這裡看電影的人不多，大小剛好的銀幕，寬敞的座椅，空氣中還帶有新漆的氣味，微微嗆鼻，經常是一個人獨坐一排，好像在為你專設的密室觀賞，很適合看冷調的歐洲片。習慣一個人看電影，大概是在淡水唸書時養成的習慣，那時，淡水鎮上的戲院票價，一張電影票是快餐店一客客飯的價錢，我有時也忍住一餐，為了看一部電影——當然這絕對是范仲淹給我的啟示，他還把他的一餐分成四等份呢，我遠遠不如。

我通常是等戲院貼出最後一天的告示時，才去看最後的一場，那時人最少，戲院很安靜，不會有其他的氣味干擾，也不會遇見同學，安安靜靜地看完，然後安安靜靜地避開市鎮，沿著山邊小徑，再走回山上的農舍，精神得到極大的滿足。每次在華山光點看電影時，疏疏落落的觀眾，最多不超過十人，我都會想起施淑女老師曾說過她當年在淡水鎮上的戲院看《廣島之戀》的情景：

只有三個觀眾，一個中途離席，一個沉沉入睡，一個清醒地看完。

我現在更喜歡看電影是因為，在寬大的螢幕上，讀著又大又少的字句，是一件幸福的事，我最喜歡的座位是倒數第一或第二排，這樣調整眼球的焦距剛好。有一次和朋友去看電影，他堅持坐前排，但前排會讓我頭暈眼花，所以只好折衷地坐第五排的位置，感覺是仰著頭看完一部電影，也是難得的經驗，我因此更堅定了一個人看電影的習慣；一個人看電影，沒有人管你是否睡著或流淚，也不管你是否中途離席。那天晚上的電影，就在室內光線全暗，螢幕開始放映影片，某朋友突然走入，好像秘密警察，帶有偵探的意味，他很快地往前走去，入座，我就沒有起身打招呼了，真是巧遇，也像是無聲的同伴或共謀。電影播放完畢，我匆匆離去，趕著夜車。離去時我心裡想：好小的台北。

但這一晚的驚奇還沒結束，當我沿著忠孝東路走向候車站牌時，突然被暗巷的明亮招牌吸引，是一家咖啡豆製造公司的告示，忍不住走去一探，就在往前走近時，看到一個中年男子在一棟舊公寓的騎樓外抽菸，那中年男子，凌亂的髮，即將崩壞的腰帶，怎麼越看越眼熟……。我和這朋友總是在街頭巧遇，但上次在街頭相遇的場景更尷尬，某作者的前女友跑到新書發表會會場索取她應得的賣房餘款，作者堅不肯給，於是就一路拉拉扯扯地從發表會場到街頭，從下午到傍晚，好像是愛情馬拉松的最後一哩路，我很想跑開，但作者認為我應該幫他處理，就在沒完沒了的時候，這朋友突然出現街頭，和他的女朋友走近來熱情地打招呼，我一時不知怎麼解釋當下情境，只有簡單招呼，就請他們趕快離開……。

這一晚，街頭巧遇的驚奇一點也不少於電影，我幾乎快忘了自己看了什麼，很想找個小酒館坐一下。

5 老康

我第一次聽到康寧祥先生的名字是從父親口中，那已是很多年前了，父親還說了什麼，不記得，只知道康寧祥先生曾是中油加油站的工人。他們是同時代的人。像大多數過小日子的人，父輩的日子中只有柴米油鹽，什麼也不去多想，在那樣長久的悶窒沉默中，我來不及問父親對他的時代的看法，他後來中風，話就更少了。

老康第一次到辦公室來的時候，年輕的同事多半不知道這位聲音沙啞卻中氣十足，自有一派威嚴的歐吉桑是誰。從騎樓到電梯中，不管認不認識，他都和遇到的每個人聊上幾句，是習慣嗎？我很好奇。我通常快步走過，不是傲慢，而是不知要聊什麼。

當我告訴幾個朋友說，我要出版老康的回憶錄時，大部份的朋友反應都很吃驚：咦！他還在嗎？我從沒對老康說起這事，就算是我，我也很吃驚。當他打電話來說要出版他的回憶錄時，我同感不可置信。雖然五、六年前我就知道他著手進行了，因為他曾約略探詢一些出版的梗概……。

對我來說，這部回憶錄最好看，最像牧歌的部份是第一章，青春氣息洋溢的艋舺堀江町生活，是時代懷舊的氣味，然後開始進入人生的覺醒和奮起期，調子就開始沉重，越來越沉重，悲涼，我有時希望可以跳過去，好像這樣，後來的悲劇就不會發生。不知書寫時有沒有想過參照交響曲樂章的曲式，但開展起來就是一闋悲壯的時代進行曲，壓抑在時代樂音底層的就是那一代前輩對民主自由人權的追求，這也是父親和叔叔們的時代。編書的過程中，我感覺是一個後輩在書中追尋彼時父叔輩的青年背影，意識到此時便覺得心痛。當我看到書中出現萬華車站，圓環，中華商場，復興橋的老照片時，忍不住多看幾眼，這都是童年時走過的地方。而現在的圓環，就算不是路障，也像是座紀念碑，雖用霓虹燈裝飾著，一點生氣也無，最後終於免不了拆除的命運。

《台灣，打拼》不只是一個人的回憶而已，同時也意味著一個世代的時代記憶和公義追求。

6 午後，長街，讀人館

臉書上奕成發來了訊息，說已經很久沒看到我到迪化街了，他新設了讀人館，請我有空過去看看……。看來，他不知道我去年十二月初摔車的事，那一天我準備騎車去慈聖宮的午市吃午餐，再到民藝埕喝茶，不過，才到半路，人就從車子上飛出去，重重地摔落地面，還好書包裡的相機完好無缺，腳踏車也沒損傷。落地後，我在地上坐了一會兒，左手微痛，右手垂落無力，腦筋一片空白，搞不清楚自己是怎麼摔的，心裡明白的是，這個下午泡湯了。我不甘願地扶起車子，單人單臂地騎著單車往馬偕醫院去了，離開時右手上了石膏。

半年過去了，我又走在迪化街上，這次沒有騎腳踏車，心裡還是有些陰影，「從哪裡跌倒，就從哪裡爬起」這句立志名言不是對我說的。先走到了一九二〇書店放了《書聲》，和工作人員打招呼，問問書籍銷售情況。店長回答：台灣主題的書還不錯。我想也是，玉山社的書陳列得很好，台灣主題的書沒有人比他們做得齊全。下午的書店踱進來一對情侶，光顧著拍照，沒見他們翻書，希望他們離開時會買上一本書，如果你希望還有一間書店在迪化街上，就應該用實際的消費行動支持。我有一個朋友，他見到我時都會熱烈地說：哇！你們的書出得真好，極力肯定，往往隔天就會請快遞過來拿書，他只支付快遞的錢，真是奇特的鼓勵方式。我想：如果我在出版社工作就要送你書，那你在金融業工作，是否也要送我金幣呢？

從小藝埕走到民藝埕，又從民藝埕鑽出巷道走到眾藝埕，甚至穿過了民生西路走到學藝埕，都沒見到奕成，在大稻埕找人是頭一遭，也挺有意思的，但我不著急，按照著地址，最後還是到了安西街上的讀人館。讀人館是個很有意思的地方，它像是主題書店，又可做文藝沙龍，也提供住宿給會員，一如旅店，我很好奇它住宿的陳設和設備如何，就請工作人員開門讓我長一下見識，房間的門打開了，簡單幽靜，落地長窗透進午後斜斜的陽光，有一瞬間，我以為我在巴黎左岸的小旅館。

稍後，我沿著長街往北走，往台北大橋的方向走去，這一段路從沒走過。比起南街的熱鬧，中北街陸續有商家開始進駐，想找個咖啡館坐一下，整理《荊棘中的探索》的閱讀筆記，尉老師還在住院，得幫他到國家文官學院導讀這本書，出版後這是第一次重看這本書，書裡的文字就像尉老師平日的口吻，好像他就坐在對面繼續對你說話，說一段五十年來的台灣文化社會的變遷。

在清晨的客運上，突然想起第一個學會的英文句子，這個句子和我糾纏至今。

This is a book.

這是書。我們每天製造，每天面對，書在生命中的份量和沉重感，始終相伴。

7

何處不相逢

如果從二〇〇五年初出版康正果的《出中國記》算起，認識康正果已超過十年了，十餘年來出版了三本書，見證著他從理想破碎，本無意反動，而終於走上徹底反動的歷程，《還原毛共》不只是他正視生命歷程的探本之作，也是他徹底清理毛共本質的反正之路。

再見康正果，樣子仍和記憶中的一樣，也不顯蒼老，輕便的衣裝就像是一次出遊，大手大腳的他，在路上行走極快，兩手在空氣中大角度擺動，好像划水一樣，也增加他前進的速度，我幾乎要小跑步才能跟上。人生很難說，這本書的出版，不在他，也不在我的計劃中。就像他上次離開時，認為自己再也不會來台灣，在出境的免稅商店，把身上的台幣全花光了，買了鳳梨酥帶回美國，分贈親友。這次他來訪，也同時帶來耶魯大學孫康宜教授的問候，康宜也說她大概不會再回台灣了，從美東到台灣是漫長的飛行旅程，還好記憶可以縮減時空的分界。

午後下起了大雷雨，在永樂座進行的發表會，人不多，但密密的雨聲卻讓書店沉靜下來，散發書店獨有的溫度，在雨如連珠落下時，有讀者推門走進來，竟然是久違的張清溪教授，他從台大法學院騎著腳踏車過來。張老師主編《解構黨國資本主義》時，我擔任他的編輯，有一陣子常聯繫，一晃二十幾年過去了，而澄社社員也已到了第三代，物換星移幾度秋。張老師聽了一陣子，買了書請康正果簽名，簽完名後，穿上雨衣，在漸小的雨中，騎著腳踏車離開。

我隔著書店的玻璃目送。人生有時無需太多言語。

8 寫作練習：打臉的幾個斷想

1.

一個青年作家到出版社討論書稿，我們已書信往返一個多月了，離去前，他在電梯口問：請問何時可以簽約？我說：今天沒有準備，你下週來，我會把合約準備好。隔了一週，年輕的作家突然不再聯繫，與過去通信的頻率相較，有點反常，於是寫了電郵去問，他回信：貴出版社的出版方向不適合我的作品。

2.

某資深作家託了朋友來問出版新作的可能性，我口頭上說好，但始終缺乏進一步行動，那陣子被蕁麻疹和國家文官學院的演講，打亂了生活的步調，過了一陣子，朋友來電催促，要我趕快聯繫，於是打了電話給作家，但作家不在家，透過朋友和作家約了隔天下午再去電。隔天下午，作家連續來兩通電話，我剛好外出，未通上話，一個多小時後，回到辦公室，知道作家來電，馬上回電，作家說：你都不接電話，我已和別人簽約了，不用再聯絡了。我訥訥地說：可是……我剛好外出呀。對照近來發生許多生死一瞬的情事，一個半小時的確也足夠改變一本書的出版命運。

3.

知道文溫德斯有部新片，《擁抱遺忘的過去》，但還沒有決定去看；最近很容易遲疑，像哈姆雷特上身。不過，在作家胡淑雯的臉書上讀到連胡媽媽都知道這部關於作家的電影，還要淑雯去看，覺得慚愧，就趕快跑去看了。片子始終在一種說不出的創傷壓抑中開展，片中所有的人都是。作家最終一如眾望地走出過去陰影，不過最讓人安慰的，就是作家和前女友在音樂廳偶遇，當作家充滿溫情，含情脈脈地向女友伸出了手，想要撫摸她的臉頰時，向來照顧作家不遺餘力，卻在十年前無預警地遭到作家拋棄的溫婉女子，突然伸手，用力地打了作家一個耳光，不夠，再打了作家另一個耳光，真是痛快。

9

不一樣的台語歌曲

聽陳維斌的「台灣歌謠創作」，是全新的台語歌曲體驗，這種全新的經驗也包括搭捷運來到蘆洲的功學社音樂廳。你不曾想像在蘆洲的老街，中山一路上，會出現這樣一座高水準的音樂廳。

我會唱的台語歌全是老歌，不然就是沈文程的〈不應該〉，或江蕙的〈傷心酒店〉，不是悲傷，就是艷情，充滿創傷。當然，林強的〈向前行〉或羅大佑的〈火車〉翻新了台語歌的維度，帶來強烈的節奏和動感，也充滿搖滾的朝氣，不過，我有時想，台語歌還有沒有什麼可能？或者，怎樣才能展現台語特有的韻味？台語的味道很難直接翻譯，也不是滿口國罵就是台了，那是一種韻味，會聯結起生活的經驗或記憶，我意外地在陳維斌的歌謠創作中，聽出了這種久違了，小時候的台語味道，那不是特意的本土取向而強加的本土意識；而是很自然地在歌謠中宣洩流露出的鄉土情感。

我最喜歡他的〈放天燈〉，不管是歌詞還是曲風，都充滿了童心的興奮和期待。我曾聽過小學生合唱團演唱的版本，真是天籟，那是你打從心裡忍不住要流出淚來的感動。他的〈桐花圓舞曲〉寫出花落旋舞的優雅和淡淡哀傷，不管是歌詞還是曲意；他的〈濁水溪溪水濁〉寫出台灣大地的樸拙詩篇。每一首詞曲都沒有特意對仗的工整，歌曲背後用自己的人生經歷串起。他讓我聽見不一樣的台語歌曲。在不被注意的某個地方，總是有人全心投入創作，堅持和毅力，讓人感動。

這個旅居日本多年的業餘音樂家陳維斌博士，其實是我的牙醫師，每次看牙時，我對他都只有一個卑微地請求：請不要想音樂。我常覺得，他的探針在我的牙床上跳起了〈桐花圓舞曲〉。

10

一個不知是在巴黎還是台北的早晨？

在一次音樂會上遇到老畫家。當音樂會開始，燈光暗下來的時候，老畫家拿起炭筆，開始快速地捕捉演唱者的神韻。我遠遠地注意到這位老先生全神貫注地作畫神情，他在淺褐色的畫紙上——或許是粉彩紙，手腕運轉靈動，線條飛動的音樂家，留影其上，彷彿線條也充滿了音符的跳動。我想這老先生可真有意思：誰會想在音樂會上畫素描呢？會後，音樂家夫人帶我前去向老先生致意，原來是久聞其名的畫壇名宿，卻從未得見本尊。

幾週後，我拜訪畫家，也到畫家的畫室參觀，畫室內到處是畫和畫框，以及畫家走訪世界各地蒐集來的寶貝：花瓶，浮雕，木刻，戲偶，琳瑯滿目，像置身在博物館裡。我以出版的現狀訊息交換著畫家精彩的人生故事，我後來很懊惱沒有隨身帶相機。畫家目前專以馬賽克來創作，工作室裡除了正在進行的作品，還有各式各樣色彩斑斕的石子，據說都是從義大利進口的。這是第一次見到進行中的馬賽克拼貼畫的創作，我印象中最早的馬賽克畫作是在劍潭公園牆上的耕犁圖，那是前輩畫家顏水龍的作品，小時候幾乎每天經過，從來也不知道它的重要性，這麼小的公園，這麼重要的作品，鑲嵌在圓山山腳的一堵牆壁上，也是時代的奇蹟。

助理說老畫家每天都在畫畫，我運氣好，還可以和他聊一陣子。運氣好，我也這麼覺得。在畫室中看到一幅正在進行中的素描，是一名孕婦。畫家說：模特兒懷孕了。那幅素描尚未完成，感覺將琢磨出不同的孕婦風采。畫家還拿出一張他和義大利新生代男高音里契特拉的合照，對我說：可惜英年早逝。我也深覺惋惜，里契特拉二〇〇八年來台灣的那場音樂會，我也去聽了，節目單一直留到現在。

前一天打電話給畫家，想約見面的時間，助理說：老師去打桌球了。我聽了甚感驚奇，桌球是我小時候唯一喜歡的球類運動，但已經很久沒聽人說起這項運動了。更讓我驚奇的是，畫家在巴黎還有一間工作室，他在那裡才可以專心做畫，一年總會住上幾個月。這樣的人生。我很好奇畫室的所在，是在左岸嗎？是的，就在盧森堡公園旁邊，畫家說。我記得盧森堡公園。第一次到巴黎時，我曾在公園裡小坐，吃著麵包，然後就前往羅丹美術館了。

拜訪的時間比我想像的久，不知不覺到了中午用餐時刻，畫家說：我們一起吃飯吧。屋外不知何時下起大雨，在室內聽著〈冬之旅〉，渾不知室外雨下如落珠，向畫家借了傘，就離開了舒適的室內。畫家撐起了粉紅色的大傘，拉起褲腳，緩步走在微微積水的巷中，不是常人可見的風景，我忍不住打量了起來，傘是整條巷中唯一的色彩，而且移動著。我想下次還是有機會來的，還傘是個好藉口。整個早上的談話氛圍忽然讓我想起多年前出版的一本迷人的小書，《未完成的肖像》。一個美國記者前去拜訪法國藝術家賈克梅第，也當了他十八天的模特兒，肖像最終沒有完成，卻寫成了一本書，真有意思。

一個不知是在巴黎還是台北的早晨。

11

誰的黨外青春？

從事出版以後，才知道台北市以外，還有一家三民書局。有意思的是，兩者的區分，不但在地理上一南一北；在政治屬性和政黨取向，更是南轅北轍。以三民為名的書局，很容易就讓人聯想起三民主義，吾黨所宗……，不過豐原的三民書局，卻只是因為原址位在三民路上，現在遷移到了中正路，卻也沒有改名稱為中正書局，堅持本位。

我對豐原的這家老字號書局一直心有懸念卻無緣一訪，這次趁著推廣廖為民兄的《我的黨外青春》，終於有了動力，踏進豐原，如果你問我對豐原的印象是什麼？大概只有雪花齋的餅了。

對早期從事黨外運動，以及出版發行黨外雜誌的人來說，三民書局真是中部重鎮，像是一處要塞堡壘，提供一個時代的出口，也像是在暗黑的天篷上開出一扇天窗，讓光線進來，讓自由的風流動。資深的黨外雜誌總編，作家林世煜在〈藏書於民〉的推薦序中這樣說：三十多年過去了，我還記得幾處抵抗軍的游擊基地，像豐原的三民書局，台中書報社，嘉義紅豆書局……。他這篇文章寫得亟具革命的浪漫情懷，當年夜行貨車裡的黨外雜誌，深繫著多少人的身家性命，就這樣一站一站地往南送，送抵後的一口菸，噴出的是像切・格瓦拉的青年壯懷。

為民兄正是當年台中書報社的經理，書報社今已不存，但三民書局仍然在低迷的書市中挺立，一如當年的要塞堡壘。如今的三民書局位在從前的豐原客運辦公大樓，大樓外觀仍有著豐原客運的標準圖示，斜對面就是豐原車站，我在後黨外時期才來到這裡，沒有嗅到任何的煙硝味，只有時代的滄桑感。

我不認識當年的他們，從之乎者也的文言世界裡走出來，陰錯陽差地走上一條異議的出版道路上，因此相逢。

12

冷月映孤峰

一條短短的伊通街上竟有兩座小公園和幾間商務旅館，在台北市的街道地景上，也是奇蹟。東西向的南京東路中分了這條短街，南北街區的面貌也頗不相同：一者喧嘩，一者沉靜。我並沒有住過這裡，但是李劼前次訪台時，兩邊的街區都住過了，這種經驗遠超在地的我。

和李劼幾年不見了，不知他的近況如何？在電郵往返中，只簡短地交換編輯上的意見。我覺得他不管在哪裡，都和現實保持著一種距離，無論是生活上，或人際團體上。我尊重他的態度，雖然偶也造成我的困擾，持續出版他的書是我唯一能為他做的事，但絕不只是惜才而已，而是一種驚艷。他的命題行文，跌宕起伏，氣勢雄渾開闔，閱讀時也感受一種震動，充滿了音樂性，他跳過了學院框架，學理鋪陳，直見本心，讀來淋漓酣暢，十分痛快，這樣的文風文筆，世不多見，也很難類比，我視為一種詠嘆的賦體。

我總感覺李劼像他最喜歡的小說，《紅樓夢》的主角賈寶玉，不是外觀上，而是內在，他內心裡有一種不多見的純真，容不下任何渣滓，而且，充滿了不通世務的獃氣，這種獃氣其實也是珍貴的性情，後天難成。

春天的時候，我又出版了李劼的書，《冷月峰影》。這本書的書名經過幾回討論，頗能代表作者的書寫心情和立足的高度，他在追求一種中國式文藝復興的可能，也同時是一種靈魂的追求，在這點上，我特別感同身受，我們的契合處在此。李劼說：《紅樓夢》也罷，莎士比亞也罷，都不是什麼軟實力，而是一個民族的靈魂。說得太好了，簡單又深刻。他也是從這個角度寫出了對喬伊斯作品的評述，他寫了六萬字的專論，收進了《冷月峰影》中，在華文世界中，就算不是首出，也是罕見的。

我對李劼當然是偏愛的，但我認為他值得，值得完整地介紹給追求靈魂式閱讀的讀者。在我認識的作家中，他是我所知，少數世俗名聲與天賦才華不成比例的一位。紙上嗟吁，未免多餘。不管外在風雨如何，他仍持續地書寫，儘管是，一人獨行。

13

舊游

亞東來訪，十年或更久不見的朋友，聊起天來，收穫很多，也不見隔閡，忽忽過了兩個小時。雖說都是傳播同業，但領域不同：我從事出版，走的是死硬派路線；他則一貫跨文化領域發展，傳播流行資訊，生活視野，多采多姿。

我們相識在一家咖啡館的開幕記者會，他那時在 PLAYBOY 工作，後來向我邀稿寫書介，就這樣，我首次登上雜誌的文章，竟然是在 PLAYBOY，寫的是《牛頓的蘋果》和《臉的歲月》兩篇書介，這兩期雜誌在今天也成了絕響。有一次，某朋友路過，看到這兩本雜誌，就借走了，下場自然是劉備借荊州，但我不相信他是要讀我寫的文章。

亞東聊到對文化環境的憂慮，我也同樣憂慮。對於出版這個領域來說，我不認為有特效藥，如果沒有閱讀的風氣和習慣，一切都是枉然，頂多像一次的煙火。他也問我關於書展的看法，我認為，攤位如果租不出去，走道變得寬敞，這表示供需的失衡。假如書展是單純的賣場，自然會以坪效來考慮，但書展又不是單純賣場，所以不以市場取向為出版的出版社，在這種商業績效的環境下，只能量力而為。我只簡單說這些，畢竟一次書展的成敗，對大多數國人的閱讀習慣和行為來說，不過像是一場春日短暫的櫻花雨，過了，也就過了。

14 偶感

1.

讀史坦貝克的《俄羅斯紀行》，書中有段話是他對俄國人解釋美國人眼中的作家，對照藝人離婚洗版的新聞，真是高瞻遠矚：作家的地位低於江湖賣藝人，只比海獅略高，不可同日而語。比喻的鮮明生動，讓人不禁莞爾。而比海獅略低的是出版人，這是我的補充看法。不過，史坦貝克在這本書中提到對喬治亞風土人情的描述和波蘭作家古瑞茨基在《邊境》中所紀錄的，卻彷彿是兩個世界，我相信古瑞茨基，史坦貝克的喬治亞印象像觀光聖地。

2.

和幾個大學同學餐敘後，在巷子裡找咖啡館，我帶她們去一家我很喜歡的二樓咖啡館，這家咖啡館從室內即可以看見戶外綠意盎然的公園，週末午後的咖啡館鐵門，居然落鎖。雖不願這麼想，但感覺又是一家即將消失的咖啡館。在台北市，咖啡館已經快比便利商店還要多而泛濫了，而一些便利商店開始在連假期間休息，這是過去無法想像的事，是另一波進行式的泡沫。後來找了一家真正的小咖啡館，第一次進到咖啡館被要求音量放小，通常，我是一個人喝咖啡的，不會有這樣的問題。果然還是應該一個人來。

3.

和簡白在梧州街上的麵攤小晤，這家麵攤據說已歇業一個月，老招牌老字號的老闆娘很瀟灑，也很有自信，常客問她怎麼敢休息這麼久？她說，她臉上刺著兩個字：有春。在路邊攤上吃飯，你不會感覺無聊，可能走過一個披紅袈裟托銅缽的遊方和尚；或者是把手伸到你面前，一邊阿叔阿叔地喊你，一邊希望你可憐他的中年男子；偶爾會走過一個安靜的女子，身材修長，衣著貼身緊俏，但這樣的衣著，出現在這樣的街頭，多少還是有點異色感。出乎意料地，她並未濃妝，從你身邊走過時，好像要去趕赴一場宴會⋯⋯。大約半年不見簡白了，臉色有點蒼白，沒有聊太深或太痛的話題，中年的你知道有些話是不必說的。閒聊間忽然聽到施放煙火的聲音，在夜空中隆隆作響，我問他：是什麼特別節日嗎？他說：這裡是萬華，他們想怎麼放，就怎麼放。外地人一句話就露出馬腳。一部黑色寶馬開進這條滿是小吃攤的街道，終於擦撞到停放在路邊的機車，發出極大的聲響，我看看左右，沒有人特別張望，好像是很平常的事。不知怎地，或許是口渴，酒喝得很快，告別後，從龍山寺搭捷運一路睡到市府站，夢裡，有人阿叔阿叔地喊著。

15 中年的午後

與老朋友H約在雄獅星空見面，因為剛好要送書過去。這間新的書店也是適合落腳小歇的地方。對我來說，那一帶總是方便的，是見朋友的好地方。我經常想起蒙迪安諾小說中的一句話：雨後，那裡總是一片寧靜。

那裡其實總是喧嘩的，奇怪的是，卻總也感覺到內心的寧靜。在等待朋友的空檔，我又開始搜尋書架上的書，新出版的書，我大概都有了，雖然也都只是翻著看，還是忍不住找起書來。書架上也有已絕版的舊書，看到舊書就像看到老朋友，非常興奮，書架下端有一本謝里法老師的《美術書簡》，我沒想到可以再見到這本書，就抽了出來，請店員幫我確認一下這本書能不能賣？怕是展示的絕版書。店員很快就打電話去問主事者柏黎兄，然後微笑著告訴我說，可以。不曉得是不是特別通融。翻著舊書時總是心神俱暢，我對舊書別有一種情感，不是它們因絕版而收藏價值更高，而是書從內容到成形，整體的時代氣味和人文底蘊，是現在的書籍無法展現出來的，一種風度。我出版書時也會問自己，若干年後，還會不會有讀者覺得這本書是有價值的？時間是個充滿辯證的隘口，我們在時間限制下出版的書，最終，希望它們超越時間的限制，這本《美術書簡》就是這樣的存在。

朋友H是在成功嶺就認識了，不熟；上了大學，同在文學院，經常一起上體育課和軍訓課，好像又回到成功嶺時代，彼此說的話還是不多，倒是在校門外的書攤工讀時，常看他和當時的女友，現在的太太在校園中並肩行走。好多年過去了，我們在立法院又有短暫的交集，他在媒體工作，我是國會助理，偶然碰到時，只有寒暄，一直沒有好好地聊。國際書展時，他還特地到書展會場以實際的行動支持打氣，令人感動。這次在雄獅星空裡，我們居然待了將近三個小時，聊得十分盡興，聊工作，聊生活，聊生命裡的角色扮演，談話中也有比較感慨的部份，當我們已成為父輩或長輩時，我們的角色扮演比之我們的父輩又是如何呢？當然也難免聊到台灣的新局和未來。關於台灣的未來，我近來只有一個想法，所有在這個島上的人，命運都是共同的，除非你移居海外。這種想法在編《墨西哥的五個太陽》時就更加堅定了，雖然墨西哥是一個完全不同的國度，國族的發展命運，卻有類似的軌跡。一代代下來，所有不同族群血液，終將交融。

沒有壓力的談話，話題隨意開展，一直聊到窗外天色變黑了，我們才起身離開。這個下午，整個雄獅星空好像是我們的書房，自在怡人。當然，每個人都有自己的書單，不管如何，閱讀最重要的還在於能激發思考，增加生命厚度，畢竟，具有人文向度的書，多讀一些，還是好的，我這麼想。

16

離開小鎮的亞茲別

大二那年，在中文系的選課單上，我第一次看到「小說選」這門課，我心想：小說自己看就好了，還需要上課嗎？開課的是施淑女老師，這名字可能對一般人陌生，大家更知道的是她的妹妹施叔青和李昂，人稱鹿港三鳳，但施淑女老師的小說評論，對台灣文藝思潮的演變，對台灣作家作品的解析，在我看來，當年是無出其右的。我的隨意選課，受益卻在多年以後。

施老師的小說課好像在無意間接續了我從高中以來的漫讀，把我引進了一個完整的小說系譜裡。我初見施老師時，她那緊閉的嘴唇，甚少流露笑意的臉，以及炯炯有神的眼，竟讓我想起高中老師老曹，有一股殺氣，十分凌厲。他們有共同的氣味，沉靜，至少在我看來如此，是一種文藝工作者的氣味。

小說課堂上，施老師介紹了許多台灣的重要作家，其中有一位作家印象最深刻，因為他不只名字特別，連小說作品的名稱也特別，那就是七等生，他創造了一個小說人物，名字我至今不能忘懷，那個主角就是亞茲別。我到今天都還在想這個名字怎麼來的？

離開校園三十年後，我幾乎沒重讀過七等生的作品，除了《削廋的靈魂》。兩個多月前，在臉書上意外接到宗翰的訊息，邀我回系上和學弟妹們分享工作體驗，我嚇了一跳，遲疑了一下，但也樂於分享，雖然個人經驗只限出版，還是答應了。宗翰請我訂一個題目，我幾乎沒想多久，就跳出了一個題目，自己也愣了一下：離開小鎮的亞茲別。

這是一種奇怪的心情，好像題目在我心裡很久了，等著一個時間點浮出水面。當年初讀七等生的《來到小鎮的亞茲別》，我心裡認定那個小鎮就是淡水，現在，我要用這個題目來說離開小鎮以後的故事。只不過，題目有了，我還不知要說什麼好。當年的我以為自己是離不開淡水的，當兵放假時，就往淡水跑：退伍後，不知道要幹什麼好，又躲回淡水去，直到叔叔打電話到租屋處怒斥：你還不趕快去找頭路！我想，大概是父親拉不下臉打這通電話。接了電話的我，真的捲了棉被和書離開了，再也沒有回去了。

我當然不是小說中的亞茲別，只是這個名字好像是一種代稱。我也不知為何喜歡這個名字，印象這麼深，真是奇怪，小說中的亞茲別被作者形容成善良無為，最後為躲避警察，還失足落水死了，……。我不是這個亞茲別，我在什麼都沒做的時候，離開了小鎮。我想我會從小說談起，自己從小說中看到不同的世界，和中文系的學長從古典文學裡學習到的是不同方向，如果以學武功來比喻，我學的是「獨孤九劍」，說好聽是有意無形，行雲流水，說白的就是散漫，不成招式，這樣忽忽過了三十年。

我想，我會這樣開場：亞茲別後來離開了小鎮，他從來也沒有忘記那小鎮。

又訪兩鎮

在施淑女老師的小說課上第一次聽到王幼華的名字，她要我們讀《兩鎮演談》，從此記住了這位作家。

南下苗栗，參加王幼華老師的作品研討會，很久沒有再參加這麼正式的研討會了，更別說是以一位作家橫跨數十年創作歷程為研討文本，我覺得很感動，這麼長久以來默默在寫作崗位上辛苦耕耘是多麼辛苦的道路，就像修道。

這場發表會收集了十一篇論文，論題精采，面向多元，小說幾成社會史和精神史。我雖只聽大半場，已覺心神激盪，講評者認真犀利，不在發表論文者之下，精彩交鋒。聽完後，我覺得我也應重新讀過。從另一個角度說，台灣的作家群中，作品可以提供這麼寬廣的面向來討論，也並不太多。當然，年輕作家還有很長的創作路要走。

我一直以為夾在台灣六〇年代的作家，以及從駱以軍以降的新世代作家中，中間這一輩以小說創作來說，林燿德，張大春，黃凡以外，有幾位出道早，作品力度夠的作家，在今日已很少被提及和注意，殊為可惜。我說的是四年級作家中的王幼華和呂則之。這兩位作家，前者短長篇小說都創作，尤以《兩鎮演談》和《騷動的島》知名，為時代社會的變遷，立下旁述及證言，而《廣澤地》和《惡地形》更是別開如惡之華般的社會性書寫，充滿時代意識。至於呂則之的《海煙》、《雷雨》，更是台灣海洋書寫的奇峰，穩居開路先鋒的地位，作家至今依然以故鄉澎湖為藍本，創作不輟，新作《哭泣船》，著力書寫人和海洋共生的命運圖像，展現人性中的堅韌頑強。開碑立石的大器，不容小覷。

離開了會場，苗栗高中吳作楫主任載我到老家咖啡館，喝杯咖啡緩神，然後再前往高鐵站，這家充滿人文和生活氣味的咖啡館，聽說劉克襄老師也來過了。不知他點了什麼咖啡？我突然想起研討會中也討論縣文學誌的撰寫，這是個亟待填補的空缺，畢竟，生活在哪裡，文學就在哪裡。當我們只強調中心和定於一尊時，我們就開始割捨記憶和生命的其他路徑。

18

動身吧！圍庄！

演唱會後，我對生祥說：你的歌，沒有別人能唱。我說的不只是唱腔，唱法和語言，而是從歌詞到詞意，都充滿強烈的個人色彩和批判精神，完全不是通俗取向，也不符流行的條件，然而，這就是林生祥。他的歌強烈標誌著生命印記，鄉土變遷，和環境破壞的創痛，讓人無法迴避又難以正視，因為力道太強。

我其實是第一次聽他的演唱會，聽他娓娓敘述著每一首歌的故事，為歌裡頭每一個主角的生命故事，深深感動著。從頭到尾，每一首歌所傳遞著抗爭的精神，和無力的挫敗，讓我聽完歌後，還停留在主角的故事裡。那些你不認識的人，與你一同生長在這個島嶼上的人，卻好像身處不同的國度，一開場的〈欺我庄〉就讓人十分震撼，一直到終場的〈動身〉，好像經歷一段三十年的鄉土路。

我曾問過生祥；是先有詞，還是先有曲？通常是先有詞，然後譜曲。不過，也曾有曲子先寫出才填詞的。他說。他的歌從來就只有一個作詞人，鍾永豐。如果想要知道美濃這三十年來的變遷，認識客家精神，認識宗教與鄉土生命的綰結，從詩人鍾永豐的歌詞裡，可以得到深刻的印象，而他的詠詩唸白，更是一絕。生祥的歌不是一般人可以琅琅上口唱的情歌，但每一首都是獻給家鄉，獻給土地的情歌，你越是聽他唱，越是進入到他歌曲裡的世界，你越被他的歌感動，然後你會開始想，我們的島嶼是怎麼回事？而生命又是怎麼一回事？

雖然曾在淡水四年，卻從沒來到砲台，第一次來到砲台，來到雲門舞集的劇場，在河海與樹林環繞的環境中，聽著一場永生難忘的演唱會。演唱會中的嗩吶手，與撥弦樂器互為呼應，以突出的高音，持續著，昂揚高亢著，衝撞著，盤旋著，一種精神意志的體現，貫穿首尾，精彩之極。

這是第一次和朋友們一起聽演唱會，興奮的朋友們，尖叫聲不絕，我說；我已過了尖叫的年齡了。我只鼓掌，用力的鼓掌。鄰座坐的是作家吳鳴，他說，不管是小說，散文，音樂，感動你的，永遠是故事。完全同意。

19

青春遲遲的春日早晨

提早抵達淡水，很自然地往河邊走去。這突然露臉的春日陽光，讓人心情也放鬆了起來，我找了可以看見河景的二樓咖啡館坐下，開始認真想，等會兒要說什麼。很多年前接到一份書稿，書名是《我的反動自述》，我對作者說，「我」如果是知名人士，他的反動自述才會相對引發他者一讀的興味，所以我把書名改成了《出中國記》，捨了余英時教授建議的《半生憂患出長安》，而今天這個問題同樣落到自己身上：誰會對你的故事有興趣呢？

如果不是邀約，我的確沒有理由再回淡江校園。淡水河邊是另一回事，畢竟也可當成風景區。回學校還有一件事令我遲疑，我不確定一三二級的克難坡，我還能不能一口氣爬上去？將近三十年沒爬了，不是老翁，但也不甚有把握。在淡江的必修學分中，還有一堂爬觀音山的課，我始終藉口推辭，終究是懶。

但這個難題很快解決了，素昧平生的學弟到車站接我回校園，以專車接送的方式回返，心情有點複雜，難免有一種少小離家老大回的鄉情。校園裡的變化很多，多了很多棟建築物，以前很容易看到河和海，現在要有特定的角度，我突然想起新生訓練的時候，張建邦校長對著我們這群新鮮人說，要把淡江變成東方的哈佛。為何不是劍橋呢？我一直到大四在側門書攤工讀時，翻著《哈佛瑣記》，看著山下的淡水河，還在想像東方哈佛的樣子。

現任系主任的殷善培學長說，有一次請系友學長的王文進老師回系上分享淡江往事，王老師說了一句話讓他印象深刻：再一次流浪，夢中的故鄉就是淡水。當學長提起的時候，我也想起了這句話，那是在大一的「文學概論」課堂上聽到的。我第一次聽到時並沒有感動，只覺得濫情：但這次再聽到時，卻不再反駁了。退伍以後，我做過幾次關於淡水的夢，我夢見自己踢著正步從淡江戲院後的河濱道路一直踢到淡水農會的穀倉，一個美麗的英式綠色穀倉。這個夢境的印象很深，因為通常夢境是黑暗的背景，但我卻記得夢中河邊的水光。有一次和汪其楣老師閒聊，言談間不自覺流露一種在淡水四年的驕傲，汪老師說話了：你們這些在淡水唸過書的人是怎麼回事？怎麼老把淡水當成你們的？其實一直到現在我還是這種心態：到底誰把我們的淡水鎮改名？

到了演講現場，學長來了，過去的助教，現在的專任教授也來了，連一位人瑞級的學長也來聽演講，真是尷尬，我的經歷真有什麼可說的嗎？不過，我還是誠懇地對那些沒睡著的學弟妹們說：要相信閱讀的力量，保持閱讀的習慣，會有不同的視野，也讓自己深化。我這麼說是因為我從退伍以後，一直以閱讀彌補過去的空白，雖然，那樣的空白晃盪，曾是我的內心反照。一個近三十年不見的同學，特地從南投開車北上，聽我演講，講這三十年的故事，讓我感動莫名，但誰沒有故事呢？滄桑就顯現在我們的白髮裡，而我們的眼裏也有或多或少的哀傷印記。

這真是個美麗的春日，我並沒太多感傷，但還是遺憾，遺憾過去文學院獨享的圖書館，如今併入新的總圖書館，那個圖書館中的四庫全書書區，曾是我個人假寐小憩的祕境，擺盪的人。

20

在信鴿書店

昨天的好天氣忽然又消失了，灰雲自四面八方聚攏，這樣的日子，或許正適合參加《環城大道》的分享會。信鴿書店裡擠滿了人，許多沒報名或路過的客人也都進入旁聽林德祐老師精采的分享，覺得感動，溫馨的書店裡擠滿幾乎完全陌生的讀者，只為瞭解一本書的內涵和作者沒有明言的故事，我有多久沒有看過這樣的場景呢？我好奇到底是蒙迪安諾的魅力？或是主講者的魅力？還是書店本身呢？

我把華文世界裏可以買到的蒙迪安諾作品幾乎都收齊了，也讀完了，我最喜歡的還是《在青春迷失的咖啡館》和《環城大道》，不過，我不確定我是否真的讀懂這位法國作家，畢竟除了二戰的背景，法國人一直避而不談也不願正視的維琪政府時期，世人更是陌生，只能藉由小說幽微地影射，這正是蒙迪安諾作品中一以貫之的時代座標。《環城大道》中所提到的作家或作品，很多是反猶作家，對當時在法國的猶太人有一定的敵視，而蒙迪安諾的猶太裔父親活過了二戰，他又付出了什麼代價，做了什麼交易？他是否也曾背叛猶太人，成為告密者而倖存呢？沒有人知道，小說就在這種朦朧曖昧的敘述氛圍中展開，直至結束。

朦朧正是小說的基調。聽完林德祐老師的導讀後，一位讀者有感而發，直指書中關於法國人自己的轉型正義問題，她說：為何在華人世界沒有讀到類似的小說？也少有反省的作品呢？一個讀者分享她參加分享會的心路歷程，她說她本是法文系畢業的學生，當年為了就業，花很多時間學習英文，現在退休了，她想重新接續起年輕時錯失的法國文學，目前正和年輕的法文老師重新學習法文，聽了這場演講後，突然有一點明白她那年輕法文老師心中的失落感，法文老師曾向她說，在法國加入歐盟後，整個世代產生的一種身分認同和對未來的焦慮感……。也有讀者直問，《環城大道》可以視為自傳嗎？

精采的分享會，讓我重新思索起創作與時代緊密綰繫的脈動和反省。一本看似輕薄短小的小說，竟充滿時代和人性的密碼，蒙迪安諾的功力和重心，不只在敘述巴黎街道的故事而已，身分身世的探索，追尋遺落在時代黑洞的真相秘辛，才是他的命意所在。

21 閒言閒語

接到一封自署為職業作家的讀者來函：各位編輯，如有與本人合作長期出版計劃，可以直接派男生至本人住處，洽談合作出版細節及相關契約事宜，機會有限。

在信鴿書店遇到江灝，聊起一個彼此認識的法國朋友，我說我曾問這個朋友：你知道蒙迪安諾嗎？他說：沒聽過。江灝說：這種事我已經免疫了，我對一個法國朋友談羅蘭巴特，這個朋友反問，誰是羅蘭巴特？

一個同行大哥對我聊起書店的未來，我認為還會存在，他說：以我前瞻性的眼光來看，將來不會有書店了。他接著說（不知是羨慕還是嘲諷）：不過，我看不到那天，而你還看得到……。

到辦公室來看《誰怕吳國楨》藍圖的作家殷惠敏，看完後離去，就在要進電梯的時候，突然轉身對我說：你寫的書我看了……，我心動了一下，猜想他接下來要說什麼。他說：我最有印象的是那篇關於前女友到發表會現場鬧場的敘述。原來，我寫出了一本八卦書。

22

愚人節

某一天，我中途離開了某一場研討會，我發覺我離學術研究很遠，離校園很遠，離經典很遠。

我有時想，在影響我的書裡頭，真正的經典是什麼？大概是《論語》和《莊子》吧，只是我以自己的方式來理解，也不知理解得究竟對不對。《論語》裡對人物的觀察評斷方式，開了月旦人物的風氣，影響我最深的，是《莊子》，莊子的人生態度，對人，物，自然環境的和諧追求，讓人心嚮往之。然而在大學的求學過程裡，我難免也用書本裡的《莊子》來對照周遭師友的言行，一直到現在，我不知道這本書到底是不是用來實踐的？還只是一種言說？或許，我期待太多。總之，晃盪開始有了根源，我合理化了自己。

我之所以離開會場是聽到某師長的演說，和我三十年前所聽的並沒有太大差別，三十年前的我聽得憤怒異常，三十年後的我依然如此，我終於清楚自己進不到學術世界是什麼理由，基本上就是有路障，我害怕自己會成為那樣的人；但我是對的嗎？我不知道，我離開還因為另外一個理由，外頭是難得的春陽普照，杜鵑怒放，這種真實風景的召喚，難以抵擋。離預定用餐時間還有一點時間，我走到戶外享受陽光，隨意漫步，到了附近的書店和咖啡館探訪朋友。咖啡館裡滿客，一個在附近經營餐館的朋友，她的店裡也滿客，不同團體，音浪越界，言詞因此激烈交鋒了起來，忽然覺得有點吵，只想清靜。和店主閒聊，她說她有回鄉的打算。鄉土對每個人的召喚，在過了中年以後，格外強烈，台北不是我的家，那我自己的鄉土呢？

晚餐時間，我來到餐會現場，餐會上，觥籌交錯，有人高歌，從紅歌，〈黃昏的故鄉〉，一直唱到〈我愛中華〉，熱血澎湃。聽到〈我愛中華〉時，我微笑了，我對主人說：服兵役時〈我愛中華〉是晚點名歌，既然唱了，也該是離去的時候了。人生很短，各有追求，還是該在自己適合的角落，尋找安頓。

有朋自遠方來

認識懷宇，是偶然也是必然。當他於二〇〇七年從中國赴美採訪余英時教授、孫康宜教授、夏志清教授等海外名家學人時，彷彿一條線就牽繫起來了。二〇〇九年，他第一次來到台灣訪問，採訪多位我接觸極多的學人、作家，如白先勇、黃進興、陳弱水等老師，彼此的聯結就更深了，前者結集為《知人論世》；後者為《世界知識公民》。懷宇成了我的作者。

我一直羨慕懷宇的工作，他的工作範圍寬廣，隨著他的工作，人生的視野也就更為開闊，現在才明白，有點太遲了，不知當初為何沒有選擇記者這個行業？或許和個性的自閉有關。我所仰慕的幾位作家都是從記者出發，像海明威，像馬奎斯，像卡普欽斯基。日前，懷宇又來台灣了，雖然五年不見，但是電話和電郵常聯繫，也不覺陌生。他上次來訪時曾帶他到淡水，坐在河邊可以望海的榕園餐廳晚餐，記憶中的一刻，他還拍了一張昏黃路燈下的我，取角特別。這次見面，他還是想到鼎泰豐用餐，我們上次用餐的 216 巷鼎泰豐已經遷移到新光三越百貨公司的南西店，所以就到那裡用餐。他要我點菜，其實，我再點還是小籠包，花素蒸餃，元盅雞湯和青菜；就好像我每到高記必吃生煎包，缺乏美食美味的其他想像；食物也有自己專屬的記憶。

懷宇說：台北的鼎泰豐是最好的，香港的還是差了一點。我無從比較，身在此山，也是一種幸福。飯後帶懷宇在中山北路的巷中閒晃，不知不覺又到了舊的美國大使館，現在的光點城市，本想停下來喝杯咖啡，天氣太冷了，竟然室內滿座，於是又踱向了光一咖啡館，從這間咖啡館的窗子，可以看見光點城市充滿綠蔭的花園。

近年來懷宇已從記者轉成了編輯同行，我們的互動更頻繁了。他如今主管一個部門，員工編制的人數比一個出版社的人還多，他嘆口氣說：如果不是還出版教科書，很難維持。懷宇從二〇〇七年起始撰寫的《余英時訪談錄》早已完稿多時，去年春天就已送交到余教授的手上，現在也還在余教授手上，據說已看到了新亞書院的部份……。長路迢迢。我沒有去電探詢余教授的看稿進度，深怕干擾了老人家，太多人找他了，何況余教授的書稿是催不來的。他為《朱子文集》的點校本寫序，一寫三年，最後還寫成了六十萬餘言的《朱熹的歷史世界》，這本訪談錄的出版日期呢？我已不太敢想。月前接受《文訊》專訪，其中一個題目是，你有沒有獨到的編輯心法？其實沒有，只有等待和耐心吧。

編輯這一行像在種一畝看天田。有時你不知何處會飄來什麼種子，這時你需要的是呵護著，等待它發芽，最後結實，當然也可能未果；意志考驗著雙方。《荊棘中的探索》前後歷時五年才問世，這部訪談錄會超越這個紀錄嗎？

24

舊路，以及消失的河流

去見一位作者，原先約定碰面的地點在我最喜歡的巷弄居酒屋，後來選擇到他的住所去，因為他竟然就住在我以前住過的劍潭。這個地名充滿了我的回憶。

在前往他家的路上，他發來簡訊，指示方向，怕我找不到地方。其實我是知道大方向的，住了十八年的地方，卻又已三十多年不曾走過的街道，不至於完全迷失在夜晚的昏暗中。照理說，你閉著眼睛都應該知道哪裡是哪裡，童年的印象很難抹消。你記得的劍潭其實是一方長型的綠洲或小島，雖然佈滿了水泥建築物。它曾被兩條水道包裹，一條是黝黑的基隆河，一條是更深更黝黑的基隆河廢河道，廢河道何時改成了新水道，時間已然久遠，卻標誌出一段歷史的空間記憶。不過，現在的你是看不見廢河道的，上面早已蓋滿了房子，廢河道終於走入歷史。這樣的歷史，就像電影《神隱少女》中那個變為人身的水神，他的水道在文明日新的進程裡，消失無蹤。

手機簡訊上，作者標誌了幾個居家座標，除了承德路，還有劍潭路和麥當勞，只是出現劍潭路和麥當勞卻讓我吃驚：什麼時候劍潭也有了麥當勞？那條劍潭路又是什麼時候出現的？出了捷運車站，看到了麥當勞，忍不住就進去吃了一杯冰淇淋，多少有一種填補的心理因素。我很少這樣走到劍潭的這一區，在我印象中，它更靠近士林，也是小時候活動的邊陲地帶，那時有硫磺和大理石的加工廠，也有散落的竹林和菜園，水道中的一段是養鴨人家的天堂，同學多是住在附近的國民住宅裡。至於那條憑空出現的劍潭路，是不是就是當年廢河道流進新河道的一段水路，我已不確定了，但我記得那橫跨的吊橋和長滿布袋蓮的水道。

我就這樣一邊漫想，一邊找門牌，忽然看見有人出現在寧靜的巷道中，他出聲把我叫住了，是作者。我當下的反應有點失禮，我脫口而出：你是出來接我的嗎？當然不是，他說。其實我是提早到了，本還想多走一點路，還有親友住在劍潭，只是每次經過這裡時，總是快步走過。離開，總有故事。在這個夜裡，又有一些往事在心頭浮動，不過，這次我想探掘的，是他人的故事。

25 父親的風鈴

第一次到日本旅遊時，去了東大寺，我喜歡這樣莊嚴清境又幽寂的寺院，人走在其間，就算不是來禮佛，心也是安靜的，讓你安靜地走走，看看寺廟，想想人生。東大寺除了悠久的歷史背景，最重要的就是這高十五米的銅製巨佛了。我走進廟裡，仰頭張望，果然是法相莊嚴，但這佛的歷史到底有多久呢？

我離去時，在販賣紀念品處買了一個青銅製的風鈴，帶回去給沒到過日本的父親，那串風鈴後來就掛在簷下，風來時，聲音清脆，也真有清淨出塵之想。一晃這已是好多年前的事了，風鈴完好無缺，微微生銹，下方繫著的，寫滿祝福語的紙片，不知何時斷落了，神奇的是，父親用一張電氣產品的說明紙片，穿了棉線，把它繫在風鈴下方，讓它依舊在簷下隨風而動，響鈴叮叮。

我是在父親過世後的某一天才發現這個風鈴紙片的不同，因為紙片上這種節能省電和促進新陳代謝等話語，絕不可能出自東大寺。更別說全是中文了，不禁莞爾。父親中風多年，但仍口不離兌了水的高粱，手也很少休息，總是不停做著小手藝，打發長日。這個風鈴就是他的傑作之一，更多時候，他用廣告單摺成可放垃圾的桌上型小紙盒，如果他是文青，他可能會摺出紙鶴，我想。我從沒有父親的手藝。我連檯燈短路了，也不會修理。

那串風鈴到今天都還掛在簷下，只不過大多數的時候，都把紙片盤上去，畢竟，它還是屬於父親的風鈴。風動的時候，難免浮想聯翩。

26 春天副作用

在陽光明媚，春假要結束的時候，去看了醫生。醫生說，你有兩種感冒症狀：腸胃型和呼吸道感染，很奇怪，很少人會同時發生，通常只會得到其中的一種。我也回答不上，只能傻笑，拿了藥就離開了。

和過去情形不同的是，我通常吃了藥很容易昏睡，但這次卻輾轉反側，連續兩夜都因胃痛而整夜又疲倦又半醒著，難以成眠。怎麼回事？是藥的緣故嗎？很久沒有這樣胃痛了，幾乎要忘記胃痛的滋味，一種緩慢地抽痛，然後翻攪。早上，我讀起藥單，讀著藥的副作用：皮膚紅疹，胃痙攣，頭痛，噁心……。這些副作用比感冒症狀的不適還要來得強烈，那我還要繼續吃藥嗎？光是胃痙攣就讓我兩夜失眠。春假就這樣在胃的劇痛中結束了，但是還是用力看著朋友們在春假期間貼的各種潤餅美食。真是自虐。

我過去很少注意到藥的副作用，第一次被這種強烈的反作用力刺激到，終於了解為何有人感冒也不去看醫生的原因了。對於這些藥的作用我們是不是還要用別的藥來抑制它的不適呢？然後，藥越吃越多，像鯀治水一樣？生活中這種副作用的例子比比皆是，就像感冒也是一種春天的副作用，一九五二年法國的諾貝爾文學獎得主莫里亞克曾說過：工作是唯一的嗎啡。這句話實在太貼切了，對我們來說，有時放假日就是國定感冒日。

至於政治人物的副作用，至少有兩種和感冒藥相似，例如讓人噁心和胃痙攣，而且，不定時發生。

27 訪客

有一天，辦公大樓老舊的電梯門開了，慢慢地走出三位銀髮長者，二男一女，年齡的總和已超過二百多歲，這種登門的聲勢讓我一驚，其中一位很熟悉，是高中老師老曹，他帶著李明明老師和已逝的金恆杰老師好友張先生同來。

他們是為了金恆杰老師的遺稿而來。我從沒和金老師說過話，但其實也不完全陌生，這自然是當代雜誌金恆煒總編輯的緣故。印象中讀過〈昭和町六帖〉，文中敘述的時代氣味很濃，卻離自己很遠，在一個仍不脫日治風貌的台北城，開始要接續延自中國北方的生活方式，北與南，冷與熱，乾與潮，大陸對海島，新時代的故事就這樣開始了。

李老師抱著一大落又一大落的手稿和影印稿，不知已花多少時間整理，她一邊翻著，一邊解釋，有時也忍不住說：真是太突然了，恆杰自己才整理了一半……。對這些稿子，我還沒有概念要如何成形，但我知道攤開在我面前的是一個知識人，一輩子的追求，所思及所感，我開始覺到壓力和沉重，來自時代的。出現在我面前的稿子有它的因緣，很意外地，我不是接到金總編的電話，而是老曹的電話，書稿注定會落在允晨的，我想。

金恆杰老師是黎烈文教授的高足，留學巴黎時期和當時的留法同學創辦今天已少有人知道的《歐洲雜誌》，他曾說：這本雜誌是兩代留法知識分子的交集……，對島內那一代的知識分子而言，確實像打開一面開向歐洲文化脈動的窗子，讓他們呼吸到美國文化所無法供應的外來空氣。簡單說，就是要扭轉當時封閉和偏枯的台灣。不意外的，才發行幾期，他就被當時歐洲總督導，一位駐外官員，和一名留學生聯合告發，夫婦倆的護照被註銷了。

對於這本紀念文集，我還沒最終的想法，只先發打字和校對，金老師的硬筆字既莊重又流麗，十足文人氣。在那樣的年代，我們多麼渴望外在的空氣和視野，在網路打破所有的資訊蔽障和藩籬之後，我們的視野裡反而失去什麼，就像潘朵拉的盒子打開了，所有的東西都飛出來了，最後什麼也沒有，只剩下空洞……。

28

我的中性地帶

好幾年沒出國旅遊了，一直被大大小小的事繫縛住，很難清心地計畫，享受一段旅程；記憶卡裡的照片成了臥遊的冥想憑藉，在造訪過的城市裡，最喜歡的是巴黎，在這座城市裡，你很容易找到咖啡館，書店或書攤，也很容易看到讀報或讀書的人，當然這是好幾年前的記憶了，這種景象不知被手機摧毀了沒有？我沒有說店家或巴黎人很親切，有一次到一家我很喜歡的咖啡館，我想坐在吧檯，老闆覺得礙事，對我說：你去坐在樹下。其實，那咖啡館裡有很多不知名畫家的隨興作品，充滿興味。

很多人寫過巴黎，巴黎的照片也很容易看到，我也經常想著巴黎，也許有一天也寫出自己的巴黎。我在二〇〇三年第一次到巴黎，見了我的作者高格孚，我們約在杜勒麗花園裡見面，那是初夏，我穿著長袖，高卻穿著短袖，有趣的對比，來自台灣的我，對陽光十分敬畏。我去過一次他的公寓，我很喜歡那鑄鐵的電梯門，鏤空，穿透，非常小巧，機械式地，又充滿時代的氣味。那是我第一次進到電影裡看到的法國公寓，挑高，並不寬敞，但簡潔，頂樓的光線非常好，我害怕陰暗，總感覺窒息。他說他的鄰居，常把音樂開得很大聲，還在陽台上種大麻，但白天就很安靜了……。果然一路上來，沒看到半個人。

我在巴黎的時候沒有拿地圖，總是亂走，隨走隨拍，有一天我穿過塞納河上，拍了一條捷運鐵道，這段路後來出現在《在青春迷失的咖啡館》裡，男女主角從這裡互相跨越到河對岸，尋找自己的中性地帶。想到自己曾經經過就覺得有趣，中性地帶到底是什麼，我從來也沒弄懂，是一種不具體的空間，一種堡壘，人在其中可以得到喘息。這種中性地帶我在台北市找到，它從中山北路分界，然後往西，一直到河邊，中心點就在大稻埕，就像是凱旋門。當然這只是一種心境。

我曾帶尉天驄老師到迪化街喝茶，那天之後，尉老師要再隨我登樓喝茶，就難了。

29

週末行腳

週末午後，中山地下書街，人潮比平日多了，櫃檯前也多了買書結帳的人，我來此挑一本有插圖的書，畢竟這裡書的陳列空間較全，一位作者希望他的書中有插圖，我揣摩著到底是哪一種風格？

這條書街的存在已有好幾年了，我也習慣它的存在，對於陳列和販售的方式，不脫過去的模式，概念上接近以前的書城，我說的是「中國書城」，「新生報書城」時代，或許，我也是用懷舊的心態在這裡消費吧。書店的變貌越來越劇，與時代的消費習慣，和情境的改變，關聯性越來越大，我不知它未來會以何種面貌繼續運作，但單純地以書籍販售為營收來源的時代，是過去了，它的集客力將不以書為主體，不管是不是以書店為名。如果，書市最暢銷的書是一本一個字都沒有的無字天書，那麼，書店在概念和內容上的轉變，也就無足為奇了。

買到了我需要的書，我繼續往淡水河邊走。在臉書上遇到了瓦豆．光田的佶洋．他剛好下午在．就約好過來一探。我早就想過來一訪，只是時間上不湊巧，遲未碰面，他保留了他外公執業的牙科診所內所有可以保存的器械陳設，十分珍貴，又讓人感動，聊得興起時，他還讓我坐上了小時候最害怕的牙科椅．現在卻覺得很親切，好像回到小時候。我們討論了牙科椅的造型，認為它的設計，完全符合人體工學，十分人性，椅子的材質也十分堅固，不因時間而銷磨。我看了房子整修前的照片，目光停留在小閣樓裡，我想起小時候住過的雙連舊居，也有這樣的小閣樓，以木片隔住物品，不讓物品墜落，但又保持著空隙，讓空氣流通，我記得我曾從閣樓裡的縫隙，看著樓下客廳裡，大人們的動態。他還打開了他外公的藥櫃，讓我看其中的器械和藥罐，一打開，那撲鼻而來嗆人的消毒藥水氣味，完全是小時候的印象。我沒見過外公，祖父則在我九歲時過世，沒有互動和真的認識，如今想來是有點遺憾的。我手裡只有一方祖父留下的硯台，出自西螺，但我從來沒用來寫字，只當成文鎮。我很喜歡這種舊宅改裝成的工作室，又保持著原本的氣味，我對他說：你的看圖桌其實很像酒吧的吧檯，你不覺得嗎？可惜不營業。

來之前，先去了一九二〇書店晃一下，有一些日本觀光客，看來，一樓的生意還是好做些。

午餐就在街上吃了米苔目，排了五分鐘就有位子了，只是天氣真是熱，吃得大粒汗小粒汗，汗流浹背，夏天的腳步近了。我穿過延平北路的巷子前往瓦豆．光田時，路邊有婦人吆喝著，蚵嗲蚵嗲，覺得胃裡還有空間，又一屁股坐下了。

30 也是山里

山里好巷已在埔里的靜巷中默默耕耘一年半了，我沒留意過，看到有河書店店主的踏查之旅，才注意到。趁著找老同學的空檔，也來拜訪這家書店，書店是以環保及環境議題為主，年輕的店主林佳穎是埔里的女兒，基於在地的人文情感，又無法坐視故鄉環境品質的惡化，決定以書店為基地，要喚起鎮民的重視。我進到書店時她手邊正有事情在忙，我沒有聊多久，稍微交換一下意見就離開了，買了攝影大師薩爾加多的《重回大地》。店裡沒看到允晨的書，可能和向來少作環保相關議題的書有關。

埔里，除了客運大廈，我幾乎陌生。我請同學載我到書店。他也不知這間書店，於是問了在地的朋友，這位朋友告訴他方向，完全不提地址，只說在山王飯店對面的巷子裡。我說，這樣就可以找到嗎？可以，在埔里，我們不一定知道哪一條路在哪裡？他很篤定地說。咦！聽起來路是專供遊客和郵差參考的。我突然想起另一個高中同學也是埔里人，我問：那你知道這附近有施姓人家的三級古蹟嗎？有啊，就在第三市場旁邊。還是不提地址，真是太神奇了。如果你不知道山王飯店，或第三市場，大概就要在街頭流落了。

高中同學回鄉已經五年了，我只來過兩次，都是匆匆拜訪，又匆匆趕著車子離去。在他的家中，隨意聊天，看庭園中的樹和飛鳥，以及一方荷塘，覺得時間的靜止，除了天色，感覺不到時間的流動。雖然所學與從業領域不同，我們還是可以聊回憶和生活，對於書，除了旅遊書，每一本書對他來說都是天書，但他認識每一種植物，每一種蔬菜，以及園中的每一種鳥。我曾送他我自己寫的書，我想他沒看。來此之前，接到另一個很久沒聯繫的朋友電話，她用輕柔優雅的聲音說：聽說你出了一本書？我說：是啊，去年出版的。不知有沒有機會看到？還是一派優雅的聲音。我很想優雅地回答：你知不知道有一種地方叫做書店？不過，還是忍住了。她是為了別的事來聯繫的，書也只是引子。對於優雅這件事，我別有體會。

離開時，同學送了一瓶樹葡萄釀的酒讓我帶走，那長在樹上的果實真像葡萄一樣，不管是外型或色澤。園中的鳥類繁多，群屬各異，他說若不摘下來，會被鳥吃光，說著時，飛來了五色鳥，開始啄了起來。他的人生和我的人生完全不同，各有自己的經歷，不確定下次來，會是什麼時候。

31 車站風情

我記不得埔里站本來的樣子，我甚至也不記得它是否遷移過位置？到站下車時，我突然有一種陌生感，不確定我是否曾經來過這裡。

但我確實來過這裡的，大學時和同學從這裡搭巴士上清境農場，退伍後又獨自來過一次，從這裡上到霧社，那次只到了萬大水庫，在水庫附近漫步了一圈，找不到宿處，天色也黑了，只好又搭車下到埔里，再搭車回台北，幾乎一整天都在坐車。那是怎樣的心情和旅行呢？真是年輕，現在大概不會這麼衝動了。四月的埔里已開始熱了，沒有風，有點煩躁。前兩次來都遇到雨，雖然是夏天，卻覺得舒爽。山裡的下午，雲起霧攏，然後雨就來了，來得又大又急，一陣子宣洩之後，又雨過天青，雲慢慢散去。印象中那是霧社最美的時候，雖沒看過霧社的櫻花，不過光是山嵐就夠了。

埔里站裡有數個月台，通往不同方向，像是台中，水里，集集，霧社，草屯等各處，不過總站的建築，還是陳舊。候車處裡，只擺著塑膠或鋁製的椅子，不是上下課時間，候車的人並不多。不管從地理或交通輻輳上來說，埔里都應該算是大站吧，但是仍感覺一種荒涼，七等生小說裡的荒涼。如果從台北一路南下，來到這裡，硬體設備的差距就顯而易見了，但這種不仰賴機器和自動化服務的轉運站，反而充滿著人的氣息，服務人員，幾乎要多過乘客。

我坐在鋁製椅子上，一邊看著牆上有著兩個美少女修長身影的美腿節海報，心裡想著：茭白筍盛產的季節到了嗎？一邊等著朋友的到來，不完全孤單的異地。我坐的椅子正對著站長室，站長室室裡室外標誌國光客運的紅白藍三原色，相對於站體的陳舊，顏色十分鮮明，讓我不禁莞爾，感覺自己像是來某個黨部洽公的民眾。不過這種紅白藍三色的組合也非限定專用，過去常見的理髮廳招牌，那旋轉的紅白藍三色光柱，總引人遐想。

我看了班車時刻表，開始盤算著離去的時間，就像旅人。

32

夢境・人境

我和一群人手裡抱著鐵灰色的大鵝卵石，走在沙地上，本來是走在巷子中，突然一個人手裡的石頭掉下來，往前滾了好遠，停住了，碎裂，發現其中內核是一本書，一本精裝硬殼的書。另一個人手裡的石頭也掉下來了，裂開後出現一本書，一本線裝的舊畫冊。當我想著自己手上的石頭裡裝的是什麼時，夢境突然中斷，我竟醒了過來。

中年的午餐，朋友說自己養了太多部車，想要脫手一部，他說：買車容易，養車難。埋頭吃飯的我忍不住說：聽起來很像在描述婚姻。一位酒莊主人對這個話題很感興趣，說他願意用酒窖的一百多箱紅酒來換這部車子，大家頓時熱烈地討論起來，眼看就要成交了。雖然沒看到車子，覺得自己也應該要表態一下，出版人也有聲音：我用我倉庫全部的書來換你的車。餐桌突然靜了下來。

33

數風流人物，還看今朝

大概兩個多月沒來探望尉老師了，下午帶了尉老師要的書來。一進門就被小阿姨拉到入口處的書櫃前：你看！我以為要看尉老師新寫的字：嗯，現在開始寫小字了，不過卻很工整。我開口說。不是要你看字，字有什麼好看的？要你看小蠻。小阿姨說。咦？小蠻？真有小蠻的照片，就貼在書櫃前，眼神清秀靈動之極，真是漂亮。尉老師每天對著照片做復健，精神一定更好，我說。

尉老師剛睡醒不久，已坐在餐廳的大桌前，背後是一排書櫃，書櫃下方還存有一些酒，我想。尉老師曾從書櫃中拿出一瓶藍標的約翰走路給我，當作出書獎賞。很久不見尉老師了，精神不錯。他開口便說：你那麼久沒來，以為你已入閣了。我……還在等電話，我說。如果可以的話，我比較想入的閣是金閣。尉老師正在看我送給他的《誰怕吳國楨？》。他說這本書你晚出了二十年，現在誰知道吳國楨？他說得沒錯。不過，二十年前我未必可以決定出版這本書，現在任性多了。

對於吳胡的論戰，尉老師認為胡適說吳國楨不懂政治，是對的；因為胡適是懂政治的。這句評斷，意味深長。他認得殷惠敏，他說你這個作者呀想當司馬光。怎麼說？我問。司馬光的字是什麼？君實；那楊誠呢？字君實。不過，司馬光號迂叟，若與作者同輩人相比，可不迂呀。

我問尉老師胡秋原和鄭學稼是怎樣的人？兩人當年在王昇主導的鄉土文學論戰中，與主戰的朱西甯、余光中等主流派旗手大唱反調，力保文學寫作的自由，風骨令人讚佩，尉老師認為兩人各有所長，鄭是俄史、黨史專家；胡的文學評論是當代一絕，他認為直到今天都少有人超越。我應該找來一讀。提到懂政治的胡適，他也提到老曹的恩師徐復觀教授，他說出身軍旅宮廷的徐復觀也是懂政治的，只是他不願以此安身立命，他當年的社論批評不少當權者，為此遠赴香港新亞書院任教。他也意有所指地提到了知識分子的墮落，當然，這部份的指涉就多了。

聊了一陣子，尉老師的頭有點昏沉，又到機器前復健，一邊操作，一邊繼續聊天，他問：你最近忙不忙？當然忙啊，尉老師，我不是一邊工作，一邊還要來陪你作復健嗎？他哈哈一笑。笑聲是酸澀的，從車禍到現在，滿兩年了，他說我已經不期待能走路了，只希望手可以恢復，不要那麼痛，頭腦不要昏昏沉沉的，就好了。我安慰他：你趕快寫你的回憶錄，頭腦就不會昏沉了。

復健機器後方的書櫃上有尉老師新寫的字，我突然發現是用我的書壓在宣紙的上緣。我問：尉老師你拿我的書來壓字啊？他微笑，不置一詞。我建議拿來蓋泡麵，效果更好。

我問他知不知道簡白退休的事？他說他不知道，不過，他看到副刊編輯的名字已換人了。我暗罵自己白癡，居然沒注意到。這個宅在家中的老師，頭腦依然清楚得不得了。我想他這一生，出身黨國，卻不認同黨國行為，少了世俗的聲名，卻維持讀書人的風骨，難怪我和他總是有話可說。在台灣的文化圈，賢能輩出，但很少聽他指名道姓地說誰好，只有一、二次聽他說：卜大中是才子。我心想，請這位才子寫一本書給我，到現在還遲不交稿，說是要等他退休。

待了一個多小時，感覺尉老師倦了，就起身告辭，真是想念一起吃朝天鍋和高記的往事。回返的路上，接到一位天王級的同行發來簡訊，告知一位退隱多年的天后級出版前輩，將要重出江湖。這出版江湖，熱鬧極了，總是不停地論劍。

文革五十餘年了，我想起發動文革的頭號罪首毛澤東，他那傳世的沁園春名句：江山如此多嬌，引無數英雄競折腰。太鮮活了，數出版風流人物，還看今朝。

青康藏書房的讀書小僮

朋友的書房已結束營業數月了，約好時間到他的書房收理之前存放的舊書數十本。下了公車時，才猛然醒覺一件事，夏天真是到了。

我忘記了夏天才會有的局部雷陣雨，地面上仍有數處積水，顯然這裏剛下過一場大雷雨，天空烏雲層層，雷聲隱隱，彷彿隨時會再下起雨來。我就這樣空手來收書，沒有雨具，也沒有心理準備。不過，你很難想像才隔了一條東西向的忠孝東路，南和北，雨和晴，截然二分。南邊總是潮濕溫暖，這是我向來知道的，但在同一座城區的南北，天候如此涇渭分明，也真是少見。難道雨區也有藍綠之分嗎？我提早到了，朋友還沒回來，我站在門口，無處避雨，心裡默唸：這時千萬不要下起來雨來。

朋友開青康藏書房的時候，我曾勸他，別開了吧。他開了一家，然後，又開了一家，就在我以為他要繼續營業的時候，他把書店收了起來。不管怎麼說，他都遠比我有勇氣去實踐夢想；人生不是應該如此嗎？但是看著他開書店也充滿喜悅，好像有一種夢想在你眼前展開，就像花慢慢綻放，只是花期過了。我喜歡到他的店裡，可以看他收了哪些書？說說收書的故事。我也喜歡和他聊天，聽一些我所不知的掌故，我曾在他的家鄉生活過半年，對於他家鄉的山水人文也不陌生，比我對基隆還熟悉。他的書店有趣在於，他還收了不少書以外的物件，像是木雕，字畫，黑膠唱片，CD，海報等等，甚至還養起了兔子。在他所有收來的珍奇之中，我最喜歡一個我從沒見過的青銅讀書小僮，我不好意思問他這尊賣不賣？我的尷尬在於，我不是一個完全陌生的客人，怕問得唐突，也怕被拒絕。

他把我存放的書全搬出來，幾乎一本都沒賣出，真是尷尬。這位作家過去的作品有廣大的讀者，現在則乏人問津，除了時代，也和她久居國外有關，和文壇、讀者失去了互動。我們一邊聊著，一邊喝茶，真像兩個退休老人，不過，還得再努力一陣子。有一回也在書房裡，他倒了啤酒，我們隨興地聊著，一個突然出現的朋友也加入我們，後來這朋友先走一步，告別了我們，告別了人世。現在想來，那是我最後一次見到她。她生命的時鐘停在四十二，像秋日早謝的，美麗的菊花。

記憶力的喪失是隨年齡遞增的，我直到進了朋友的書房才想起要帶給他的《北埔光景》竟然就留在公司入口處的書櫃上，只好等下次再帶來了。離開的時候，朋友問我有沒有想要拿的書或黑膠？做個紀念。真的可以嗎？我遲疑了一下：我可以要那尊青銅的讀書小僮嗎？他很爽快地說好。我很感動，心裡也不無遺憾：為什麼我沒有開銀樓或是銀行家的朋友呢？

那尊讀書小僮是有名字的，二宮金次郎，或稱二宮尊德，日本幕府時代的農政家，它曾廣立在日本的小學，做為學生求學的惕勵楷模。不過，對我來說，我已經太老去勵志了，但是書房裡能有它的陪伴，頗不寂寞。

35

行話

同行來訪，很久沒有這樣好好地交換意見，一聊，兩個小時過去了，把我從馬克思主義的深淵拉出來，卻又跌入一個看不到出口的深淵。在他到來之前，我正在想著一本書的文案，不知從何開始介紹，只寫了馬克思死了，然後，就停住了。

年齡相仿，入行年資也幾乎相仿的朋友，有許多可聊的話題。和他不同的是，我沒有輝煌的戰功，也沒有豐富的業界經驗，可以說，我一入行就守在允晨的這個陣地，也當過三年逃兵。我不太清楚其他同行如何面對和因應還在劇烈變化中的市場，雖然，大部份的銷售營收都衰退了，但還是有一兩家成功的案例，令人振奮，看準市場和選擇出版品很重要，而且還要不斷地去思索和考察書市的變化。他也告訴我，就他拜訪過的同行朋友，大部份的人都很悲觀，看不準下一波浪潮的走向和衝擊，突然讓我回到剛剛的馬克思主義，好像你才開始要去了解新馬克斯主義，一個新浪潮，一場蘇東波，一下子把馬克思主義推離了歷史的舞台，不管老馬新馬，忽然都失重了。出版遇到的這波浪潮，會把我們推離航道多遠，我不知道，我也沒有對策，感覺上像在等著上岸。不過我也相信下一波的浪潮會有新的衝浪者，藉勢而起，也許使用新的工具或平台。

某作者也來社裡，討論出版，談書，談文學現況，我分享自己的出版經驗和心得，態度基本上是保守的。我忽然想，過去的經驗值，到底意味著什麼？是繼續往下走的依據嗎？談了一個段落，之後，他忽然關心起我的狀態，問我老了怎麼辦？我說不怎麼辦，找幾個可以一起老的朋友。我很快地回答。而且是很真心的。單身或許不是圓滿的人生狀態，不符合世俗期待，但卻自在。不過，我衷心祝福所有有情人終成眷屬的朋友。我向來自外於一切糾纏，人生累人的事不少，總覺得銷磨。

36 夜色

很少和朋友約在熱炒店見面，更別說是作者。熱炒店總是熱鬧喧嘩，油煙四竄，觥籌交錯，不適合淺酌清談。簡白例外，他特別喜歡這種半戶外的飲食空間，庶民又自在。與其說是作者與編輯的關係，其實更像是朋友，聊天交談沒什麼壓力，此外，話語更容易溝通。

雖然如此，他的突然退休還是讓我嚇了一跳，總覺得他還可以多揮灑幾年。不過，這樣也好，我終於可以名正言順地催稿了，一本小說集還差最後一哩路，遲遲無法問世。他的小說有五年級最熟悉的現實主義氣味，當然還有他自己的語言風格。我問他眼下有何打算？他說先休息半年吧。或許，也真是充電或放空的時機。我內心其實是有些羨慕的。我從書包裡拿出一本日文小說，這本小說的作者是他曾提起過的，特別去要了樣書，也許他可以來好好翻譯了。我們的工作和生活離不開人，離不開煙或酒，但更離不開的就是書了。在我們的行業裡，我們當然自以為是中心，然而對社會來說，我們其實是邊緣，不管就產值，就銷售額，就從業人口數來說。但問題其實也不在客觀上的中心或邊緣，而在於書本和閱讀在每個人心中真正的位置，到底是什麼？

我在很年輕的時候，和簡白曾有短暫的交會，在中年的時候，才又相遇，因為行業的緣故。而後，他成了我的作者。我相信他還有許多故事可說，現在正是時候。熱炒店位在巷中的十字路口，不時有人車經過，時有驚險畫面。我們大概是第一桌坐定的客人，慢慢地華燈初上，桌子坐滿了人，有下班的上班族，也有看起來在談土地買賣的社會人士。五月的黃昏，微風徐來，真是適合戶外閒坐小酌，美中不足的是，熱湯，很快就冷了。

知道我還要趕回基隆，簡白送我到台北車站的西站客運大廈，然後，我們就在這裡分手了，夜色降臨。

37 天才的編輯

在西站準備搭客運回基隆，由於喝了啤酒，得先排解一下才好上車。順道又進了地下街的書店。地下街是個有趣的概念，它仿真卻又不真實。這裡不會有真實的陽光和空氣，室內風景全是人造的大圖輸出，連空氣也是空調的；不過兩側街燈還是有點氣氛。

我走到了新書平台，即使台灣啤酒仍在意識中作用著，還是很快地找到了一本，《天才》。這本書我等了許久，終於出版了。去年的七、八月間，一次餐會上，偶然遇到《蘋果日報》的前社長杜念中先生，他問我知不知道這本書？我說，我知道，還沒找來看。其實，五百多頁的英文對我來說，真的很吃力，還好，很快就聽說已有同行要出版這本書的繁體中文版，就開始等待了。

這本書的傳主是美國出版界的傳奇，也標記出版的黃金世代。他發掘出美國二十世紀的偉大作家群，成了編輯的典範，也立下無可超越的神話，他就是麥斯威爾．柏金斯。他合作過的作家包括費滋傑羅、海明威、伍爾夫等，他的編輯故事是橫向開展的美國出版浮世繪。

這本以第三人稱開展的敘述，讓人一打開書就無法停止，尤其是對身為編輯的我來說，我太想知道編輯檯上的故事，太想知道作家和編輯如何合作鍾煉出驚世傑作，不只是風靡當世，還要能流傳久遠，這是我的初心。

我很高興當年有機會到允晨擔任編輯，但最大的遺憾是我一直單兵作業，土法煉鋼，撐到了今天。這本書像是補課，有許多細節線索。書中一段敘述中提到一個日期，讓我印象深刻：二十六年前的三月二十六日，發生了一件事，由此拉開了麥斯威爾．柏金斯的偉大生涯的序幕，一本改變他人生，深深影響他的書出現了。這個作家就是費滋傑羅，帶著他的處女作出現了……。

然而，我的視線卻停在三月二十六日，我不知道我為什麼特別記得這一天：一九九〇年的三月二十六日，我走進了允晨，我不知道我有沒有遇到改變我人生的書，但是我卻從那時一直走到現在。

38

現場

天空微雲，不時有風吹拂，走起路來，還是出了一身汗，從辦公室走到鄭南榕基金會，襯衫都濕了。這一天是五一九綠色行動三十週年紀念，也是鄭南榕基金會與逗點文創合作出版《百分百自由教戰手冊》的新書發表會日子，接到夏民的邀請，很樂意出席這場盛會，一方面也是向爭取解除戒嚴，以及出版言論自由的前輩致意。

夏民說得沒錯，最近我們都在讀柏金斯傳，但台灣真正應該被重新注目的總編輯鄭南榕先生，卻被忽略了，或者說，大家忘了他的存在。這句話讓我沉思了起來。黨外運動興起的時候，我還是中學生，對政治沒有認識，只有課業，可以說是後知後覺，可是，當我後來開始從事出版，可以自由地選擇議題來做時，我的確很少想起鄭南榕。我走在沒有拒馬蛇籠的出版道路上，幾乎忘了是由無數的前輩爭取來的。他們犧牲了家庭幸福，甚至還犧牲了性命。發表會上，葉菊蘭女士的發言最讓我感慨，她說：我曾經也只是穿著高跟鞋的上班族。她說鄭南榕曾經對她說：台灣人真的很奇怪，居然可以忍受世界上最長的戒嚴。於是他走上了街頭，然後，很快地走向了人生的終點，他只活了四十二歲。

世界上最長的戒嚴，這句話讓我想起了馬奎斯。這種描述性的句子，最適合出現在馬奎斯的小說裡，不可思議的荒謬和扭曲，然而卻曾是台灣的現實。薛化元老師說了一些話也讓我印象深刻，他說：國家有些檔案當然是已經銷毀了，但有些檔案並未銷毀，只是從目錄中刪除，閱卷的人如果從目錄上看不到條目，是不知道這些卷宗的存在。這是真實的嗎？還是出自小說的想像？如果是真實的，公務機關並不顢頇啊。

我從來不是一個勇敢的人，向來怯於爭論和戰鬥，當我第一次看到一間火焚的總編輯室時，有一種異樣的感覺，這是一種怎樣的決心和戰鬥意志啊。我從玻璃外看著這間焚毀的編輯室，火焚後的辦公桌上有數盒名片，幾把鑰匙，和數枚銅板。書架上的書，經煙燻後，成了黑炭狀仍維持書的形狀，入口處的印表機的外觀也很完整，好像還可使用，地板的磁磚有數處爆裂，想來是高溫所致，整體感覺很不真實，像是看電影中的場景，或是布置製出來的，然而，這是真實的人和事件。先行者的他，保障了後來者的出版自由，赦免了我們將可能被羅織的罪。

謝謝前輩。

39 看鳥的人

海邊兩個廚師模樣的中年男子，站在樹下：一個抽菸，一個用手機猛拍著樹。是在拍鳥嗎？忍不住趨近一看，陰天的下午，光線暗淡，看不清楚到底在拍什麼？正在拍照的男子，感覺有人走近，暫停拍照的動作，回過頭來對我說：是台灣藍鵲。真的嗎？有一陣子，台灣藍鵲幾乎絕跡，現在似乎經常出現。男子在附近的餐廳工作，下午休息時，就出來透透氣吹吹風，感覺是個友善的人，也就開始和他聊天。

我問他：這附近有很多藍鵲嗎？他說，總共八隻。八隻？他每天都在算嗎？他提醒我不要太靠近樹，他說：現在是繁殖期，牠們會攻擊人。說著時，真有一隻藍鵲從樹叢裡飛出來，飛得很低也不怕你抓牠，長長的尾，紅色微勾的喙，果然是藍鵲。他說這片樹林是藍鵲活動的範圍，另外一側則是另一種鳥的活動範圍。什麼鳥呢？我很好奇。長尾雉，他說。我不確定他說得對不對，不過，他說得很認真，我應該找時間多認識一下。

中年廚師的年紀比我小，大約四十出頭。他說他是嘉義人，偶然來到萬里海邊，看到這片海這麼漂亮，就留下來，在附近找工作，也這裡成家了，一晃二十年了。不過，今天的天色陰鬱，連海水也是灰沉沉地，不甚美麗，只偶爾透著一點藍。我如果是嘉義人，應該會繼續問他老家是嘉義哪裡？敘點鄉情。他在金山租房子，很喜歡這一帶。和他聊天時很放鬆，很家常，就好像服兵役時和學長學弟般地閒聊。我發覺他眼神很清澈，難怪在那麼微弱的光線下還可以看見藍鵲，藍鵲一點也不藍啊，羽色幾乎是黑色的，忽然很羨慕他的視力。

聊著時，遠方的海岸邊傳來鞭炮的聲音，他說：這是金山慈護宮的二媽到野柳潮音洞做客的日子，現在正在龜吼村一帶遶境，你有空可以去看看。我漫應了一聲，腳步完全沒移動。其實，我完全不知道這典故。他說海邊有時會有漂流來的神像，慈護宮就是這樣蓋起來的。我聽著他說，好像在對朋友說著生活裡的大小事，覺得這樣的談話很溫暖，無關乎信仰，聊了一會兒，他說：我該回去工作了，我叫阿順，有空可到餐廳找我。大哥叫什麼名字？我姓廖，廖添丁的廖。

海邊散步時遇到的阿順，記住了。

40

一張照片的故事

如果我告訴你我拍的一張照片，上了《紐約時報》中文版，我想大部份的朋友一定將信將疑，連我自己也不會相信，但這件事是真的，只是不是你所想的新聞照片。

幾天前，和作家廖亦武在臉書上傳訊，他希望我用一張三年多前拍他的照片，當做《毛時代的愛情》封面，他覺得這張照片的神韻不錯，他還傳來了一篇《紐約時報》中文版的專訪，喚起我的回憶。我後來才意識到，這真是我拍的照片，它也真的登上國際媒體，不敢置信。有意思的是《紐約時報》英文版用了另一張記者拍的照片。我說，如果德文版要用這張照片，記得打上拍攝者的名字，如果有稿費更好，他說，冷冷地說：你窮瘋了，你恐怕誤會了，我是說中文版的封面用這張照片，不是德文版。

真是誤會了。我其實已找不到當日拍攝這張照片的底片，回到台灣，沖印出底片後，曾傳給他電子檔留念，之後就再也沒有想起。二〇一二年十月，我第一次到柏林，為了參加當年的法蘭克福書商和平獎的頒獎典禮，就順路到柏林玩，但那幾天，出乎意料的，我待在他家中的時間比我在柏林閒晃的時間還長，還好我已看過電影《神鬼認證2》，有個粗略印象。我很記得那個入秋的下午，我拖著行李在他住的地方附近繞來繞去，就是找不到他說的很有名的褲襠大街，後來才知道班雅明的出生地就在這一帶。當年他獲得德國國家學術交流中心（DAAD）的藝術家獎學金項目，在此居住一年，繼續創作。我住在他家的那幾天，幾乎夜夜喝酒，如果他的生活作息如此，那他何時創作呢？我很好奇。不過，我也相信不要以為自己真的瞭解誰，在他的夜夜夜茫時，他不但繼續寫作，還有時間戀愛和生孩子……。德國，這個轉型正義典範的國家，真的解救了他，我這麼想。在他的窮途，上帝為他開了一扇門，這扇門開在德國。

我在他家只住六天，那六天可能是這輩子最密集喝酒的六天。有一天下午，酒還沒開始喝，我說：老哥，我帶了相機來，能不能幫你拍幾張？他說：好嘛，你拍吧。我不認為他對我拍出的照片有什麼期待，我自己也是。然後有了這張照片。重新看著照片時，我突然想起在他家的那幾天，我對柏林的記憶，也好像只剩下酒。

41

愛爾蘭酒館的回憶

清晨，國光號停在敦化南路上紅綠燈號誌前，突然想起曾有一家愛爾蘭酒館，就在這條林蔭大道旁。酒館已遷移很久了，我甚至不知是否還存在，幾年後，隔壁的一家老牌牛排館也遷走了。我有些懷念。這種懷念是意識到自己原來在這條路上往返流動得這麼久。然而，我更懷念的是那家酒館。

通常是下班後，或許是週五的夜晚，那時還很習慣在辦公室待得很晚，待到酒館裡樂團就要進場的時間，我很習慣這樣一個人的工作，也這樣一個人慢慢地走去酒館，朋友很少，但覺得也無所謂。進到酒館，酒館裡的陳設就是電影中看到，愛爾蘭酒館應有的樣子，充滿木桌木椅的鄉村風格。我那時每次都點 GUINNESS，我喜歡從酒桶裡流出的，有著飽滿紮實的泡沫，和口感濃郁，甘苦半陳的黑色酒液，看似濃稠實則滑順，然後等著樂團上場，從不覺得寂寞，或者不意識到的寂寞，這樣的夜晚和這樣的時刻，讓你一週或一個月的工作，有不同的逗點或轉換。然而，有一天，遇到一件事，讓我哭笑不得。

一次下班後，我照例去了酒館，一樣點了黑啤酒，一樣等著樂團上場，一樣坐在高腳圓桌上，旁邊還有空位，忽然走來了一對情侶，很甜蜜的情侶，他們喝著酒、談話，突然注意到我。情侶中的男士對我說：你怎麼一個人？停了一下，說：沒關係，人生都有這樣的時刻……。我看著他，是完全不認識的人，內心覺得驚訝，我的表情流露了什麼嗎？他說的，人生都有這樣的時刻，到底是什麼時刻？我不知該回答什麼，只好微笑。他心情顯然很好，可能沉浸在愛河裡，覺得不該有人落單，於是他點了龍舌蘭酒，他總共請我喝了三輪龍舌蘭酒，喝得我昏昏沉沉，我完全沒有回請的表示，居然很自然地接受他的「安慰」，我後來和他聊什麼，完全不記得，離開後就忘了，酒的滋味倒還記得。不知那對甜蜜的情侶最後是否成了夫妻？

酒館搬走以後，那段路就再也不曾路過，GUINNESS 也幾乎很少喝了，我只喝酒館裡的 GUINNESS，風味最足。我忽然有些懷念起那種小酒館的滋味。那種吵雜裡有一個人的安靜，然後，喝完酒，拍拍椅子，走人。

42

熱天午後與馬奎斯的餘光

三十幾度的高溫，雖然沒有直射的陽光，不時吹拂的薰風仍讓人感覺焦躁，我來到一個戶外小市集，是獨立出版社的帳篷，看到了帳篷下顧守攤子的丘光，我也看到了書攤上今年書展時一直沒去買的《關於愛情》，發覺有精裝版，於是問丘光：和平裝版有什麼差別？他說有了更多的註釋和補充資料。他也展示了精裝的封面設計，花了很多錢，他說。我問他一年出版幾本？兩本。很辛苦啊。其他的也不好多問，畢竟不那麼熟。

上次見到他是波蘭作家古瑞茨基來台訪問時，他陪了我的作者一個下午，兩個人一路以俄語交談。我問丘光：《關於愛情》和新潮文庫的契柯夫短篇小說集有重複嗎？他說：重複不多，而且故事都是自己選的。我離開時才想到應該問他最喜歡哪一篇？理由是什麼？每個同行都有自己做書的選擇，了解他們編選的理由，也多了閱讀的角度。這種高溫，讓人無法在戶外久站和思索，但他們已站了一個白天了，真是辛苦。旁邊的帳篷有一場小小的講座進行中，都是年輕人。年輕人願意這樣支持文化活動，令人感動。我停留了一下，就往《風景線上》的發表會場地走去，說真話，我迫不及待地想進入永樂座的冷氣中。

忙碌的一週，不管白天或黑夜，許多難得的邀約，都集中在這個禮拜，許多的餐宴和談話，都讓我來不及消化。不過，我還是抽空讀了一直很想讀的馬奎斯的最後力作，《苦妓回憶錄》。知道這本書很久了，一直等中文版的出版。由於台灣或中國沒有出版社可以談下全部馬奎斯的作品版權，這本小說在中文世界始終不曾推出。幾年前，終於有中國的出版社以高額的版權費，簽下馬奎斯的所有作品，我便開始期待。我很好奇魔幻寫實大師的最後作品，他會以怎樣的風貌來為自己創作的人生劃下句點。

這本小說的敘述語氣是標準的馬奎斯，充滿了熟悉的熟爛破敗氣味，始終有一個過去的幽靈和暗影在敘述者背後。閱讀時的心情很抽離，翻譯的語氣讓我很不習慣，覺得馬奎斯用一口京片子在對我講著他悲傷妓女的回憶，我忍受著這樣的語氣到最後。馬奎斯設定敘述者是九十一歲的老翁，這九十一歲的老翁仍想找一個尚未破處的雛妓共度餘生，這樣的情節或處女情結並不匪夷所思，只是小說中的主角，行動敏捷，尋芳時，劍及履及，更勝中年男子，讓我有些訝異。

我帶著不完全投入的狀態，在一家二樓咖啡館讀完這本小說，然後趕赴一場餐會，心裏有些悵然，原來這就是馬奎斯的創作終點了。馬奎斯寫這本小說時七十七歲，他事實上是以七十七歲的體力想像著九十一歲男人的最後綺夢……。馬奎斯的短篇小說是精彩的，在這部小說中，他恐怕也無寫成長篇的精神氣力，謀篇和起伏都不足，有一種急促和軟弱，最後寫成了中篇。

但我還是很喜歡這部小說的意象，破敗穿透的屋宇，就像生命中無法填補逃避的空洞。

第二卷

part 2

夏日炎天

43 明信片計畫

夏天開始了，我出版了《105 號公路——泰緬邊境故事》，又一次，我幫一個可能的作家出版了她人生中的第一本著作，不同的是，出書不在她的人生計劃裡。

二〇一二年十月，秋高氣爽的季節，在作家林世煜、胡慧玲夫婦家中，第一次見到 Yvonne 這個可愛又活力充沛的女孩，我不明白政大外交系畢業的她為何走上一條完全不是科班生會走的路徑，而是一條通往邊境的道路？我們吃飯，喝酒，聊天，屋外是淡水迷人的山影夕照，餐桌上的話題，一個接一個，不遜屋外風景，Yvonne 說起她的「明信片計畫」，我突然在濃重的酒精中清醒了過來。從沒聽過這計畫，真是一個好題材，充滿人的故事和光輝。讓我們這些阿北汗顏的是，這個計畫的經費竟是用她自己獲得的獎金捐出設立的。

Yvonne 說：泰緬的孩子說故事——寫明信片計畫，是由我個人將二〇〇九年青舵獎國際參與組個人組的獎金捐出，製作而成的中英文明信片。做這件事的動機，是單純想要將獎金回饋出來，取之於哪裡，就用之於哪裡；也藉由緬甸孩子的影像，讓他們說自己的故事，說他們想要上學的想望。我希望在網際網路幾乎取代用手寫字的時代，可以讓大眾經由手和筆，寫一張明信片，寄給自己的朋友，讓她們知道在世界的角落，還有這樣的一群孩子；同時透過明信片，讓在遠方的朋友，重拾一份簡單的問候。

我不知第一次聽到這個計畫時，有沒有留下鱷魚般的，中年的眼淚。我知道 Yvonne 在自己的部落格已陸續寫下自己的心情故事，也拍了很多張精彩的照片，當下就說：那我們就用「明信片計畫」來作一本書吧，讓這樣的愛心和義舉傳播得更遠，也具體留下紀錄。除了主人伉儷，忘了那天同桌的還有誰，我們一起高舉了酒杯，好像已在進行一本書的出版慶功宴……。

一切言之過早。後來怎麼從淡水回到基隆已經忘記了，醒來的第一件事，是追想前一夜發生的事，我記得我好像承諾了什麼，怎麼想都想不起來。幾天後，收到 Yvonne 的電郵，才正式確認了出版這件事。我們開始討論章節、大綱、寫法、調性、書名等等，期間 Yvonne 仍到處奔忙，往返泰緬、台灣，和倫敦。就在二〇一四年的六月，終於看到書稿成形了。出版前，我問Yvonne：明信片計畫目前進展如何？她說，目前仍持續資助邊境緬甸學校的教師薪資、孩童營養午餐、校舍修繕、文具補助、教育訓練等項目，主要銷售區域在台灣、香港、和泰國，現在台灣已經有第三批，第二版了。真是了不起。

一個台灣女孩，用她的明信片計畫，喚起我內心末梢的深沉感動。

沙漠人生

多年前，先後從幾個中國作家口中聽到高爾泰先生的名字，他們異口同聲地說：年輕時讀高爾泰先生的文章，深受啟發。在《尋找家園》出版之前，曾透過曹長青先生聯繫這部回憶錄出版的可能，但我說得太晚。

李劼曾經造訪住在沙漠的高先生，我很好奇，一位中國當代美學大師和文化思想學者，怎麼適應異域的沙漠生活？後來，我才知道，他早習於沙漠，在中國的日子，歷經人世粗厲如荒漠般的洗禮，沙漠已內化，怡然安頓，他說：我這輩子，和沙漠有緣。青年夾邊溝，中年敦煌，老年內華達。

他對沙漠別有寄懷，在舉世文人中，也是罕見：變化不可逆轉，唯有沙漠無恙。有時面對海外的沙漠，恍若身在海內從前。似乎兒時門巷，就在這太古洪荒後面，綠蕪庭院，細雨濕蒼苔。收入《草色連雲》中的文字，大都是在這裏寫的。斷續零星，雜七雜八。帶著鄉愁，帶著擰巴，一肚子不合時宜。就像沙漠植物，稀疏憔悴渺小，賴在連天砂石中綠著。綠是普世草色，因起連雲之想。

我很久沒讀到如此簡潔優雅，又饒富情味的文字，反覆咀嚼，愛不能捨。散文之為文體，易寫難工，而高爾泰的文字，悠然，飄然，如天外驚鴻。和高先生聯繫上是意外，也不全是意外，畢竟他和我的許多作者都有交集。年初，來自中國的徐曉老師到台北開會，有一天她和尉天驄、錢永祥兩位老師小聚，突然提到想找我，然後錢老師就撥了電話來，接起電話的我，滿心驚疑，不知發生何事，徐老師說：高爾泰先生想找你。

這樣，我接到了《草色連雲》的書稿，高先生對這本正體版的出版，寄望很高：我還沒看到中國的《草色連雲》簡體本，據說已經出版，但是被刪改了很多，十分遺憾。特別希望在正體版中補救損失，包括在簡體版中被刪去的兩篇散文〈老莫〉和〈大江東去〉……。和高先生的通信，在五月間戛然而止，更離奇的是，信箱中所有和高先生往返的通信，一封不存，其中包括他傳來的書法題字，我花了一個下午找信，百思不解。奇怪的是，同一時間和其他作者的通信都仍在信箱中，我後來想，這個信箱被監控了嗎？誰的手伸進了我的電子信箱？

我後來又從另一個信箱寫信給高先生，告訴他這個離奇荒謬的悲劇，先向他請罪，並請他再把編輯的修正意見告訴我一次，他後來寄來了用毛筆寫的親筆函。如果說，信箱中的信件消失是意外，這封親筆函的寄來，則屬意外中的驚喜了，感謝老大哥。

和高先生的通信，除了書稿的細節討論，有時也可以讀到他對文學作品的看法，如我其他的作者所說，深受啟發。有一回，他談起了韓秀的《長日將盡》。

他說：剛讀完《長日將盡》，很受震撼。作者閱歷豐富，觀察敏銳，文字蘊藉洗練。且有獨特的風格，京味兒十足。那個特定歷史社會條件下各色人等，從高官名流、才子佳人，到盲流白丁街頭混混的表現，寥寥數語活靈活現。包括隱藏在這表現後面的複雜心態和生存努力，都歷歷在目。批判中含著同情，女性的溫婉中透著陽剛之氣，一瀉千里，至為難得！

高爾泰的文字在極簡的白話中有濃濃的古典情懷，在現實的擾人纏繞中，還有著過去的溫暖成為暗黑世途依稀的指引。我很久沒有讀到這樣的散文，一篇一篇地讀，忍不住就要手舞足蹈起來，他的文字是那麼地暗藏著音律，敲動你的心弦，讓你忍不住移情，忍不住潸然，但是絕不矯情。

「加加減減滋味，我未老已經深諳：已省名山無我份，八十行吟跡近癡」，這樣的一種與世不容的癡，我在康正果，李劼身上見過，如今在高爾泰身上又見到。總是讓我肅然。世俗的名聲終究要伏應世俗的方式取得，他們之不遇，實是必然。高爾泰說他至今還學不會平仄，無法寫出一首合格律的古典詩，我卻想，我大學時平仄聲調極熟，交作業的詩，有如機器樣模，充滿套路，終究難有性情。性情最難。

高爾泰應美國國會圖書館演講的那篇文章十分精采，充分顯示他的文學觀和審美趣味，尤其在評斷諾貝爾文學獎得主莫言的部份更是明揭：莫言的問題在於，他沒說什麼？為什麼沒說。這種說與不說的閃躲，已存有價值取向在其中。人焉廋哉？某種程度來說，文如其人是對的。但編輯檯上多年，我採分離主義，有時作品是好的，但做為人的部份，天知地知。

有時你會不期然遇到一個人，你發覺為他花力氣編書是值得的。五十歲時給自己的座右銘是：俯首甘為孺子牛——為值得的人和值得的書。

45

花蓮時光

火車十一點二十五分抵達花蓮，承辦導讀會的陳科長已在大太陽下等候，我其實只是散人。下午二點的導讀會是連續三場中的第一場，到達花蓮時，我深深地吸了口氣，我有著參加馬拉松比賽的心情，一場和自己體力賽跑的比賽，比賽的獎品是回家的車票。

很快地用完餐，離第一場演講還有一些時間，我請陳科長載著我去看幾家書店，行前已請同事幫我印出地址。第一站先到了花蓮最大的書店政大書城，位在市區中心的大馬路上一棟大樓的三樓，對面空地還租了空間讓訪客停車，真是太周到了。明亮寬敞的書店，書種和出版社齊全，雖說如此，我還是花了一些時間找允晨出版的書，在專櫃前的平台上擺著《失神》、《世紀之謎》，和《草色連雲》，我問了店員：允晨的書哪幾本賣得最好？店員想也不想地回答：白先勇老師的書。一方面高興著，一方面也沮喪著，得想想還可以做什麼。店員建議：你們可以下來辦活動呀。

還有一點時間，我趕去探訪「時光書店」，一棟日式木造房舍，隱身鬧區的小徑。我敲敲門，沒人應門，連狗吠也沒有，這才注意到書店一點才營業，門口掛著牌子：不准帶蔥油餅入內。陳解釋說：書店附近有一家蔥油餅店，太有名了，很多人先去買蔥油餅，再來逛書店。竟有這等事？我忍不住莞爾。我來早了，只能透過玻璃窗看著裡頭陳設的書，和整體空間規劃，這家書店實在太夢幻了，難怪會成為偶像劇的拍攝場景。我到訪過的最美的書店，除了巴黎的莎士比亞書店，淡水的「有河書店」外，就屬「時光書店」了，它的美，美在時間停格，並且連結到在地性。看著「時光書店」，難免想著我們基隆為什麼沒有這樣的書店？

我急行軍般的路過剛結束營業的「瓊林書店」舊址，又路過現在只接受客訂的「飲冰室書店」，繼續前往下一家「舊書鋪子」，這家書店也搬家了，花了一些時間才找到新址，書店空間高挑，像倉庫，入口的木製拉門則呼應書店的氣味，書籍不少，我瀏覽了起來，意外地看到一九七七年遠景版的《預知死亡紀事》，趕快買下來，這本書的第一版是一九七二年出版，那時書名是《馬奎斯小說選》，封面繪圖從鄧獻誌變成了吳耀忠，對我來說，馬奎斯不朽，吳耀忠也是不朽的：他的才氣，他的政治受難，他遽爾辭世的英年，成了我對他不朽的追憶，尤其是他畫了那麼多幅名家的封面素描，至今罕有其匹。

在二手書店總是會有驚喜，《預知死亡紀事》是我初讀馬奎斯之始，但始終想不起來，這本書當初是怎麼丟的……。

46 探病

陪彥明姊去探望尉老師，更重要的是一起送金鼎獎的獎座給尉老師。這獎座得來不易，而且出版過程幾近難產。見到我們，尉老師心情很好，在床上一直聊天，前一批訪客前腳才離開，我們後腳就踏進，但看來體力還可以。他的助聽器似乎更靈了——是我的錯覺嗎？他問我頒獎典禮那天在台上都說了什麼？王文興有說什麼嗎？我說：王文興老師只有頒獎，我對大家說尉老師交待我要自在地講，我就照實說了，中間省略，但沒有忘記向評審道謝，最後以金鼎獎座祝尉老師早日康復。尉老師始終帶著笑聽著，然後一如預期地開口說：這次能得獎都是你的功勞……。我忍不住玩心：那麼，尉老師，獎金可以分我嗎？

很久沒來看尉老師了，這幾個月被蕁麻疹和失眠整得很慘，遇到這種熱天，苦不堪言，人也意興闌珊，不過，要去看尉老師的事始終放在心上，鄭樹森老師有時也從海外來電關心尉老師近況。好久沒到尉老師家了，上次來應該是在《荊棘中的探索》出版後不久，尉老師在家中請了出力很多的學生，主廚是任之，記得那晚吃的是紅酒燉牛肉，滿滿一桌菜，離開時，尉老師還打開了酒櫃，讓我挑了一瓶藍標的約翰走路帶走——其實我更想帶走的是滿屋子的孤本，算了，酒也很好。

和彥明姊相見也是去年的事了，一起在高記與尉老師餐敘，同桌的還有鄭老師、唐先生，大家都很開心，我們從晚上六點半一直坐到餐廳打烊，話還沒說完，又在餐廳門口站著聊天，聊了許久，才往東西南北分別散去了，現在想來，尉老師那晚可站得真久。世事難料，餐會後一個月，尉老師就發生車禍了。尉老師對彥明姊說：唉呀！這次不能請你吃飯了。

尉老師始終關心著台灣的前途和文化現狀，他老是說：沒有靈魂。真像台語說的「無魂有體」。他一直想整合各界力量來辦一本視野開闊的人文雜誌，老驥伏櫪，壯懷不已。他聊起了老朋友，有些人現在已經不是朋友，也不知他出車禍的事，他突然提起郭松棻，他說朋友中最正直、老實，遭遇又最慘的是郭松棻……我想他是動了情緒。他也談到了汪曾祺，我說：汪曾祺的散文和字寫得真好。他說，你不知道，他的小說寫得更好。真的？得找來看看。他比較了汪曾祺和沈從文，兩位作家我都很喜歡，路數也相近，充滿了濃濃的，人的情味和存在感。尉老師說：但汪曾祺的底蘊更厚。

進到尉老師家中，還沒見到尉老師前，就先看到他練手練握力寫的書法墨寶，「採菊東籬下，悠然見南山」放在沙發上，彥明姊和我異口同聲地說：寫得真好！一定要向尉老師要一幅。尉老師抱怨練字的辛苦，我裝做沒聽到，我對尉老師說：尉老師你好好練字，真的可以到街上擺攤呢，我過年前再帶紅紙過來，請你幫我寫春聯。離去前，我認真地對尉老師說：趕快把身體養好，我們再來出一本書吧，這次可別拖五年。

47

焚書之書

接到博達版權代理公司的來信，請我繼續發行一本已到期不再續約的書，《焚書之書》。這封信讓我詫異，詫異於授權者為了傳播這些焚書之書的故事，為了歷史的轉型正義，願意無償推廣，讓我深受感動。通常接到類似的來信，無非是提醒你簽約的書已到期，請不要繼續販賣，如果有庫存，請在期限內銷毀云云（其實也是焚書），這是商業機制的現實，無言。出版一本翻譯的著作，所費不貲，而銷售期短暫。如果授權期限是五年，這五年得包括翻譯出版，真正可以銷售的期限只有三年半，我曾遇到的悲慘情況是，一本譯稿拿到手上時已是簽約四年半以後的事了，出版後兩個月，版權到期，中間還付過延遲出版的違約金，完全是失控的災難，沒有及早壯士斷腕，為自己的鄉愿，付出了昂貴的代價，但也上了寶貴的一課。

《焚書之書》是二〇一〇年出版，我直到二〇一二年十月到柏林找廖亦武時，才第一次有機會踏上這歷史的現場。一九三三年五月十日，許多書被焚毀，就在洪堡大學前的歌劇廣場上，這些書（其實是作家）被認為缺乏德國精神，而遭到焚毀的命運，提供書單的是一個圖書館員。是的，圖書館員決定了書的命運。就像詩人海涅所說：焚書的地方，到頭來也燒人。焚書只是先聲，許多作家開始流亡海外，背負著巨大的心靈創傷，終身難以寫作，有一位作家流亡到義大利，整天坐在書桌前，在紙上寫著字，但什麼也寫不出來……。

《焚書之書》就是在敘說著這些書和這些要被國家除名驅離的作家故事，匪夷所思的遭遇，讓人心情激盪，這些作家中包括德語世界中最偉大的作家，雷馬克和褚威格。雷馬克寫的《西線無戰事》，德語世界最暢銷的書，一本書就足以揭示戰爭的荒謬和虛無，就像褚威格所說：抵得住和平主義者十年來的努力。自認非政治作家的雷馬克，後來流亡美國，選擇沉默，安度餘生；而流亡巴西的褚威格卻不想繼續流亡，選擇自殺，結束自己的痛苦，他的絕命書上寫著：我祝福我的朋友，希望你們在長夜之後，能夠見到破曉的曙光！我，沒有耐心的人，先走一步了。曾經是極權者的國家，如今卻庇護著他國的流亡者，像廖亦武，歷史的弔詭。那麼，誰是新納粹呢？

二〇一二年，離開德國以後，我幾乎遺忘了這場朝聖之旅，如果不是收到這封版權代理公司的授權信，我已把版權到期的《焚書之書》，歸入「遺忘之書」。這兩天又翻出重讀，想著這一三一位作家的遭遇，以及他們的生命故事，一場火燒出了大時代作家的悲慘際遇，所幸這場大火還留了餘燼，一個納粹之子，終其一生在舊書肆之間蒐集這些被焚毀的書籍，保存記憶。德國人的是非，竟如此清楚。

我在傍晚抵達歌劇廣場，天色昏暗，幾乎什麼也看不見了，人不多，也沒留意到巨大的書的雕塑，但還是找到焚書的標誌處，以及特地挖出的地下書室，書室四面陳設著空書架，空的書架意味著放置那些被焚毀的書籍。我停留了一會兒，就去找一個多年不見的朋友，他帶我去吃德國豬腳，這是我在德國第一次吃到德國豬腳，和巨大香脆的豬腳奮戰之後，我很快地忘了歌劇廣場的這一切，直到這幾天。

48 在一九二〇書店

一九二〇書店搬家後第一次進來，從小藝埕的一樓，搬到眾藝埕的二樓，書店更寬敞明亮了，也多了閱讀書區，也許換了地址，感覺路過的讀者也少了。和店員閒聊一下，對於文學性書籍的冷清，有幾乎一致的共識，但是不管如何，值得出版的書還是得用力去做。在這裡，台灣主題的書籍還是最獲青睞，我也是在這家書店才發現《紫色大稻埕》這本小說，據說要拍成電影了，真是好消息；那真是大稻埕精采的年代，不只是大稻埕，也是台灣文藝復興的年代，充滿著一戰過後，慢慢修復的生氣，以及平復後的昂揚，雖然二戰的陰影也開始醞釀了，但還是讓人回味無窮，值得探索的年代。

相對於亞洲台灣的歐美洲，一九二〇年代，是美國失落的一代，很多作家都跑到歐洲的巴黎去了。在迪化街的這頭，總讓我想到巴黎，猜想一定也有作家此刻正坐在某間咖啡館或茶館裡埋首創作。星期三的下午，陽光飽滿，城市裡流動著熱風，但還是冷清，不管如何，我還是暗自地為捷運未在此地設站高興著，不然迪化街就毀了，迪化街是一條甬道，連通著上世紀和我們父輩的過去。離開書店前，我有點不好意思地把自己寫的書交給店員，店員很善意地把書擺在入口的平台上，但我不知道這兩本書將會在這裡躺多久。

離開一九二〇書店，我又踱進了民藝埕，這次決定在洛酒館停留，我每次都從民藝埕穿過洛酒館再到眾藝埕，感覺有點罪過。洛酒館在這棟台式的巴洛克街屋裡，散發遺世獨立的布爾喬亞氣味，十分歐風，位在靜巷底，讓人心情沉澱下來，服務生送上酒單時，有點遲疑：下午喝酒，不會太過分嗎？於是點了一杯咖啡，慢慢地欣賞整體的空間氛圍，聽著七〇年代的流行音樂，像BEE GEES。

我從書包拿出紙稿，開始整理下一本書的文案，一本重新出土一戰的小說，與此時此地的場域感接近，剛好就是前一九二〇。就在沉靜的當下，走進來一群服飾高貴，拎著名包，金光閃閃的大姊姊們，各種家常和小道，於是在耳際流竄，可惜我正在整理文案，不寫小說，不然我一定耐心把她們的故事聽完。沒多久，又有一名女士牽著貴賓狗進來，我心情開始浮躁，把咖啡喝完就走人，雖然酒店還沒打烊。幾天前，尉老師才打電話來問民藝埕裡茶館的名稱，我想了一下，回答說南街得意。也好久沒去喝茶了，尉老師說他現在想寫篇小文，他想起那間茶館。我一直把這裡當成私花園，雖然不常來，但這裡的時代感很濃郁，讓人留連。我很高興尉老師又提筆創作了，去年他第一次走進民藝埕時，促狹地說，想談一場戀愛。我想一定是空間的魔力，不然這種話語通常只出現在日劇的台詞裡。這是尉老師第二次問我這家茶館的名稱，期待他病榻上的新作。

我在高聲的談話中，走出酒館，走向圓環，就在圓環旁的巷中，看到一家書局還在營業，實在好奇在這樣的時機，在手機壟斷一切的時代氛圍中，什麼樣的書局還能這樣純粹地營業？走進一看，是專營文藝漫畫和武俠小說的書局，這樣的街頭，這樣的書局，感覺時間的停格，雖然不是自己會逛的書店，也希望他們永續經營下去，因為那也意味著生計。就在這間書局的對面，我也看到聞名已久的偵探書屋，各類的偵探書排滿四壁，書店底端有小組人對著筆電認真地研討，其他散置的座位，坐滿喝咖啡的人，單純的書店已很難維持了。

在圓環坐上公車回公司，車上路經原來的墊腳石書店，如今已進駐了新的商家，NIKE，斗大的標語寫著：就是這麼快。是啊！就是這麼快，書店從街頭慢慢消失了。

接到一通電話，一個甜美的聲音，是一家銀行的業務人員。

請問你之前是不是有問過無擔保貸款？

沒有。

你們是圖書產業，請問你們的業務對象是誰？

書店，讀者。

喔，那你們有沒有淡、旺季的區別？

沒有。我們一直在淡季。

販書偶記

中午，戶外溫度高達三十七度，熱到極點，連雲也沒看到幾朵，想到等會兒就要開始在廣場賣書了，開始擔心，大多的人應該會躲在冷氣房吹冷氣吧。往好的方面想，今天看起來不會有午後雷陣雨。

下午三點多到達廣場，人不多，不過，雲來了，也開始有風，風吹著，人舒爽起來，也許再晚一點，當太陽滾著火輪子回家時，會有更多人來逛這個一日市集。我看著廣場旁的市府大樓，溫度標示器顯示為三十度，真好，如果可以像室內空調般地調節，這個下午的戶外市集就太理想了。這是個少見的市集，少見在於，一般的市集不會有成人書的攤位，如果賣書，多的是童書和彩色繪本。它也不像一般的市集那樣地喧囂，充滿了此起彼落，價格拼搏的嘶喊。

與友社同一頂帳篷，頗不寂寞，他們的書，主題性強，銷售得很不錯，平台上的書已出現缺書。我看著我們的書，開始覺得命途多舛。一對中年夫妻走近，太太拿起了《帶著希羅多德去旅行》時，我便向她介紹這位已逝的偉大記者，也介紹書的內容和書寫方式，她聽著，感覺有點興趣，就買了這本。不過，當她拿起《在青春迷失的咖啡館》，我同樣介紹了這本文學性更強的書籍，以及作者的重要性，顯然沒有得到反響，她很快地放下了這本書，繼續往其他攤位逛去。沒多久，走來了一對年輕情侶，女孩瀏覽了桌上的書，拿起了《書，記憶著時光》，我心跳了一下，但故作鎮定。友社的同行，很熱情地代為鼓吹：這本書很好看，作者就在現場，可以幫你簽書喲。女孩很冷靜地回答：噢！我只是看裝幀而已。說著，就放下了書，翩然離開了。

攤位前人不多，就在廣場上吹風，看著前方的胖卡，也許一天，我的胖卡計畫會付諸行動，或者也不會，只當心底的夢想，就像大多的夢想。在廣場上遇到一個久違的朋友，聊著彼此的工作，他經營的書店將歇業一陣子，然後再重新出發。他一直對開書店有興趣，我們第一次認識時，聊的就是書店；三年後見面，聊的還是書店。我說我最喜歡的書店氣質就是有著莎士比亞書店那樣的書架和書牆。離開時，他買了《書，記憶著時光》，今天唯一賣出的一本。

不知如何，每次賣自己寫的書，覺得像在賣愛心餅乾……。

50

西線的戰事

我們究竟從歷史中，學到什麼生聚教訓？

一條非常有意思的時間線。德國作家雷馬克於一九二八年開始在《福斯報》連載舉世聞名的戰爭小說《西線無戰事》，並於一九二九年一月出版，幾乎在相同的時間，法國暢銷作家賈伯瑞・謝瓦里耶（Gabriel Chevallier）也於一九二五年開始撰寫他的一戰回憶錄，《恐懼》（*LA PEUR*），以小說的形式呈現。我很好奇，這兩個作家彼此認識嗎？彼此知道對方撰寫的作品嗎？何以如此氣息相通，反戰精神一致，充滿對生命的珍惜？攤開一戰的地圖，雷馬克寫的《西線無戰事》，正是謝瓦里耶的東線《恐懼》，兩條線在戰火中遭遇。戰壕中死去的任何一個年輕德國士兵，都可能是未來的貝多芬；反之，死去的法國士兵可能是雨果。

兩個人，兩本書的命運也不同：《西線無戰事》於一九二九年出版，到一九三〇年的印數已達一百萬冊，幾乎是德國的國民讀物，卻在一九三三年的焚書事件中，以缺乏德國精神遭到焚毀的命運，導致作家流亡；在西線法國的謝瓦里耶呢？他的《恐懼》，於一九二五年開始撰寫，一九三〇年出版，第二次世界大戰期間被列為禁書，直到一九五一年才解禁。某種程度上，也反映了這部文學傑作的反戰精神，不利二戰期間的精神鼓舞和號召，錯失了出版的有利時機，也錯失讓國家機器對戰爭有所反省。

這部《恐懼》，不管在文學性及重要性都幾可與《西線無戰事》相埒，卻要到二〇一四年，第一次世界大戰百年，美國推出英文版隆重發行之後，才獲得世人的注目，佳評如潮，一篇登在《紐約時報書評》，由湯姆斯・康奈利（Thomas Keneally）撰寫的專文更是如此讚揚：他的表述如此地強而有力，幾乎是美國式的表達方式，很難相信這本書首度在美國亮相，他的語氣是那麼地具有吸引力，語調如此平易近人，讓大多數在戰爭發生數十年後出生的我們在讀這本翻譯書時如同目擊者見證著上個世紀開始，偌大的歐洲如何製造瘋狂。讓人很難相信，一旦我們更深入了解這本書，就可以發覺謝瓦里耶處理的雖是近百年的事件，但文體的鋪成幾乎也有著悠久的歷史。能聽到他的聲音，我們實屬幸運。法國的《費加洛報》則宣稱：所有戰爭的恐怖都寫在這裡，而單用殘暴仍不足以解釋這部偉大的作品。充滿蔑視和壓抑的怒火讓這本書贏得了一席之地。

不管百年前或百年後，戰爭的恐懼陰影以不同的形式存在或逼近，然而我始終相信，懷有相同的人道理念，人類或有和平共處之機。要想的是：我們究竟從歷史中，學到什麼生聚教訓？

51

老曹的禮物

老曹不是從我們這一班開始叫的，學長們就是這麼稱呼他們的國文老師，老曹。

我第一次見到尉老師的時候，自我介紹：我是士林高中老曹的學生。哎呀，老曹啊，我的老朋友，尉老師說。我後來想，我和尉老師之間沒有太多的客套和隔閡，除了尉老師爽朗的個性，可能也是老曹的緣故。據說一些士林高中的學長考入政大後，上尉老師的課時，也會想起老曹。下次去看尉老師時，要請他談一談老曹的二、三事。他年輕時就被叫老曹嗎？

退伍後，我幾乎沒去看過老曹，但偶有聯繫，如果有文學性的書籍出版，也會寄給他。他曾兩次路過出版社，但我都不在辦公室裡，他每次都留了二千元給會計，說是要買書，若不夠扣，再告訴他。我第一次遇到這種事，我只聽過在酒吧寄存酒。我在路上曾偶遇老曹幾次，一次在秋水堂書店——那次除了買書，其實想借廁所，沒想到一進到書店，就見到老曹背著厚重背包，裡頭裝滿書，背包頂端還露出羽毛球拍的握把，完全是以前模樣，頭髮稍微稀疏，目光則溫和許多。如果你在青春時期遇見中年的老曹，你所見識過最凌厲和炯炯有神的目光，非老曹莫屬，讓人想起《白鯨記》裡的白鯨。他單是一隻粗壯的手臂，就足以威嚇五十個生命力旺盛，荷爾蒙蠢動的高中男生。還有一次是帶單老師去總書記書店，在台大校門口遇到老曹，他正要去見其他的學生。謙謙君子的單老師對我滿口老曹不以為然，我把這事對老曹說了，老曹哈哈一笑：我本來就是老曹，現在更是名符其實地老了。

自己的新書發表會其實辦得有點尷尬，所以很多人都沒有邀請，包括老曹。老曹事前已聽說了，又聽文發提起，打電話來報名。那天參加發表會的朋友是幸運的，他們有幸見識到我的高中國文課都在聽什麼，而我像是又回到高中時期，那一年十八歲。莒哈絲曾說，十八歲就已經太遲了，我想她指的是我遇到老曹這件事。如果一個人有這樣的高中國文老師，在五十一歲才出版了人生中的第一本書，也真是太遲了。

高三那年，老曹送了我《老人與海》，這本絕版珍品在冥冥中引向我的出版人生，只是我要很久之後才明白。

52 父親這回事

感覺哲斌好像是已認識的朋友，周遭的朋友時不時就有人提起，但其實沒真的說過話。不過，還是有短暫的交會，不知何時拿到他的名片，那時他還在一家大報社工作，當我想聯絡他時，翻出了這張舊名片，用名片上的電郵，居然聯繫上了。

記得有一次和簡白約在延三夜市碰面，他說哲斌就住在附近，應該約他出來。那次沒見到面，後來就忘了這事，直到最近和老曹聯繫，老曹又提到哲斌，他問：你們是同學嗎？我說：不是，我們班上比較有名的是某律師，我每天都在電視上看到他，有時還喝他代言的養氣人蔘。他推算了一下年紀，哲斌大概低你一屆。我後來沾了老曹的光，得到一本《父親這回事》作者的簽名書。哲斌書中提到老曹時是這麼說的：他黝黑精瘦的臉上，會擠出深若大峽谷的皺紋，順便飆句台語三字經。我想：他應該是不怕老曹的，才可以把老曹臉上的皺紋看得這麼清楚，我們那時幾乎很少直視老曹，他的眼神太銳利，手臂又虬勁有力，他一瞪眼，你就該低頭。他如果有英文名字，應該就是Arm Strong。我一直感謝老曹的啟蒙，至今受益無窮，所以我寫出第一本書時，最感謝的老師，就是老曹，當然後面聯結的是難忘的高中生活。老曹說哲斌有時還會去看他，聽了很慚愧，我有很長一段時間，沒往石牌方向去。老曹說他只是在我們的高中課堂上，曾說過一些故事給我們聽的無名老師而已；但誰的高中國文課會聽到《白鯨記》和《包法利夫人》呢？

閱讀《父親這回事》，受到極大的震撼，在俏皮活潑，轉速明快的生動敘述中，你還聽到甩不開的，沉重的背景音，像是以低音BASE，鋪陳著生命的底蘊，勾勾纏地隨著成長一路開展。讓人感覺心痛，無言又難言的痛。跨進了成人世界，你會知道即使是一張甜美的家族合照，也只是一種刻意安排的演出，之後，人，各自散去了。喜歡看電影的哲斌，他的書也像是電影原著，轉鏡分明，在以父親開展的主題下，同步回溯著自己的父親，父親成了自己扮演的角色，更是從頭到尾的懸念，而書裡的父親，面目模糊。

如果單就懷舊來說，這本書更勾稽出太多時代的記憶和氣味，一本五年級的懺情錄，像是速克達噗噗噗的引擎聲，一路穿過記憶中的七、八〇年代。

53

短巷

接連兩個颱風掃過，彷彿秋天就來了，我們有了一個燠熱又短暫的夏天。

巷口的尤加利樹，原本茂密的綠葉，亭亭如蓋，一下子就被狂風吹落了一半，變成一地的黃葉，被清道夫掃進了垃圾桶，像對夏天的記憶。不遠處的彎腰郵筒，很快地就失去了熱度，不再有排隊的人潮，最後記得它的，只剩郵差，一如台灣社會短暫的記憶。我們追著新聞熱點，就像風吹著落葉，然後，等待下一陣風起。

這條我幾乎每天經過的巷子，其實也住著一個朋友，我知道她住在附近，但不知她住在哪一間公寓，哪一層樓？有一天早上，我又從巷中穿過，頭頂傳來澆花的水聲，細水柱幾乎就要穿過花葉滴落在手上的早餐時，我反射性地往路中靠過去，忽然有人對我打招呼：喂，是我啦！我就住在這裡。我哈哈一笑：妳打招呼的方式還真特別。她說有空歡迎到她家喝咖啡，我記住了這個邀約。

城市中像這樣安靜的短巷不少，這樣的短巷常讓我想起蒙迪安諾在他的小說中一再提到的「中性地帶」：這條街更像是邊界，走到盡頭，我們就走到一個遠離塵囂的所在。但現實與此相反，走到盡頭，我們又一頭栽入工作，走進真實生活。然而，在這樣的盛夏八月，卻像初秋的天氣裡，這條小巷道讓你短暫躲避了塵囂的侵擾。

巷口的盡頭是個供餐的小咖啡館兼飲料店，它不是年輕人最熱衷的文青咖啡館，沒有刻意裝飾出的文藝腔，卻充滿真實生活的氣味，一家四口藉這個巷口的咖啡館營生，常客是附近的上班族，更多的是中年大叔。我只在這裡喝過一次咖啡，畢竟我還是喜歡安靜的角落。不過，我真是喜歡巷口的這棵尤加利樹，它為這條短巷帶來了神祕的綠蔭，我的中性地帶。

54

那一夜，在劍潭

很久沒在友人處過夜了，但那夜例外。不只是因為我錯過了回基隆的末班車，還因為那夜我回到從童年一直住到前青年期的劍潭。

我搬離劍潭以後才知道不太有人知道這個地方，以為真有個潭水。大部份人所知道的劍潭，是在大直過去一點的劍潭古寺，我從來沒去過，不知供奉什麼神祇。圓山腳下，基隆河轉彎處，立著一塊石碑，記載著這個地名的由來。真正生活的聚落卻在更下游處與士林相鄰。夾雜在人文鼎盛的士林與肅穆的圓山軍區，狹長的濱河地帶就是劍潭了，這裡除了廢河道是古蹟，再也沒有了。當廢河道填平了，連古蹟也沒有了。它應是沖積地，只是沖積地上長出的是人和房舍。

我上大學時搬離了這裡，就很少回來了，祖母過世後，就更少了。雖然嬸嬸一家還住在這裡。

不過我對街道的記憶還是存在的，印象最深的是堤防。我不知道那時常到堤防吹風和看遠方的落日是一種難得的都市記憶，畢竟不是每個人生命中都有這樣的一條河流，那條河流上常可見到的舢舨，抓的不是魚，而是捕魚用的釣餌，紅蟲，河邊常見的風景是飄流的死豬和死狗。現在或許少了些。一條黑色又神祕的河流。

我在劍潭過夜的這個晚上，又想起在這裡生活過的點點滴滴，陪著朋友去找停車位時，我們走上了堤防，夜裡的堤防在明亮的街燈下，仍有一些人在活動著，真是個適合和朋友喝酒聊天的地方。朋友帶我一路走到了三角渡，三角渡有間供奉落難神明的宮廟，夜裡仍有人在這裡聊天，唱卡拉OK，就在堤防外臨河的這一邊。這裡以前很少來，河道的樣子，並沒有太多改變。

這個夜晚有點像是回到高中時期的自己，和同齡的朋友，聊著自己的心事，沒有拘束的，也不為了什麼地聊。回望過去熟悉的路徑街道，感覺變短了，就像電影《站在我這邊》的主角，從森林歷險回來以後，發覺小鎮變小了。

55 六四是時代的記憶

距一九八九年的六四天安門事件，已經滿二十七年了。我退伍也滿二十七年了，記得這一天，那時在連隊的中山室看著電視重複播送的畫面，一個白衣青年擋在一列戰車前，覺得不可思議，如果這不是電影，那麼，這是怎樣的勇氣？部隊裡的生活是另一種世界，也是一種隔絕，我想著離退伍還有一個多月，這下子不知能否順利退伍……。我以為與我無關。

接觸到六四後流亡的作家，是這十幾年間的事，一開始是出版他們的文集作品，讓他們就算失去了自己的中國故土，還可以在華文世界中留下一些聲音。慢慢地，主題開始談到了六四，廖亦武的《子彈鴉片》中除了有六四受難家屬的專訪，還提供了天安門母親收集的名單，那份名單上有二三八個可稽查出的名姓，名單上年紀最小的受難者，就是余英時教授的親戚，一個國中生。而旅英小說家馬建的《肉之土》更是直接以六四為主題寫成的小說。我本以為關於六四主題的書就出到這本為止吧。

二〇一四年，旅美的歷史學者吳仁華以六四在場的見證者，以史家搜羅耙梳的筆力寫成了《六四天安門血腥清場紀錄》，我讀到這部書稿時驚呆了：這是一場戰爭！這是國家以優勢兵力，以天羅地網的方式，把請願的學生當成圍剿敵人的戰爭，而敵人手上沒有武器。在這本書中，我同樣也看見人性的高貴，尤其當我讀到官方的媒體，《人民日報》，以故意開天窗的方式抗議，表達新聞工作者的職業尊嚴時，不禁喝采。在中國共產黨統治下的官方傳聲筒，出現這樣的舉動，可說是破天荒，但只有一次。

《六四屠殺內幕解密——六四事件中的戒嚴部隊》則是把這場戰爭中的要角和進軍路線，及相關部隊番號、人名，作了詳細的紀錄，也把背後的政治決斷，做了更清楚的陳述。出版這本書是為中國人留下一頁沾滿血跡的歷史，中國人有權利知道，而且不應該遺忘。中國人有沒有可能也實現轉型正義，我不知道，但是，出版只是留下紀錄。這本應該在中國出版卻出版不了的書，只能在台灣出版，命運的鬼使神差。

56

告別

上午上電台說書，下午去探望一位住院的老朋友，他只略長我幾歲，看到我很高興，他笑笑說，他的路就只能走到這裡了。還好我帶了口罩，他沒看見我眼裡的汗水。

我沒多說什麼，只問他夜裡睡得好嗎？感覺他說話有點喘，他說夜裡睡不好，而且只能坐著睡，我對他說：你可以試試讀我的書，有朋友說很助眠。他很高興地笑了：我看比較適合當枕頭吧。說了一會兒話，看他有點累，我跟幾個朋友就離開了，我們擁抱了兩次，剛進去的時候，和離開的時候。以前從沒做這樣的動作。這個因工作認識的朋友，認識超過二十年，有兩項才華是我十分欽羨的，一是書法，一是太極拳，但我從不開口向他學習，我不喜歡叫人師父。離開前，他對我說：我真心希望你能成為一位傑出的出版家，既然你都已走了這條路這麼久……。我沒想到他會這麼說，只好說；你會看見的。

說是探望，其實是告別。他努力過，但累了。早知道這是告別，我也打起精神，堆著笑，讓他看見自己很有精神的樣子。對於寫下來這件事，我斟酌很久，還是記下這一天他所說的話，雖然不多，但我也不想遺忘。下午的光線從窗外灑進走廊，投下了斜斜的，方塊般的光影，我不知他是否感覺到光線裡的溫暖，或許還透著一點希望？我想起很久以前編過的一本書，《借來的時間》。

我們到底擁有多少的塵世時間，只有天知道，珍惜所有，是當下唯一可以做的事，我想。

昨晚接到朋友的電話，要我寫幾句話，送給一位已遠行的朋友，不知寫什麼好，早上醒來，寫下了：從此明月清風，一體大同。

57

午後三點的雷聲

馬奎斯自述的回憶錄出版時，我就買了，買的是英譯的精裝本，帶有毛邊，多年來始終只是讀了十幾頁，就放棄了，讀不了一整本，每次重讀，還是從第一頁讀起：MY MOTHER ASKED ME to go with her to sell the house. 只是我從不知那房子到底賣了沒有。他的回憶鉅細靡遺，如一條河流，徐緩地展開，充滿了歧出的支流，水流盛大。我消化不了這麼多敘述，決定等中文版出版再來讀，這本馬奎斯的回憶錄，是馬迷的最後聖經。

這本二〇〇二年寫成的聖經直到二〇一五年才看到簡體中文的出版，真是漫長的等待。我在端午節連假前到書店買了，開始讀他的回憶錄，也像他的小說一樣精彩，充滿華麗的敘述，警醒的句子，和生動的闢喻，你也可以想成是他最後的長篇。而且比《苦妓回憶錄》還更出色。當然，後寫的《苦妓回憶錄》為他落下不同的創作句點。

在這本書之前，我買了兩本馬奎斯的傳記，一本是遠景版的《馬奎斯傳》：一本是聯經版的《馬奎斯的一生》，這本獲馬奎斯本人生前授權撰述採訪的傳記，閱讀和訪談的資料龐大，下的苦心可見一斑，但更多是外部觀照和環境背景的耙梳，畢竟和本人所寫不同。二〇一〇年，《馬奎斯的一生》一買到手時，就把書的封面拆下裝裱，封面用了馬奎斯的照片，有一陣子就放在座椅的背後，彷彿他盯著你工作。二〇一二年後，這張照片成了遺照。

讀著這本回憶錄，你很清楚地知道〈沒有人寫信給上校〉的上校原型是誰，當然做為讀者，你也可以不必知道故事的取材，小說的世界裡，雜糅了真實與虛構，過去與現在，然後重塑了某一段時空的記憶。在馬奎斯年輕的這段旅程裡，他看到一個婦人著喪服帶著年幼的女兒，前往她那因偷竊被擊斃的兒子墳前獻花，大太陽下花都枯萎了，然而婦人神情依然莊重，帶著尊嚴，這個情景讓馬奎斯印象深刻，在心頭盤桓不去，直到他寫出了短篇小說〈星期二的下午〉，那個下午成了永恆的一刻，在遺世獨立的小鎮，不為人知的小鎮小民生活。據說這篇小說也是三毛最喜歡的馬氏作品之一。

馬奎斯的小說打動我的，不全是異國風情和情調，而是真實的人生景象，這景象裡有作者深切的關懷和同情，雖然全從自身的經驗出發。魔幻的筆法加深加重作品的敘述聲調，本質的現實感，才是擊中我的地方。馬奎斯小說裡那幾乎無處不在的薰風，暴雨，和悶熱感總讓我想起台灣，尤其不時出現的香蕉樹叢或芒果樹，簡直是童年再現。

天陰欲雨的午後，窗外偶有蟬鳴，雷聲隱隱，動念寫下一點馬奎斯的閱讀筆記，尤其當我讀到馬奎斯的母親說她最記得家鄉午後三點的雷聲，瞬間拉近了閱讀的距離。原來，雷聲也是共同的記憶，一路從南美洲響到亞洲的台灣。

58 夜語

夜裡總會有幾個夢，我通常只記得最後一個。這些夢境有的很驚悚，我常因此驚醒了過來。繼續讀《活著去講述的故事》，我發覺自己和馬奎斯至少有兩點相同：一是數理奇差，一是夜裡噩夢連連。馬奎斯讀大學時，曾因在宿舍裡發噩夢，驚醒全寢室的人，被隔絕到另一個房間去，我讀到這段時不禁微笑了，覺得很安慰：大師亦常人也。

我的夢也不全是噩夢，偶有春夢，醒來後印象依然深刻。今晨醒來，記得一夢，夢見一個很少見面的朋友。我們約在咖啡館聊天，聊了許久，無非是時事人生，離開咖啡館時，感覺那是黎明前的天色，即將破曉的黑暗，有微微的晨光，我抬頭看了街名，是安西街。這麼說來，我在大稻埕嗎？夢是一種提醒，提醒我該去久未到訪的大稻埕了嗎？

幾天前有兩場夢到今天還記得分明。在夢境裡，路過一處廟宇，頗有上香的人潮，不知是供奉哪一尊神明，一時好奇，趨前一探，內中居然供奉六祖，只不過什麼也沒看清楚。醒後想起來，有朋友曾提到了《六祖壇經》，我始終沒有好好一讀；另一個夢境，夢中的我，像大多的時候，總是趕路中，在火車開動前，從月台跳上了火車，忽然在隔壁車廂中看見父親，不知自何而來，也趕上了這班火車，我醒後才想起來，夢中忘了問父親：我們要去哪裡。

父親走了五年，有時夢中匆匆一會。他沒留下什麼，倒是有一把他過去用過的折疊刀，我有時會拿出來把玩一番，這支折疊刀從型制到刀身，充滿了手製精細的質感，而且頗有年代，刀脊處刻著兩個小字：久丸。我對刀沒有研究，無法體會得更多，也不知久丸意味著什麼？是製刀者的名字嗎？或是出廠處？這把刀不是收藏用的，我曾見父親用來削電線的外皮和切斷銅絲，父親一身水電工的本領，我從來不想學，也學不來，只留了這把刀當為紀念。

59

雨天的訪客

下雨天，印刷廠和裝訂廠的朋友冒雨前來，辦公室滴了一地雨水，可見雨勢的盛大。我們討論即將印製裝訂的書，也估算製作費用，討論印數，我說不要算錯了，不然，下個月來收錢，就看不到我了。這本新書的裝幀讓我傷透腦筋。

認識這兩家協力廠商的朋友，超過二十年，合作也超過二十年，他們是可信賴的夥伴和朋友。我心底常對他們感到抱歉，沒有讓他們有大發利市的機會，這麼多年過去了，走到了這個階段。我們都認為大環境不會更好，只是勉力維持這個行業的運作。我每每為他們的敬業精神感動，不管我發印數是一千本，還是二千本，他們都認真處理。數字對我來說一直很難，很難去決斷，當年唸中文系就是為了逃離數字，看來沒有如願。我曾經短暫離開出版這一行，後來又被找了回來，還是同一個老闆。找我回來的前輩說：你只要負責蓋章就好了。我以為我聽懂了，但其實沒聽懂。

沒有那種只需負責蓋章卻不必負責善後的美缺。我到底是單純？還是愚笨？

對於出版的困境，很多朋友都提供了高見看法，我的想法很簡單，只要能找回閱讀的熱情和養成閱讀的習慣，那麼，我們就還會在線上。具體的作法我沒有，只有一本一本地做，或許終有一本打動你。這種想法或許接近小說家史蒂芬·金，曾有人問這位恐怖小說之王關於寫作的心法，大師說：一次一個字。

我相信每個時代，不同的產業都有自己的瓶頸或危機，我還是只聚焦在文本，不管怎麼說，你周遭既然有朋友熱情鼓勵，你都應該繼續走下去。同樣地，我也希望協力廠商的朋友同樣存在，一個人終究無法成事。

我認為，如果我出版的書賣得不好，只是因為我的書還沒有打動你。只是這樣。

60

夏至的這一晚

夏至的這一晚，終於讀完了馬奎斯的回憶錄，我喜歡把這本書用自己直譯的書名來稱呼，活著去說的故事。這本眾所期待的回憶錄，出乎意料地集中寫他求學的生涯，以及他在哥倫比亞擔任記者五年的重要生活經歷，書從他陪他母親回到故鄉賣老宅開始說起，最後寫到他因為報導政府的醜聞，一次軍艦的海難事件，而被迫離開祖國，前往歐洲。

敘述時間的起迄點都不是我所預期的，我曾讀過他在海明威逝世二十週年所寫的紀念文章，在那篇文章中，他提到在巴黎街頭偶遇海明威的情景，那年他二十八歲，海明威五十八歲。但回憶錄裡沒有這段歐洲生活的敘述，沒有更多細節，令人遺憾，我懷疑他留下的伏筆，還會有其他的作品。可惜此後的十年，他已很少創作了，除了最後的中篇小說，《苦妓回憶錄》。

馬奎斯曾說他心目中的兩位小說大師，一是福克納；一是海明威。前者與他心靈有極大的共振，後者則給予他小說敘述技巧的開示。這句話很有意思，如果要推魔幻寫實的源頭，除了拉丁美洲本身的民俗風書寫，這兩位小說大師其實居於精神導師之位。

看完了這本回憶錄，卻多了更多謎團，這些謎團是要帶我重回馬奎斯的小說世界嗎？讀的過程中，曾忍不住和一個朋友分享：快讀完馬奎斯的回憶錄，我忽然意識到這本書幾乎都在回顧他自己的新聞工作生涯，以及與創作的關係，可能更適合你讀。書裡頭提到相關創作訊息不少，但都輕描淡寫，好像不想多提，或者，在其他專訪已說得太多。我在書的終了之前，終於讀到他說了寫作《迷宮中的將軍》部份逸事，當年的解放者玻利瓦爾將軍，在走上他最後的生命之旅前，他聚斂的財富到底藏到哪裡去了？不可能憑空消失。世人盛傳寶藏就藏在波哥大，馬奎斯曾到過挖掘寶藏的地點採訪，最後證明是空穴來風。這段經歷並沒有寫進故事裡，他覺得對虛構的文學作品來說，會顯得拙劣。

《迷宮中的將軍》的寫成年代是一九八九年，真是重要的一年，這一年世界大震盪：東歐的共產政權垮台；東西柏林的圍牆倒塌；中國發生六四大屠殺。一九九〇年三月底，我來到允晨，一頭栽入出版這一行，開始編起這本書的中譯本，很快地在同年的八月出版了。或許這也是為什麼我到今天還在追索著馬奎斯的原因，好像是探尋源頭，想把他的作品讀通。其實如果真的讀通了他的作品，也就進入了哥倫比亞的歷史。

小說的世界是實體政治社會的投射和變形，只是少了真實世界的血污。

61 日光，啤酒，涼州街

午前，簡白來辦公室看《流轉的夜色》藍圖，有些字句，儘管已經改過，還是修飾再三，推敲不已。我很想對他說：起手無回，我們就印了吧。不過還是忍住了。我也知道，除非真的上印刷機，否則書稿總是沒有改定的時候，從這個角度看，當報社的編輯還是比較好吧，至少今日事，今日畢。

看完藍圖已過了中午，我捨掉了自帶的便當，陪他到大稻埕的慈聖宮午餐，編輯就是要有這種犧牲奉獻（便當）的精神。他問我多久沒到慈聖宮了？我反問他知不知道我前年底騎腳踏車摔斷手的事？他說有印象。我說比那還久。結果你騎到了慈聖宮嗎？他問。半路就摔了，之後就沒再來了，我說。那天注定到不了這裡。他知道我下午還要上電台去介紹《六四戒嚴部隊》，沒讓我喝太多啤酒，免得我口齒不清，誤了正事；雖然這種天氣才是喝啤酒的天氣。

我們聊書稿，也聊發表會的事，他傾向不辦，我覺得和朋友一起聚聚也不錯，他才勉強同意，畢竟平常要和朋友見面聊天也不是很容易的事。他忽然說他的書也有一些友社約稿，但最後還是決定讓我出版，因為讓我賠錢他比較不會不好意思。原來是這樣的理由，我忍不住哈哈大笑，為他的痛快明白。

我們坐在臨涼州街的行人道上吃著午飯，有巨大的樹蔭遮陽，不時也有風吹過，旁邊還有一支大型電風扇，算是舒服，但還是吃得一身汗。這裡是台北市的西北邊，再過去就是淡水河了，中午安靜的街道有一種遺世獨立感。彷彿是片廠風景。在這裡吃飯有另一個好處，比起其他阿北級的客人來說，我們還算是年輕。

涼州街上沒有葡萄美酒和夜光杯，倒是有著日光和啤酒，是難得的中年景致。我們吃得很慢，連樹上的麻雀都忍不住飛到桌上，確認我們是否還醒著。

62

意外的校友會

一場意外的校友會，一個本不認識的學妹，在臉書上相逢，熱切地想要見老曹，央求一個我不認識的學弟安排這場聚會，聚會的地點時間因我的加入而改變，據說是老曹的意思。另一個學妹也參加了，她真上過老曹的課，我很疑惑老曹不教女生班，屬於校規，怎麼會有這種意外發生？原來是來了新的教務主任，讓少林寺破天荒招收女弟子，但是六個星期的暑期輔導之後，果然又調回教男生班，那屆的學弟後來也認識三個。回家後，心緒依然翻湧，我讀著老曹當年寫給我的信，我發現老曹早就告訴我這則插曲，只是我在校時十分閉塞，不太認識他班同學，或上下屆學長弟，就沒特別留意。一場歡會，我偶爾也說幾句，大多想著往事。

一九八二年的七月二十八日，收到老曹寄來的信，這是第一次收到老曹的信，他用六百字稿紙寫了滿滿三大張，安慰大學落榜的我。高中畢業的謝師宴，全班在六福客棧聚餐，那次聚餐剛好有老曹的幾位大學同學在，我們因此錯失了老曹的離別贈言。這封信傳達的主要訊息除了勉勵，囑我們只要有困難都可以找他談，不管是在學校，或到他家裡，他要把「這時」與「那時」，「這年」與「那年」接在一起。那封信的最後，老曹寫著：你隨時來找我吧，我說過老曹永遠是你們的朋友，這不是蓋的。那年八月，和八個同學進了同一家補習班，就很少和老師聯繫了，隔年，老曹的生日前，我們合寫了一張卡片送給老曹，老曹很感動，寫信到補習班，要我們穩住，做最後的衝刺，那時離大學聯考只剩下一個多月了。

我大學時偶爾去看老曹，搭北淡線的列車，在石牌下車，然後走去他家，後來搬家到內湖，就更少去了。當兵前，去看了老曹，老曹請我吃了一頓飯，退伍後，我投入了完全沒有準備，也沒有確定方向的工作中，但我那時沒有找老曹談自己的問題，我知道，人生始終是自己要面對的。我搬到基隆以後，聯繫就更少了，但我還是告訴他我到允晨工作，這時期的老曹，提醒我有空要學習日文，他說志文出版社的張清吉先生就是因為日文好，才打下出版事業的基礎，我只是聽著，雖沒有忘記，但也沒有真的去多學習一門外語。

從事出版工作多年以後，我開始鼓勵老曹寫下自己的文學回憶錄，但他總是意興闌珊，我以他的多年好友，尉天驄老師的例子鼓勵他，我說：尉老師雖然車禍受傷，但還是很努力寫下珍貴的人生回憶。老曹當然不是我能說動的，也許得找幾個學長弟一起敲邊鼓。

那麼多年過去了，有些事他未必記得清楚，他忘記他曾把我帶回家中，讓師母幫我針灸，我那時因和同學戲耍而弄斷了手腕，十分不適。同學的媽媽曾拿醫藥費給我，我不好意思收下，因為受傷的責任在自己。只不過這同學也沒把醫藥費還給他媽媽，他買了一支羽毛球拍，是那時很有名的 KENNEX 球拍，我知道是因為有一天，他帶球拍到學校打球，他說：這是你的醫藥費。

我看著三十多年前的信和話語，往事如潮湧來。

63 荊棘林中路

每次埋首校稿時，都像是在荊棘林中找路，你希望趕快通過，卻一直被絆倒，你總會突然發現語詞的相似又陌生，像橫生的樹枝，必須撥開，一而再，再而三，你慢慢失去了對原先判別的把握，質疑著所有模棱兩可的字詞。更慘的是，你的視力越來越差。你越來越用力地擦著老花眼鏡，覺得總是看不清楚，好像不知何處起了霧。

中文有文從字順的特性，當你寫了一個不那麼約定俗成的用語時，就有新的意義展開了，開了一條新路，而與原徑相去甚遠，我的質疑與停頓經常在此：作者到底是要用哪個意思？或者，根本是寫錯字了？別懷疑，這是可能的，連馬奎斯也自承他自己的拼字確有問題。只是——誰敢說？剛當編輯的時候，主管曾問我一本書要編多久？我到現在還是無法明確回答，每一份稿子的情況都不一樣，手寫稿時代，會因字跡辨認困難而停滯速度，現在，雖然進入電腦輸入排版時代，卻又多了許多形似義異的字，一不小心就從你眼皮底下滑過去了，你必須把它抓回來，每個字都捉回來，像個捕手。通常是你會等書印出來後才看到，然後開始想：我為什麼沒看到？好像這些字都穿著隱形斗篷，從你眼前大搖大擺地離去。

每一本書都是一座要穿越的樹林，只有等你穿過去後，你才能回過身來看這片風景，弔詭的是，這片風景和你穿越之前的想像，常是不同，甚至更美；但也可能反之。這是編輯的障礙賽，每一次都是考驗，這種考驗來自於作者或文本，測試你的程度。

如果人生是一條河，編輯工作很像是拿著畚箕，赤足站在湍流之中，要瀝出挾水流與俱下的砂金，如果你選錯河流，將一無所獲。不過，這個過程很長，你要很久之後才會知道。然而，當下也有當下的迷人風景，所以才會一直站在水中，上岸方歇。

64

雨的移動

離開辦公室時，正好遇到大雨，雷聲陣陣，閃電不已，只好先衝進小七買了一把傘，上了公車。隨著公車一路西行，雨勢也慢慢小了，看來雨只在城東下著，到了中華路時，地面幾乎全乾。我很高興地下了車，等著過斑馬線時，雨竟又開始下了，越下越大，簡直沒完沒了。感覺雨一路跟著你，或者說，它以捷運般的速度趕上來，非要你淋濕不可，有如一場惡作劇。

這種夏日獨有的地形雨，每年重複著，倒也不陌生。我後來又搭了捷運往城南的方向移動，出了古亭站時，發現地面上濕透了一片，看來雨早已下過了。不同時下著的雨，像是一種交響，此起彼落，主題各自發展，然後在某個點上，合奏共鳴。這樣的下雨天，也不是每個人都抱怨的，還是有人高興，例如賣傘的人。有時瞬間可賣出數十把。一天的收入目標就達到了。若和賣傘者相較，雖然賣書在某種程度上也是看天吃飯的行業，卻不像雨這麼來得容易預測。我一時也想不出可以如何聯結二者。

雨下得最大的時候，我正在一家五樓的診所，從候診室的窗戶看出去，是連棟的舊樓房，同樣掩覆在這片水幕中，周遭忽然有一種慢下來的感覺，也許是雨的緣故。

後門

熱天，頂著艷陽來到後門咖啡，一直想來朝聖，卻始終沒有來過，南區不是我慣常行走的路線，幾乎也沒有什麼特別理由來到這裡。據說，以「後門」為名是因為就在台大的後門附近，但離後門還隔著一條有著林蔭的辛亥路。如果有後門咖啡，那麼，前門咖啡大概就是無所不在的星巴克吧。

進到咖啡館裡，已是一身汗，我坐定後問店員：如果從這裡穿過台大校園，到公館方向搭捷運，大概要多久時間？我盤算著離去路徑。店員說：我沒走過，但這種熱天，不建議這麼穿越。我大概是暈頭了，有一瞬間，竟把台大校園想成是一座森林，好像穿過森林真有座水源。

我一直想來這裡坐坐，也想認識士博，不過，他前一陣子忙婚禮，以及搬家，直到這個週末稍微有空，就約好了碰面。他說今天是「友誼日」，他把平常沒時間碰面的朋友全約了，我很幸運，我拿的號碼牌是一號。我並不好奇還約了誰，我想我大概不認識。

一進到咖啡館裡就很舒服，很喜歡這種挑高的空間，很簡單樸實的裝潢和隔間，從外頭看進去不會覺得是間特別的咖啡館，進到裡頭，過了吧檯，看了後方的空間，頓時覺得像是圖書館或書房或講堂，有整面書牆，書氣逼人，除了主題選書，最吸引我目光的是，一套復刊又絕版的《現代文學》。《現代文學》的復刊是我到允晨第二年的事，我曾參與過，驟然看到這套書，尤其是這套以黃色布面裝幀的絕品，真有彷如昨日的錯覺。不過，我沒特別問士博這套書的由來，我反而問他，怎麼會想開一家咖啡館？因為我也曾動念過。他說，其實是三個朋友，一個朋友想要有個吧檯，一個朋友想要有讀書會的討論空間，而他自己則想要有個定期辦活動的地點，就這樣，三人一拍即合，有了這家後門咖啡館。我想，它原本也可能叫別的名字，如果不是剛好在這裡；這幾乎是我第一次走到復興南路的盡頭，台大的後門。

我其實是來向士博請教怎麼樣讓年輕朋友認識《我的黨外青春》這本書，我覺得很可惜，好像年輕朋友沒有什麼迴響。士博說，其實他們這一代對黨外雜誌幾乎沒有印象，當然就談不上有什麼共鳴了……。我的確活在自己的想像中，真是當頭棒喝。是的，不要隨便踩在「前輩」的位置。一直沒和士博聊過，聊得很愉快，士博還約了清鴻一起來，頓時覺得自己也年輕起來。

我的時間很快過去了，然後，二號來了，二號居然是我認識的豐嘉，這阿北昨天不是還在新店溪畔喝酒嗎？這麼早醒了？人生何處不相逢。和豐嘉聊了幾句，忽然下起雨來，一時也走不得，只好繼續擺龍門陣，等雨停，然後，又來了另一個久違阿北，東熹，他真的是路過。這裡簡直就是龍門客棧。

還是得離去，準備很不優雅地冒雨衝出咖啡館，主人借了一把傘給我，只好改天再來送還了。

66

也是夜色

數不清幾次了，作者約我在捷運龍山寺站的一號出口處見面，我照例提早到。和往常不一樣的是，今天我送來了剛從裝訂廠裝訂好的新書。書在成書之前是漫長的磨筆和催生過程，成書之後又是等待收穫的過程，這過程有時很長，長得沒有邊際。

在這個捷運出口所看到形形色色的人，和其他捷運站的吞吐人潮相比，十分不同，更多的外國旅客，和更多的邊緣人，有時，也會有喃喃自語或書空咄咄的人。我很想聽清楚他們一長串沒有休止的字句到底在陳述或抗議什麼，也想描摹和他們對話的人。徒勞無功。這種與看不見對象的對話，和出版人有某種雷同，我們不在尋找「想像的共同體」，而是在尋找「想像的客體」。我站在這個出口，不管衣著如何，很清楚就是個外來客，我等著作者的解救。

對於艋舺地區，我只熟悉幾條街，也都只在邊緣地帶走過，每一條你路過望進去的巷子，好像都有什麼在進行著，也好像只是平常人家。作者終於從街角出現了，我又一次隨著他漫遊，經過一家銀樓，他要我看一下這家店，問我有沒有印象？我說，沒有。他說，幾年前，這裡發生搶案，老闆和二姨太被闖入的搶匪當場砍死……。接觸廖亦武是一種底層，接觸這位作者，他則帶我穿行另一種底層。

穿過廣州街上的仁濟醫院，轉進了梧州街，我特地看了一下當年吳敬恆先生的題字，散發著人文氣，頗有遺世獨立之感。天色仍亮，我們就找了一家攤子坐下來，作者翻著剛到手的新書，顯得很滿意。比我想像的好，他說。我讓他看了我臉書上的文字，他說，你怎麼寫這麼長？話多吧，但我沒說出口。鄰桌的兩個阿北，不知為了何事和老闆娘起了口角，憤憤離桌，過後才知道其中一個阿北總是帶著揶揄的口氣對老闆娘說話，老闆認為是一種糟蹋，他認為有些老人家總是倚老賣老，要不得。他們離開後，又來了一個阿北，點了一份生魚片，一盤涼筍。當然，還有一瓶啤酒，就這樣一個人喝了起來。看著他，我忽然有些出神。

一本書，脫離了文字的母胎，就要踏上自己獨自的旅程，這樣的夜晚，喝幾杯，也是應該的。

67 巷中開天地

幾次從赤峰街的巷子裡穿過，看見這間老屋改裝的居酒屋，便想進來一探，不過一直沒有正當理由。幾天前在臉書上遇到承毅，就約好來這裡碰面。

我在某課堂上認識承毅，他就坐在我隔壁，他當時在誠品書店工作，閒聊時才知道就是他力排眾議，把《來生不做中國人》排在書店裡顯眼的位置，他給了這本書一個機會，也給了我一個機會。之前，我並不認識他，完全無從拜託起，純是他主觀的判斷和選擇。這本書已出版了將近十年，到現在還是我做過少數的長銷書，我因為這本書而得以出版更多中國流亡海外作家及其作品，雖然他的作品也未必獲得這些人的認同；但在中國境內卻有廣大的讀者，這本書幾乎成了公版書，被整本掃描上網，讓人免費閱讀，我愧對作者，卻無能為力。

日劇《重版出來》中有個重點，就在描述書店，如果你的書獲得書店店主的青睞，他會給你最好的位置，也願意免費宣傳，完全是出於對作品的熱愛。這種景象我有一次在德國見識到了。我在海德堡的車站書店，看到面積不大的書店裡竟堆滿廖亦武的《吆屍人》德文版，我驚呆了，我不能想像他的書在中國或台灣的書店有這樣的陳列位置。那或許是出於時勢氛圍，也是對作家的熱愛。

我大學時在書攤工讀時，也曾有過這種經驗，那時阿城的《棋王・樹王・孩子王》剛出版，我在施淑女老師的小說課堂上就寫了這本小說當報告。守書攤時，如果有人要我介紹新書或有意思的書，我通常拿起了《棋王》，開始說了起來，晚上收工，老闆檢點銷售，問我：為什麼這本賣得這麼好？我那時既不認識阿城，也不是要與他為友，純粹是喜歡。幾年前，阿城到台灣來演講及訪友，想要找出版《貴霜佛教政治傳統與大乘佛教》的編輯，當面致謝，我因人在外頭辦事，無法趕回見面，終究失之交臂，我後來才知道，阿城說那本書讓他受益甚多。

承毅後來離開誠品，赴英深造，回來後，偶有聯繫，他維持著對生活和工作的熱情，以他自己的話說是，自僱者。他也是專欄作家和社會觀察家，持續地書寫對職場生涯和工作的看法。我們也大概一年未見了，就約了見面，聊工作，生活，寫作等等，雖然體力和精神有限，但有時這樣的聊天，又讓自己燃起一點火花。

他很好奇我為何選擇這裡碰面，我說我在意識上很難離開這區，這是小時候住過的地區，雖然並不長，但我從小就知道有一條街叫赤峰街。也是承毅的提醒，我才發現居酒屋的天花版吊滿寫著「峰」字的燈籠，承毅說這是志峰哥的店啊？我說：是啊！歡迎再來。

都云作者癡

颱風將來未來的下午，參加白先勇老師的《細說紅樓夢》新書發表會，我等這套書的出版很久了，從白老師開始在台大講《紅樓夢》時就期待著。

我這麼期待這套書是因為由小說名家讀另一個小說大家／前輩的作品，解析特別深刻到位，更何況這部經典還是許多後來創作者的聖經。同樣的，它也是過去作品的文化積累所成。我想知道馬奎斯如何解讀福克納和海明威，就好像期待白先勇如何解讀曹雪芹的《紅樓夢》。《紅樓夢》幾乎就像普魯斯特的《追憶似水年華》，為燦爛鼎盛的繁華漸趨敗落，一錘定音。

我出門倉促，沒帶紙筆，只能憑著印象，記下幾個重點。白老師說曹雪芹小說中的人物創造，就像撒豆成兵，吹一口氣，人就活了，每個人都有特性，各有角色。他比較西方小說和中國章回小說的特色，最主要的差別在於西方作品長於敘述分析，中國小說長於人物塑造，聽到這裡時，我腦海裡跳出了《虬髯客》。的確是如此。白老師也看外國小說嗎？他看的，他看《卡拉馬助夫兄弟們》，《追憶似水年華》，《戰爭與和平》，《都柏林人》，……。不過，他認為《紅樓夢》是最偉大的作品，作品中也呈現中國傳統的儒釋道精神，三根支柱，他用儒道釋三家來描述人生由青年，中年到老年的心境變化，我認為很有道理，在人生經歷過一些追求挫敗後，總會尋求生命的依歸。我認為白老師讀得懂曹雪芹是因為他也經歷過繁華後的滄桑。

奚淞老師比喻白老師重解《紅樓夢》的工程，就像是在修補達文西的不朽名畫〈最後的晚餐〉中那些殘缺和隱蔽的部份，讓原作的光芒重現。最有意思的是，《紅樓夢》的後四十回也是經過補綴而成的，曹雪芹的定稿究竟如何，至今仍是公案。

會後也參加了白老師的生日宴會，白老師現場開唱的第一首歌就是〈孤戀花〉，我不知白老師的台語歌唱得這麼好，勾起我讀《孽子》時的片段記憶，主角李青的母親，不時低哼的歌，正是這首〈孤戀花〉。

69 咖啡時光

從咖啡館二樓的窗子望出去，一隻麻鷺正棲在樹枝繁密的槭樹上躲雨；我很少看到在樹上的麻鷺，大多的時候，牠們在地面上踱步覓食，完全不怕人，在樹上的牠，感覺上體型有點龐大突兀，猛一看，以為是貓頭鷹。

很久沒進到這家咖啡館了，下午的人不多，如果不是一場午後的大雷雨，我大概就離開了這區。來台北光點看場地，想著週末還有哪些事需要準備，不過，還是得等到星期五正式佈展才知道。十分期待《走拍台灣》的照片懸掛在這個歷史建物的迴廊，那也是一種對話；過去與現在，官方與庶民，記憶與回憶。

咖啡館裡的空間，大體還維持著一年多前在這裡舉辦朗讀會時的陳設，不管是垂燈或座椅，只是空間縮小了一半，顯得有些侷促，從座椅上看出去的樹影，青翠茂密，在雨水的澆沃下，映出剔透的水光，十分消暑。進到屋內，忘了自己其實是淋雨而來，一杯咖啡或一把傘，我選擇了咖啡。我坐在座位上回味著當時的那場朗讀會，那麼多認識與不認識的朋友，坐在一起，聆聽著小說家們讀著一位小說大家的作品，是我從來沒有辦過的活動，也不曾經歷的事，非常感動，我將永遠記得這一夜，只是很難複製了。而且，比看電影時更令人感動的是，沒有任何手機在朗讀時響起，這種靜與專心一致的時刻，非常難得。手機破壞了我們生活的節奏與純粹，讓人又愛又恨。

編輯生活看似從容，其實，每一天都在混亂中度過，有時簡直是萬箭齊發，自四面八方而來，沒有章法，難以防備，我多麼希望可以像諸葛亮，羽扇在手，手腕一轉，就把箭撥回去了。儘管如此，他還是耗盡心力，齎志以歿。亂想中，咖啡喝完了，雨也小了，我開始往回走。麻鷺還停在樹上，看來還捨不得這居高臨下的位置。

70 書店的可能

有書店結束營業，也有新書店開門迎新，對出版人來說，聽到新書店的開張，是件很興奮的事，應該找一天去參觀。據說這家新書店的營運模式有點另類，只要點飲料就可以看店內所有免費的書，對喜歡閱讀的人來說，應該是件好事吧。我只是好奇，那店裡會陳設哪些書？又是哪些讀者會到這樣的書店點飲料看書？讀者是為了閱讀而去？還是為了新的咖啡館或飲料店而去？還是，只是獵奇性的消費？不過，這其實和咖啡館裡提供多種雜誌的概念相近，雖然，咖啡館也沒有因此稱做雜誌館，或許是雜誌種類還不夠多吧。

當書成了一種裝飾，它顯示的是人文社會的新風貌，還是消費社會的新走向，很值得玩味，因為和書店的本質相去遠甚。如今我們要的是書的外殼而不是內在的文本，需要的是仿書店的新休閒點，而不在購買書籍。我用老靈魂的眼光看著書店的起伏興衰，不免沾染時間流轉的滄桑，不過，這是新實驗，也許之後還有新的變形，也許，一陣子之後，不再有獵奇的人潮。

我在避雨的咖啡館裡看到一個閱讀中的少女時，忍不住想起那間新書店，然而，眼前的景象更教人覺得安慰：一杯咖啡，一本書，一個角落，這樣，心靈安頓的支架就撐起來了。有意思的地方在於，你會選擇到書店喝咖啡？還是會選擇到咖啡館看書？在心靈滿足的這件事上，每個人的需求都不同，不能一概而論，包括開書店的人。

當時年少見青山

在淡水唸過書的四、五年級學子，一定不會忘的，至少有北淡線列車和淡水落日，但生命裡的淡水記憶，不止如此。最近寫了一篇文章，記三十年前的校園生活，落筆的時候我跳出的畫面是當年住的農舍，想起當年住宿時的點點滴滴，十分動情。

拉開抽屜，翻出了當年的照片，這些照片隨我一路從淡水，劍潭，內湖到基隆，從河流的出海口往河的上游流動遷徙，一直保存著，就像怕被遺忘的記憶。應學妹文倩之邀，要我提供老照片以驗明事實，就翻起了很久不曾翻過的學生時期照片，青澀就不說了，最讓我驚喜的是，我把當年的山影稻浪都留在照片裡。宿舍前的田埂，除了房東，就只有我會在上面踱步，可以說是我個人的秘境，在這間農舍住了兩年，如果不是要服兵役，我還真是離不開。我沒想像過這樣的環境，我也以為人生最大的追求無非如是，到街上的書局工讀，付便宜的租金，吃簡單的三餐，有時還可到山下看電影。

但人生不是一盒巧克力。雖然你希望心智和心思就停留在當年的階段，不染塵俗。我看著照片時深深覺得當年應該多讀點書，不為成績或考研究所；為了考試而讀書，對生命真是耗損，某種程度也反映了自己當年的心態。不過，如果你也曾住在這樣的農舍，每天清晨或黃昏，聽著不遠處黃帝神宮悠悠盪盪的鐘聲，你一定會明白這種純然的環境，是多麼可喜。

當年沒有相機，所有照片都是同學拍的，如果有遺憾，就是沒去拍淡水老車站和北淡線列車。北淡線列車停駛的那天，聽說許多人回淡水了，不包括我，我那時還在部隊服兵役。我很慶幸當年在淡水求學，但整體環境給我的影響勝過大學課堂，自己讀書讀得最暢快的時候就是在這間農舍裡，可惜，我只是過客。

時間的角落

上次和王德威老師一起吃飯已是八年前的事了，但沒有機會暢談。那次是到哈佛大學朝聖，王老師很客氣地請我便餐，但行程匆促，也只能稍微聊一下。從波士頓回來後，我一直沒寫下三天在哈佛大學校園內外閒晃，以及在查理士河旁的所思所感。我喜歡查理士河，如果我也來哈佛唸書，我大概會跑來划船。那是二〇〇八年的十月，一年最好的季節，我老是想起那個上課上到一半就走出課堂的哲人，桑塔耶拿。他的說詞成為大學時翹課的藉口：對不起，我與陽光有約。

八年後再見王老師，覺得沒什麼變，好像變高了，我們都很驚訝時間過得這麼快。他忘了我為什麼去哈佛找他？我說，那時要重做《哈佛瑣記》，也想試試手上相機拍出的效果，就休了假跑去哈佛。結果書重做了，反應卻不如預期，是《哈佛瑣記》的熱潮過了？還是我沒把書做對？王老師記得我到訪的那天，他同時接待上海復旦大學的一些學者，我也記得，我還和他們同遊波士頓老城，一起走自由大道。大道上有許多人穿著十八世紀的英格蘭服裝，大聲喊著：Freedom！鼓足中氣地喊。他們中的一人說：你要不要也喊兩聲？我說：回家練練再來。

兩個小時很快就過去了，談出版，談書，談台灣電影，談八年來的時代變化。時間到底是怎麼過去的？我現在只能用出版的書來記憶走過的路，我最常做的事就是翻到版權頁，除非上面的年份是錯的。我問王老師：你最近怎麼寫那多篇序？我都不好意思煩你。他笑笑說：還不只你看到的那些。我大學時買過王老師所寫的《眾聲喧嘩》，那大概是他的著作中我買的第一本。我覺得他為華文作品所做的整理耙梳，和橫向串聯介紹，功不可沒。我們也聊到賈平凹，我說：可惜他的散文集我都沒讀好。他的《秦腔》是經典，不過尉天驄老師最喜歡的是《廢都》。

我們也聊到一位教過我的老師，他說：你這老師不得了，他給我的名片是一張一長串的摺頁。嗯！我得想一下，我的名片上，還有什麼可加的。

73 依然北埔光景

很久沒到北埔了，來到北埔總有一種別樣的心情，過去因為工作的關係，常來這裡，這麼多年沒有來，景物並不特別陌生，慈天宮附近的街道民屋就是整個鄉的中心，我沒有拍照的心情，隨手按了快門，表示來過了。

大約二十多年前，我曾經參與《北埔光景》的編輯工作，讓我對北埔人文地貌的認識，勝過住了二十多年的基隆。初訪北埔的那一年，目睹南興街上老屋的拆除，可惜那時沒有拍下來。記得當日來到北埔的心情十分興奮，因為我記得大學時讀過龍瑛宗小說集《植有木瓜的小鎮》，這裡正是作家的故鄉，這位台灣二戰前出生，以日文寫作的作家，小說風格，獨樹一幟。小說中那個植有木瓜的小鎮並不是指北埔，當我正漫想時，就看到路邊兩株木瓜樹，結著幾顆青綠色的木瓜，也許再一陣子，就可以吃了。路邊的木瓜樹並不高，甚至連樹葉也掉光了，是因為颱風的緣故嗎？

這條是公園街。公園街上有一棟有名的洋房，那是攝影家鄧南光的舊宅。鄧南光不只留下故鄉北埔最風華鼎盛的面貌，也留下四、五〇年代的時代樣貌，舊宅成了紀念館，每次我總是匆匆而過。非假日時段，大抵還是安靜的，既沒有洶湧的人潮，也沒有重機隊在台三線上來去呼嘯。也許變化最大的是在此吧，無法想像那樣轟轟隆隆震動著的北埔。鄉間的寧靜應是北埔最後的淨土。

老同事回鄉養病，在街上開著小餐館，店裡人多，想來口碑不錯。大約十年不見了，神色頗帶風霜，在他的店門口寒暄了一下，就告辭了。一個在地朋友說，夜間，在沒有路燈的巷道裡，他會點亮老屋檐下的小燈，微微照明，和幾個朋友在廊下小酌清談，你會以為自己身在京都。這個描述很能打動我，也許哪一天也來這裡小住一夜，然後在清晨喧囂開始以前，安靜地離去。

無所事事的夏日

街道上陽光耀眼，夏天仍在頭頂上空，還好，早晨仍有一些風流動。到飯店見一年一回台的作者，她對我談起她返台後的書店心得，她去一家過去很有名的書店買書，卻買不到想找的書，看到平台上陳列的新書，她很驚訝地問：現在的讀者還讀純文學的書嗎？

我不知該怎麼回答，又該如何定義文學書呢？每個人對書的期待和養分需求都不同，而且有世代的差異。文學作品會反映時代的面貌。她說她注意到我有時也寫些小文章介紹書，為何你從來不寫我？因為你已經很有名了，我說。我的回答是真心的，我寫的都是我認為讀者可以多認識一些的作家。她說她考慮把我寫進她的小說裡，你在這一行這麼久了，一定有很多故事。她好像突然發現我的存在，充滿了興味。不過，很多是不可說的。我請她去看我過去在《文訊》寫的文章，基本上我的工作重心和過程，沒有超過那些文章所寫的範圍。她說她不知道我還出了一本書，我說，只是工作記事而已。

一個多小時後，我離開了飯店，覺得一個早上就這樣過去了，嘆一口氣。沿著有樹蔭的人行道行走，忽然看見路邊的圍牆上紫藤花漫開，就停下了腳步，想著紫藤的季節，到底是春天還是夏天？想起書包裡還有一本書要送到永康街，就繼續走。朋友早說他不在家，書投信箱就可以了。書的大小剛好塞進信箱裡，希望他可以收到。我發覺我已走到一家曾來辦過朗讀會的咖啡館前，就走進去了。早上還沒喝咖啡。咖啡館裡除了工作人員，沒有其他人，朗讀會是三年前的事了，我想工作人員大概不記得小說家王幼華曾經在這裡朗讀《東魚國夢華錄》。書架上放滿了書，大多是關於成功，銷售，心靈等主題，好像文學與這一切無關。

咖啡館的對面曾有一家朋友開的書店，開了幾年後，主人把書店收了。我曾經請這朋友把他收書賣書的故事寫下來，因為我每次都聽得津津有味，還認真地找了範本給他參考，沒想到書還沒寫出來，書店就關門了。他說，差不多就是這樣了，他想回鄉下養老。他很慎重地勸告我：你千萬不要為了興趣去開書店。覺得自己被看穿了。

離開咖啡館時，發覺書店的大門微敞，趨近一看，原來這朋友正好來餵庭院裡的兔子，意外相逢，很高興地請我進去坐。我們閒聊，聊我最近去北埔的所見，到北埔時一定會路經他老家竹東。我曾在新竹住半年，那半年增廣許多見聞，可能是台北基隆以外，我最熟悉的地區。已出來一個早上，還沒做到事，就告辭了，他勸我書不要再出了。我笑說，也是，書是裝飾品，我在重新裝修後的真善美戲院裡，還看到整牆以書櫃為圖案的壁紙……。

陽光毒辣，他說：我們這種年紀，出門還是戴頂帽子吧。

75

神秘仰慕者

收到一張從都柏林寄來的明信片，署名是神秘的仰慕者，正面是愛爾蘭作家王爾德的肖像，和他說過的雋語，那些雋語，我大都讀過，總是出現在不同的文章中，但從沒讀過原文，我覺得他的天才和感性，讓他的名字在作家星佈的天空中，冷冽自爍。明信片上有幾句話，特別顯示出他的性情：

我能抗拒一切，除了誘惑

我們都生活在陰溝裡，但仍有人仰望星空

除了天才，我無可申報

王爾德曾寫過一部唯美耽溺，充滿個人色彩的小說《格雷的畫像》，二十一世紀的今天，出現華麗情色的《格雷的五十道陰影》，是在向他致意嗎？我對這個格雷原型好奇。《格雷的畫像》中有句話說：老年人相信每一件事物；中年人猜疑每一件事物；青年人什麼都懂。用來描述自己當下的心境，非常貼切。老人無法猜疑，否則他將懷著猜疑走向終點，這樣太悲慘了，我這麼想。

這神秘的仰慕者，筆跡很陌生，倒是使我想起一個剛去過英倫三島的朋友，讓久困案前的我，十分羨慕，尤其當她在臉書上說已到了愛爾蘭時，我覺得我好像聞到了麥香飄洋過海而來。忍不住在她的臉書上留言：去找一家酒館吧，喝三杯啤酒，算我的。其實我從沒去過愛爾蘭，直覺到了愛爾蘭，豈可不喝啤酒？不知她後來喝了幾杯？我喜歡黑啤酒，只是也喝不了三杯，而過去在台北喝黑啤酒的酒館都關門了，像許多書店。

我最喜歡她造訪的一家文學酒吧，一邊喝著啤酒，一邊安靜地等著，等著劇本的朗讀。我想起電影中看到的莎士比亞時代，人們在酒館裡觀賞戲劇演出，或者也像北京的茶館。

文學反映生活，又充實生活；生活的滋味成了提煉風味的啤酒花，讓人沉醉。順著一杯啤酒，文學流進了生活日常裡，真好。

76 夏天的遊行

多年以後，馬奎斯站在曾經放置拒馬鐵絲網的街口，發覺解嚴以後的街道，連國旗也解嚴了。曾經各自代表兩個立場迥然不同的政治集團，和兩面背景南轅北轍的獨裁者旗幟，在二十一世紀的某個夏天，和諧地一起遶街遊行。一群人高舉著的兩面紅旗，一時間連天色也血紅起來。馬奎斯看著血紅的旗子所意謂的血腥，不自禁地打了寒顫，但他發覺街頭上的人繼續歡樂地走動，談笑，沒有人注意到旗子的象徵意味，好像都被催眠，只有他是唯一醒著的人。他突然想起幾日之前，為了南方島嶼的主權所屬，一時間群情沸騰，軍士戒備，寸土必爭，那麼此刻，當他國的旗幟與本國的旗幟不分敵我地一起揮舞時，這個方寸之地的主權又是屬於誰的呢？馬奎斯想著這兩個互為寇讎的獨裁者，一定不曾想過這兩面紅旗會被這樣地揮舞，好像什麼也沒發生過。兩面旗幟終究還是有了大小差異，五星旗較大，在前；青天白日較小，在後。馬奎斯心裏想，如果再有一面紅旗加入，那就是三面紅旗了。馬奎斯以為他年輕時經歷的事到老就可免疫了，但世事難料，就好像這天色，說變紅就變紅；就好像颱風，說來就來。馬奎斯拿起放在背包的紙筆，嘆了一口氣，開始寫了起來：二〇一六年夏天，當紅旗在街頭揮舞，遠方的地底，獨裁者感覺到了召喚，就伸起了懶腰……。

77

中午的熱炒店

盛夏的正午，我走在一條完全無可遮蔭的巷道裡，準備赴兩個朋友的午餐約會。兩個朋友，一個熟，一個久仰盛名卻未曾一見，都是編輯同行，雖然領域不同。只是這日頭，讓人有些怯步。我們約在熱炒店碰面，好像要用熱炒店的熱氣來抵禦頭頂的毒日頭。自從認識簡白後，到熱炒店的機會就變多了，連這家熱炒店也曾和他及昭翡來過，中年阿北的街角。

我很長的一段時間是孤獨的編輯，出版同行的圈子很少接觸，接觸最多的人是學者，除了印刷廠，很少有外部的接觸。這幾年，不知怎麼，忽然多認識了同行朋友，在不樂觀的外在環境中，多了踏實感，只是也難免感慨過去待在角落太久了，久到缺乏新知和刺激。越是在這樣的艱難環境，越需要精進。近年讀到的《編輯七力》是一本少見的，精彩絕倫的雜誌編輯聖經，可惜對我來說有點太遲了，雖說朝聞道，夕死可矣。這本書的精彩，讓你知道編輯的語法和本事是如此多彩多姿，各有獨家之祕，最直接受益的是雜誌編輯。圖書編輯呢？我們需要幾力呢？我一直想找出更有力的溝通方式，讓書籍可以面對更多的讀者。

和同年級的朋友相處，很容易就產生親近感，大概是一種同學的概念。中午的熱炒店，生意依然興隆，這種天氣吃飯不喝點啤酒，就算飯菜可口，也難以下嚥，於是叫了一瓶台啤，但止不住口渴；又叫了一瓶，三兩口喝完；叫了第三瓶，想到下午還要工作，決定要用咖啡來收口。我和朋友邱君有時也約在小酒館碰面，談到將來的退休計畫，我對邱君說：你應該去開酒館，你一定會招呼得大家都很快樂。邱君說：以我的個性，朋友來喝酒，三瓶只會收一瓶的錢，這樣經營不了多久。我說：你真該造福朋友了。他認真地說：不想被一間酒館綁住。這句話完全擊中我的心坎，我想，我也不適合開咖啡館或茶館，這樣就失去了悠遊的興致。朋友康君則想專心寫作，爬山，偶爾投稿餬口，享受人生，很好的計畫。他對我說起了爬山這件事：一定要爬大山，在山上一個人走，與人保持看得見卻彼此不相擾的距離，心思完全在呼吸與吐氣之間，心靈才能完全放空，也才能真正充電。我從沒想過爬山者的心情，覺得好像是另一種境界。

一場簡單的午餐，一種中年的談話，很放鬆，沒有利害，像是闔各言爾志的清談。感覺離職場的終點不遠了，但最後的幾里路，還是得加把勁，用力地走下去。

78 尋覓咖啡的早晨

和朋友約了早上十點在慕哲咖啡館見面，我提早到了，到的時候才發現鐵門拉下，根本還沒營業。氣溫開始升高，於是躲進星巴克吹冷氣散熱，等朋友。咖啡館裡，人影綽綽，聲音嗡嗡傳盪，十分吵雜，不是談話的所在，只好跑出來，在騎樓等。朋友終於出現了，換他帶我去找咖啡館，先到了一家二樓的咖啡館，這個時段，裡頭只供餐不開放給喝咖啡的客人，只好頂著烈日繼續走向華山，路上，蟬聲不斷。

華山裡有好幾家咖啡館，心想總可以坐下來了吧。不然，我們走到第一家，離線，一樣鐵門深鎖，來早了；繼續往華山光點戲院走去，迴廊入口處竟拉出了一條繩索，上頭掛著紙條寫著整修中。不敢置信。在這樣的燠熱的早上，我們只想找個角落，喝一杯咖啡，交換一點想法，怎麼會這麼困難？算一算，不到三百公尺，已經路過五家咖啡館，卻還沒喝到咖啡。我準備放棄，想到外頭馬路上繼續尋找，忽然看見有家看起來像是咖啡館的店家，已開始營業，就推門走進去。我有印象，這裡曾是壽司店，不久前換手經營，只是我一直沒進來過。

和朋友洪君討論他的作品，交換想法，聊得十分痛快，基本上都在交換閱讀的心得。他說他很謝謝我們出版了單德興教授的力作《卻顧所來徑》，他在專訪齊邦媛教授的那章，又找了一本可讀的書，美國小說家霍桑的《人面巨石》。我聽了既感動又慚愧。這本書是難得一見的重要訪談錄，可惜很少迴響。在新書頻出的書市中，這本書獲得誠品書店的青睞，總是擺在顯眼位置，為時幾達半年，還是反應冷淡。我覺得最可惜的是，這本充滿名家心法的秘笈，就此淹沒書海；更慚愧的是，我並沒找出霍桑的這本書來讀。

和洪君認識幾年了，少有時間如此長聊，幾次街頭巧遇，都是頗意外的場景；一次是某作者和前女友在街頭爭吵拉扯，正不可開交時，他竟和他的女友路過，還上前熱情地打了招呼；一次是某夜，我路過某段路口，發覺巷底酒館前有個男子正在抽菸，身形頗眼熟，定睛一看，竟然是洪君。洪君財經背景，人文底蘊卻極深，一個早上聊下來，聊得我都想好好來沉澱心情讀書了。只有編著書的人生，真是乏善可陳。

我們也談到老派，謙遜、務實，甚至談到了緩慢。我說我已不知該如何應對這快速變化的社會，只好做我自己想做的書來應對，不然，連自己都失去了。他唸出了一句詩讓我整個早上都在咀嚼，Slow,But,by My own。這句話可以描述許多事情，也顯示一種應世態度。

我們經常太過於歌頌成功而失去了初心，亂了方寸，有時緩下來，正視自己，真是好的。這幾年下來，我發覺我受益於同輩朋友更多，友直友諒友多聞，我心懷感謝。

79 夏夜煙花

行過夜晚的歸綏街，轉過迪化街，來到大稻埕碼頭看煙火，八點不到，已是萬頭鑽動。下午辦完活動，繼續留在台北，陪特地從基隆來此的媽媽和姪子一起觀賞煙火。

煙火當然是瑰麗的，讓人瞬刻間忘記一切煩惱，用力記住短暫炫麗的光影和華彩，煙火正因為短暫而顯現一種決絕的美麗，毫不留戀。雖然下午下過一場雨，但仲夏夜的此刻沒有什麼風，頗感窒悶。旁邊有許多手牽手的年輕情侶，當然也偶有落單的老人。身旁有個騎在父親肩膀上的小女孩，一直伸手想要抓住那散落的煙火餘焰，純真可愛。我沒有伸手，因為我知道那是空的。但小女孩不知道，所以可以感覺到那種觸手可及的幸福。

煙火當然是美麗的，十分鐘便慰撫了許多人遠道而來的舟車勞頓，或和親人朋友，或和情人伴侶來此觀賞，這寬闊的河岸，如西門町般的熱鬧。比起煙火，我感覺到的是陪伴的溫暖，難得的時刻。下午和一個剛認識的媒體朋友閒聊，她在《熟年誌》工作，我問她熟年的界定，她說五、六十歲的人都算熟年了。這麼快就進入熟年了嗎？所以我也是了。我記得外甥曾用小手推開我宿舍的木門，那年我大四，忽然，他已經大學畢業，開始工作了；我記得姪子在社區中庭走路的模樣，忽然他就要十八歲了，有著比過去更多的心事，說話越來越客氣，雖然與我同住，我卻像個離家的人。但他的這種心情我並不陌生，我也忽然想起和我很少說話的父親。我好像也沒對他說過心裡的話。

看完了煙火，我們又走了一小段的迪化街。媽媽突然說，你爸爸有個朋友在街上開中藥行，我很好奇是哪一家中藥行。媽媽說，太久沒來了，忘記了。我想不全是忘記，中間一定有什麼故事，她不願說。父母親曾住在雙連很長一段時間，大稻埕也好，迪化街也好，是他們的生活範圍。比起迪化街，我反而更記得保安街，小時候幾次跟著祖母來保安街買香；這是件很奇怪的事，從雙連一路過來，其實有不少香鋪，為何非得是保安街呢？如今我無人可問。

80

我的「毛時代」

二〇一二年的三月，我出版了李劼的小說《上海故事之毛時代》，在出版的書中，這是第一本我以「毛時代」定名的作品。原本的題目是《被遺忘的歲月》，我認為每個時代都有被遺忘的歲月，這部小說特別標示出文革十年下放到鄉間荒野的知青生活，故事場景又在上海崇明島，所以改了此名。

這部小說最特別的是著重在女知青的遭遇，她們在先天上就容易成為支書，隊長，連長等性侵或洩慾的對象，只是隱而未宣，這是華文世界中頭一部以女知青遭遇為主所寫成的小說，算是為她們的青春立碑。我懷疑李劼那時也在崇明島上，小說場景氣味分明，人物情境，栩栩如生，既讓人扼腕，又讓人為春花委泥的際遇，嗟嘆不已。這是李劼寫得最好的一部小說，從人物塑造到情節推進，流暢易讀，而且十分深刻。出版之後，我以為文革的議題，我不會再碰觸了，畢竟文革離我太遠，離台灣太遠。

二〇一六年五月，我先是出版了胡平的《毛澤東為何發動文化大革命？》，又出版了廖亦武的《毛時代的愛情》，就在文革五十年。這兩本原不在計畫裡的書，忽然來到了眼前，好像順著某種隱密的水流而來。有意思的是，廖亦武的小說處女作竟同樣以「毛時代」定名。毛時代的時間其實很長，兩本小說無獨有偶地皆以文革十年劃定書的時間座標。廖亦武寫小說是第一個驚奇；廖亦武的小說竟寫得這麼好看，完全不像生手，是第二個驚奇；廖亦武竟然透過小說把文革十年知青的遭遇寫進去了，是第三個驚奇；廖亦武的文革大敘述還納進了西藏／圖博人的遭遇，是第四個驚奇。我至此拜服。向來，他稱我老闆；我叫他老哥，兩人言不由衷，彼此心知肚明，但這本小說直讓我拍案叫絕，不再質疑他的寫作天才。我已出版了他的七本著作，我常想：他接下來還要寫什麼？然而，他竟寫起了小說，而且寫得如此痛快淋漓，奇峰時起，讓人欲罷不能。小說的寫作起於四川重慶監獄時期，我很懷疑他如何一邊寫《六四．我的證詞》，一邊寫小說，難道是精神分裂嗎？

除了主線，側寫進藏車伕的行路和生活，更是精彩紛呈，精彩到我懷疑他也曾入藏。我忍不住問他是否去過西藏？他說，他當過卡車司機，就在這條線上。小說在即將返城的東行列車作結，但他在小說中塑造的多名知青，我直覺認為為後文革的一代發展，下了伏筆。毛澤東的猝死，中斷了他火車上劇烈的作愛，果然是廖氏風格。作為主角的莊子歸，既有莊子般的逍遙，又有廖亦武的放浪，愛情隨遇隨生，讓人掩卷之餘，浮想聯翩。

81

廖桑小時光

和樂融哥吃飯，聽他聊了許多我所陌生的音樂產業的現狀，聊他設立過的電台往事，簡直是天方夜譚，但我無意揭祕。我因為上他的節目才漸漸和他熟識的，我其實很驚訝，我原本認為不會和他的生活圈有交集，我後來覺得他很難得。他聰明犀利，也許太犀利，卻有溫暖的心，願意幫助人的心。我接觸過一些極聰明的人，但通常太精明，相處起來頗不舒服。樂融哥很真誠，我也有話直說。

他第一次找我上電台，介紹我出版的冷門書時，我以為我聽錯了。第一次進到他的錄音室時，我聲音發抖，幾次以後才習慣。不只是書，他在「銀河面對面」的節目中，也介紹許多新的樂手和作品，他說他每一張都聽過，真是有心人。閱聽平台的潛規則是知名度高的容易被注意，也容易宣傳，對收聽率也有幫助，會優先考慮，傳播的頻率就高，他卻願意讓這些新聲音有機會被聽見，真是不容易。他在臉書仍不時提到這些不為人注意的作品，很難得。這一點上我們也是相通的。

同一天稍早，《康健雜誌》的編輯同行真岑要把我臉書上的文字轉到她們經營的網路社群「大人的社團」，基本上就是中年男女的心靈補給站，已經寫出來的文字我當然樂於分享，但我不知用什麼名字好。她們本來建議用「廖桑的閱讀筆記」，但這樣放不進其它主題的小文，我於是用了「廖桑的小時光」，雖然很像居酒屋的名字，但還可以，不至於太造作。

臨睡前，想起今天是農曆七月的最後一天，是傳說中地藏王菩薩的生日，也是父親的逝世五年的忌日。所以還是記了一點心情。但我不感傷，我珍惜擁有，無論是親情還是友情。

82

新手

上綠色和平李南衡老師的「綠色論壇」節目，這是第一次到電台來介紹自己的書，心情有點異樣，也有點緊張，書寫的年限跨距太久，已忘記書中部份文字和想法是怎麼來的？重讀時，覺得陌生又熟悉。錄音前，在會客區中，李老師照例糾錯，而且很嚴肅地對我說：這本書有個很大的缺點，你知道是什麼嗎？我開始緊張了：有很多錯字嗎？不是，是字太小。他接著又說：「沒有人是孤島」這一句話是廢話，——沒有人，當然是孤島啦！然後，我帶著微微的羞恥，繼續接受他的訪問。他讓我想起他的老朋友尉天驄老師，兩人都有促狹，愛捉弄的個性。幾天前去看尉老師，尉老師劈頭就說：你的書我看到了，但有個問題……，他頓了一下，不說。有個……問題？什麼問題？書太重！

瘂弦老師則是另一種反應，完全是久坐編輯檯的總編輯，以老派的熱情鼓舞著你：你的書以天為地，以地為天，打破了書中天地的規則，字數行距和編排都很恰當，讓我想起了法國詩人雨果初讀波特萊爾《惡之華》的讚美——創造了新的顫慄……。他在電話上用低沉迷人的嗓音唸出雨果的話，我忽然間也顫慄了起來，有些暈陶陶，好像也看到那道波特萊爾的光，不過，很快地就清醒過來：可是，他還沒讀啊！難怪瘂公叱咤文壇，用這樣子的熱情約稿，當然無往不利，副刊王，名不虛傳。他接著說，他在台北沒時間細讀，他要帶著在回加拿大的飛機上讀。我們這次沒見上面，只通電話。

接到贈書，奚淞老師寄來了手書：做一個「書癡」與我這個「佛癡」，應有許多相同處罷：文字、文學、書本，就像人類心性海洋湧起的萬千變化，幻起幻滅，目不暇給……，這是一本會放光的書。放光，或許是因為封面白底反光的緣故。鄭樹森教授也寫了電郵：時光的斷片，臨流的倒影，未來的回味，歷史的憑藉。老卜則說：你的書記錄你的心智活動的軌跡……文章深刻自然，書香滿溢。這些溫暖的話語不管多少程度上溢美，它同時也意味著鼓勵和讀法，十分珍貴，也提醒著自己的不足。

這幾年開始較認真地書寫，不想讓青春等閒過。

83 週末的早晨

週末的早晨，做什麼都懶洋洋的，進到辦公室，發現辦公椅全翻到辦公桌上，地上原灑著的打蠟水已經乾了，卻還沒開始打蠟，不知是什麼情況？忽然聽到女廁傳出講手機的聲音，原來打蠟的人在這裡，而且還不準備結束通話，我只好再走出去。白天的氣溫已然很高，還好有風吹拂，看來一個小時內也進不了辦公室，決定去理髮。

理髮店裡已有一個客人，正在染髮的阿北，頭上圈了毛巾，在理髮椅上打著盹，沒看到老闆，老闆趁空檔進去吃早餐，然後，再慢悠悠地晃回來看著報紙。忽然，他發現鄰居從門前經過，很快地衝到廚房，端了一盤醃肉送給鄰居，然後就在門口說了一會兒話。這時，又進來一個客人，也是阿北，看到理髮椅上都有人了，就直接拿起了沙發上的報紙，不多久，沒聽到報紙翻動的聲音，我從鏡子往後看，原來，他在沙發椅上睡著了。

我喜歡到這種舊式理髮店理髮，是長年以來的習慣，雖然相對來說，自己是年紀最輕的客人，只是進來就覺得放心，我適應不了年輕髮型師的髮式設計，最主要的，我相信老闆的老式剃刀功夫，今天雖然是老闆娘操刀，不過功夫也毫不含糊，如果要以老闆和老闆娘來寫成武俠小說，大概可以稱之為《鴛鴦剃刀外傳》。理髮廳裡是有音樂的，老闆藉由電腦播放著台語老歌，偶有日本演歌，一切都慢悠悠地，慢得忘記今天是什麼日子，現在是什麼年代，我忽然也閉上了眼睛，好像被什麼催眠。週末的街上很安靜，偶爾大馬路上傳來的汽車聲，連摩托車路過的聲音也不多。

我離開的時候，頭髮變短了，鬍子也刮了，臉上隱隱還有剃刀劃過的冰涼感。我好奇地看了我隔壁的阿北一眼，他醒了，頭髮也染好了，看起來頭髮比我還多還黑。我估量著打蠟應該還沒打好，就繼續在公園晃盪，一對父子在公園裡捉寶，一群年輕女孩在練舞，準備參加等會兒要舉辦的捷運捷客的街舞比賽，我忽然有一種感覺，我在預習成為阿北的生活。

不管如何，週末的早晨能這樣慢悠悠地晃盪，也是幸福。

第三卷

part 3

秋日風起

84

立秋

立秋在幾天前過去了，突然想起一支名為立秋的啤酒，酒色黃濁，微帶甘味，口感獨特。以二十四節氣來命名啤酒，真是好想法，至於適合的書法字體，自然是隸書了，有一種莊重，有一種優雅。猜想冬至，就要用魏碑體了，可惜書法沒有二十四體可以配二十四個節氣。

黃昏時，徐徐的風吹來，消除了暑氣，讓人沉澱，身心通暢，是一天最好的辰光。這種季節感也和生命呼應著，漸漸要轉到另一個階段，像是緩衝期，也像是登過高峰的緩坡，然後，一路向下。長年積壓的工作渣滓像廚餘，也在這個時候滿溢，開始尋找傾倒出口，否則一不小心，就讓自己哽住氣塞。這也是學習的過程。中年人的尷尬在於，你既不年輕無知，又不年老霸氣，你同時面對和處理的方式很難有標準流程。這兩年來最困擾的是，我因羞於開口拒絕，或因一時心軟而接下的案子，最後常成了夢魘，更慘的是一起出現。如果你認為年長者一定更寬厚包容，那就誤會了，他們對人生的怒氣或怨氣可能在一個點上就爆發出來。恨時不我與，恨無能為力。我只希望不要成為這樣的長者。至少，不要自以為是，倚老賣老。

人生來到中年這個時節，氣力高峰已過，應該要審視內心，自己真正要的是什麼？而那些佔住心頭的廚餘，得先清理。而且，得學會說不。

85

長溝流月去無聲

陪鄭樹森老師去探望尉老師，雖然不久前才來過，但藉此機會，當面向尉老師恭喜，恭喜他正式升格當爺爺了。

任之在巴黎恐攻之後的第三天，當了爸爸，振奮了台、法兩地的親友。新生命總是帶來新希望和喜悅。尉老師看到一陣子沒見的鄭老師，很高興，談起了他正在寫的〈寧波西街二十六號〉。寧波西街的年代我當然沒趕上，卻記得尉老師曾告訴我鄭老師第一次喝醉酒，在他家打地鋪的往事，我問：喝什麼酒？紹興嗎？總覺得那是個江浙的年代，喝的應該是紹興酒。不，是高粱。尉老師說。車禍一年多了，尉老師的頭腦依然清楚，文壇的往事、情事，喝過的酒友、酒帳，一點也不會錯亂。

鄭老師回憶說那次是颱風將襲，已沒有公車回政大宿舍，小說家子于帶了酒來，大家就喝起來，……。鄭老師和尉老師交換談著故人的消息和近況，幾十年的光陰，在幾句話間就如風過耳，真是歲月如梭。那些故事，不該聽的，不該聞的，就從左耳穿過右耳。我一邊聽著，一邊打量尉老師正在看的書，最近在讀宋詞。客廳裡的書架，懸著新寫出的字，字比較小，想來是握筆和使力的問題。尉老師說幾天前老朋友劉大任去看他，他寫了一幅陳與義的詞送他。「二十餘年如一夢，此身雖在堪驚」。內心突也有所感，我對尉老師說：我太年輕時就讀這些詩詞，對人生缺乏真實感，把頭腦都讀壞了……。不然，你要讀什麼？去搞政治嗎？果然是老薑之性。一句話就掃回來。尉老師有時也喜歡對我談民進黨的文化政策，覺得應該怎麼做怎麼做，我總是聽著，也不辯解，內心好笑：為何對我說呢？尉老師常說：這些人不讀書啊。雖然不是全部，但有他的觀察。學歷與讀書無關。

陪鄭老師回飯店，鄭老師邀我一起簡餐，博學多聞的鄭老師總是有話題和你聊，從鄭學稼未出版的《中共黨史》，到最近出土甚多的各式文革回憶錄，聽得津津有味。我告訴鄭老師出版了蒙迪安諾的《環城大道》，我說若不是曾看過他編選出版的「國際文壇名家系列」，我根本不知蒙迪安諾是何方神聖。他是華文世界中第一個介紹蒙迪安諾的人，我很好奇他是怎樣發現他的重要。鄭老師說：其實很自然，他的小說或小說改編的電影，都是在反省二戰中，法國人民抵抗或不抵抗納粹的情景，充滿時代的暗影，其中也包括對他自己父親的批判。鄭老師提到法國名導演路易·馬盧的一部電影，就是由蒙迪安諾的小說改編的，我想起高中時曾看過《童年再見》，是這部嗎？就是這部。

鄭老師也提到當年請住在法國的作家蓬草去採訪蒙迪安諾的往事，他說兩個人都很內向……，我哈哈一笑：難怪那篇採訪稿充滿了停頓和刪節號。鄭老師是奇人，通常只有他找你，而你永遠也不知道他何時會來電，何時出現。

在巴黎的書店

我在書店裡待得太久，有點不好意思，只好買了一本海明威的傳記當做此行紀念。我買的英文書通常附有照片，不然閱讀起來很吃力。書的扉頁蓋的戳印顯示書店創辦人和接手人的名字：比奇和惠特曼，更神奇的是下方的文字，巴黎零公里。多美麗的戳記啊。

「零公里」的概念，首先意味著道路的起點，但在這裡卻同時意味著中心點和原點。零公里，實在太妙了，好像在巴黎的探險就從這裡啟程。我來到法國的巴黎，走進一間美國人開的書店，買一本和這家書店極有淵源的美國作家傳記，真有意思。其實，也應該買費茲傑羅的。巴黎是海明威的另一個起點，他離開巴黎時，結束一段婚姻，帶著新的寫作計畫。

如今的莎士比亞書店已不是一九一九年設立的原店，地址也不在當年的舊址，然而從書店的身世來說，書店的設立已將近一世紀，不可思議。這家美國人開的書店比麥當勞和星巴克進駐巴黎，更具文化上的意義和重量，也成為巴黎的景點。如果要說獨立書店的理想範型，不管從書店的精神到經營的模式，莎士比亞書店都是我的首選。如果你在夏天來時，書店前方的小公園會有一片盛開的薰衣草，讓你觸手留香。

我有時仍想起這家書店，不知還會有多少名作家從這家書店的閣樓走出來……。

87

從阿爾及利亞來的故事

幾年前，我問忠森，法國和加拿大以外，還有沒有比較重要的法語作家的作品值得介紹給台灣的讀者認識？忠森介紹了這本《德國人的村莊》，作者是阿爾及利亞的作家布瓦連・桑薩（Boualem Sansal，1949–），一個陌生的名字。陌生是正常的，我們又真的對世界上哪些國家，哪些作家的作品真正熟悉呢？

如果排除出生在法屬阿爾及利亞的卡繆，印象所及，布瓦連・桑薩（Boualem Sansal，1949–）或許是第一個介紹至中文世界的阿爾及利亞作家。看了作品的簡介，心下琢磨：這種歷史記憶和身分追尋的主題，在台灣有多少讀者會感興趣？我暫時擱下了出版的念頭，卻又一直放在心上。

二〇一二年，我到德國參加廖亦武獲得當年度德國書商協會頒發的「德國書業和平獎」，見到了二〇一一年的得主布瓦連．桑薩，就像個想像中的阿拉伯人，他穿著阿拉伯式罩袍，圍著一條棗紅色圍巾，修長而溫文儒雅，有人把我介紹給他，他對我微微一笑，All Chinese，他說。那年諾貝爾文學獎得主是莫言。離開德國時，在法蘭克福的車站又碰到面，他正要趕飛機回阿爾及爾，我想我們應該不會再碰面了。我那時有個衝動，想拿出相機幫他拍照留影，覺得有點太唐突，就作罷，終究只有握手告別，他則低手合掌為答。那是我記憶中最後的身影。

回到台灣後，我又想起這本書，決心出版，譯者當然是不做第二人想的忠森。真正進入翻譯的階段，才知道作者用字典雅，句式不容易掌握，幾經與文字纏鬥之後，中譯本才得以問世，感謝忠森沒有半途投筆從戎。這種書寫的典雅程度，或許也正是布瓦連．桑薩獲得法國科學院頒發法語大獎的原因。忠森說他這輩子遇到五本很難翻譯的書，其中有三本是我交給他的——真是汗顏，我以為五本都是我給他的。我一直擔心他對我說：明天我就不翻了。

撇開歷史紀實的部份，這個以真實事件寫成的小說，透過一對兄弟的日記去追索父親的真實身分和父母的最後遭遇，充滿了抽絲剝繭的懸疑性，和歷史文化間的齟齬所激盪出的火花，以及盤桓在整部小說之上的歷史魅影，讓人不由自主地追尋敘述者的腳步到最後；而在追尋過往中，哥哥因此自殺，留下更多的懸念……。

異鄉—本邦—母國，在書中與主角的命運緊緊糾纏，一直到死。這種異鄉感也讓我想起出身阿爾及利亞的小說家卡繆，這絕不是歷史的偶然。小說召喚出的現實感，讓我思緒不由得落到正在加薩走廊，伊拉克，新疆，烏克蘭，圖博等處進行的各式各樣的戰爭。生命是一種恩賜，文化本有不同，戰爭除了資源的掠奪和寡佔，也成了文化霸權的宣示，和平，因此遙不可及，無所不在的帝國主義和商業利益。

88 不思議的一日

快下班時，接到一封電郵，是中研院副院長辦公室發出的電郵，信上告知，余英時教授在中研院的演講還有一張票，問我想不想去？當然要去。錯過這次，大概就再沒機會見到余教授了。這場演講也是千載難逢，與談者除了時任副院長的王汎森院士，還有史語所所長的黃進興院士，以及台大文學院院長陳弱水教授。

搭了清早的三〇六公車，從南京西路，經南京東路、南港路，右轉研究院路，幾乎就是橫亙台北市東西向的主要幹道。這條道路，說長還真是長，西起淡水河岸，東到台北市與汐止區的交界，四十多分鐘的車程，雖有點頭暈，但還是想看這一路的風景，這風景已存在心中二十餘年，那時，我總騎著摩托車來取稿、送稿。

余教授的演講自然是座無虛席，眾人屏息以待。他捨棄了大會準備的座椅，站在講台上，足足講了一個小時，中氣十足，語音清朗，內容平實誠懇，讓聽者動容。我雖也偶爾和余教授通電話，但現場聆聽，更顯魅力。他侃侃而談人文的修養和民主深化的相關性，更重要的是，要有明辨是非的能力。對於選舉這件事，他只提一個原則，每個人投下自己覺得心安理得的票。他鼓勵閱讀經典，從中汲取養分，深化人文修養。至於應讀哪些經典，是可以討論的。他特別提到黃宗羲的《明夷待訪錄》，這部書有中國古典知識分子對傳統社會的民主嚮往。不過，他早不說「知識分子」了，他稱為「知識人」。他說，「分子」這個詞被中國共產黨用壞了。

有聽眾問治學的方法，余教授說：沒有方法，但一定要從自己有興趣的書開始讀，才能深入和持久……。我雖然記滿了幾張稿紙終究沒有力氣完全整理出來。好久沒聽課了，十分興奮，更興奮的是，我也和一群年輕學子排著隊，等著和余教授合照。真像做夢。

第一次見面的余師母，送我一份小禮物，一張印有普林斯頓大學歷史之門的書籤，雖然不好意思，但還是滿心歡喜的收下了。值得紀念的一天。

89 昨天以及今天的樹

榮總前的綠色隧道，是石牌路上最怡人的一段，沒有雜亂的店招和擁擠的屋舍，雖是交通繁忙的重要通道，當偶然的空檔出現，沒有車輛經行時，卻像一個夢境突然湧現，出口處的光亮則是現實的入口，太短的夢境。從小學時第一次經過到現在，幾乎都沒有改變，那交互纏繞的樹枝形成的隧道，是這條路上最美的傳奇，樹幹的粗壯虯節顯示樹齡的蒼老，垂落的樹鬚，梳理著市聲繁囂。最近幾個月，多次走上這條路，總覺得時間在這裡有一種靜止感，就像石牌路突然在這裡轉彎，停頓，然後彎向通往山上的方向。

或許是因為一本書的影響，我開始重新留意街道，或者說我有一種街道的意識。有一次，夜晚離開醫院，在台北護校的圍牆旁發現竟有一路車可以直接坐回基隆，不必再到捷運站或火車站換車，真是太神奇了。我就在候車亭等，還好，還有一個學生也在等，不然我會懷疑那只是虛設的站牌，等了約莫半小時，這神奇的車子終於從街角轉出來時，那種感動好像是發現真的有龍貓公車，真實中摻著不可置信的虛幻感，如同這城市一角的綠色隧道，充滿著夢的光暈。起站，只有我們兩名乘客。

這路公車，是國光號，它行駛的路線竟然經行過高中時最熟悉的路線，瞬間把我拉回對高中的回憶，當我從路口看見通往高中大門兩側的大王椰子時，我實在不能相信它們竟然還在那裡，而三十年過去了。領了畢業證書後，幾乎再也沒有回來過，因為同學都離開了。高中第一天報到時，發現學校大門不是在大馬路上，而是需穿過兩排大王椰子的田中道路時，心裡想：天啊！這裡是台北嗎？

國光號像是逆著時光行駛，從自強隧道轉過大直、內湖上了高速公路。大直是比高中更遙遠的記憶，記得國中的新生入學典禮曾借三軍大學的禮堂舉行，同學中有一些是將官和軍人子弟，而我走上與軍旅完全不同的人生。奇怪的是，後來也很少遇到這些同學，遇到了，也不知認不認得出……。

不期然的時光之旅在基隆的大業隧道口戛然而止。我只搭這一次，做了一場短暫的青春夢。

90 夜遊

上次和任之一起經過這區，大約是一年前，和簡白、任之在錦西街上的米粉伯攤子上吃完米粉，喝點小酒後，漫步走過。我帶著任之遊走我童年時的街區，正走過的這個街區，那時是不存在的，完全是屬於北淡線的鐵道範圍，被柵欄封住，童年也早不存在，僅以記憶的方式存在於這個街區的空氣中。這是無法抵擋的力量，驅動著你信步至此。

我們在赤峰街，舊鐵道區，和中山北路的巷弄中，穿來穿去，同時找賣水的便利商店，像神遊物外的狀態，在赤峰街的一棟老屋前，看著二樓陽台上雕花銹蝕的鑄鐵欄杆，我對任之說，我第一次讀到蒙迪安諾的時候，十分喜歡，因為他的敘述完全撞擊到我這種在街道漫遊的心理狀態，當然蒙迪安諾的小說中還帶著戰後濃重的陰鬱氣味，我並不十分熟悉。

任之突然想起我對他提起過的，隱藏在巷弄間的居酒屋，他對夾雜在巷弄公寓裡，那間居酒屋的木製拉門印象深刻，想去看一下。走近時，居酒屋不在了，變成了明亮的服飾店。這間居酒屋曾和玉山社魏淑貞總編輯來過，我因為滿牆貼著線裝書頁大為驚詫，而寫了一篇文章，不知何時，店已撤離，真可惜。我探頭進店中一望，牆上貼著的書頁仍在，提醒著曾在的痕跡，我曾為這些書頁惋惜，惋惜他們成為裝飾的壁紙。我現在又再一次為它們惋惜，惋惜他們的存在——雖然，我不應該這麼說——事實上還是適合居酒屋的。

不論人事，一年的變化很大，也有不變的，像居酒屋斜對角的咖啡館。咖啡館的主人還是那個留著小鬍子的青年男子，像個藝術工作者安安靜靜地站在櫃檯後面調製咖啡，一如咖啡館安安靜靜地佇立巷角。我問店主要張店卡，因為任之想知道這店的確實地址和名稱，他說，他沒有印店卡。一如以往。他不特別熱絡，也不特別冷淡，就像是溫開水的溫度。我很高興這迷人的咖啡館仍在這裡。

我對任之說，我喜歡這區，這區是我的巴黎。那裡，雨後總是一片寧靜，蒙迪安諾這麼說。

91

往事如煙

文發到辦公室校稿，送我一本非常珍貴的舊雜誌，一九八五年九月出版的《臺灣文藝》，三十年前的雜誌上登著我大學時期的作品，往事如煙。

我已經快要忘記這件事了，重新翻閱這本雜誌，淡黃的紙頁，淺淺的油墨香，混雜著遮掩不住的霉味，三十年前的記憶又回來了。那年，參加了學校的文學獎徵文比賽，得獎了，有一次去看老曹，對他提了這件事，他問我：校刊上有登出嗎？我說，沒有。那你把文章給我。那篇文章後來登上了雜誌，早一年前，老曹也曾把我的一篇文章投給《臺灣文藝》。我後來搬家幾次，兩期雜誌在從台北到基隆的路上掉了，偶爾想起時，有些微的遺憾。

月前，文發在二手書店看到這本雜誌時曾問我：上面的那個名字是你嗎？我說是啊。沒想到他找到這本雜誌。我對他說我其實還有一篇登在八十幾期的《臺灣文藝》上，約略也是九或十月號吧，不知他是否能幫我找到。這兩篇文章都沒有收進自己的書中，一方面覺得文思太淺，不脫習作氣息，一方面也有點情怯，畢竟是學生時代的文章。我不知那時為何有股衝動去參加徵文比賽，也不知為何又失去了興致，只喜歡在校園內外晃蕩，看著閒書。有時回想起，人生有那樣的時刻，真是難得。大學四年級時等著畢業，等著當兵，完全就是「擺盪的人」的那種心情寫照，而那個階段，早過了，現在的我，有時覺得連呼吸都沉重。

當年的淡江校園真是精彩，文風鼎盛，我遇到小說家蔡素芬，劇場導演黎煥雄，作家簡白，就在這個時候……。那時的《臺灣文藝》也很不得了，內容深刻豐富，憂時憂民，留下不少重要的文藝討論和創作，鏤刻著時代的軌跡。這本由前輩作家吳濁流先生創辦的老牌文藝雜誌，後來幾經轉手，慢慢淡出了台灣文學場域，為人遺忘。現在的年輕文學世代，除了台文系或台文所的學生，大概都不知道了。

往事如煙，但有時還是會留下一點腳印。

92

秋天的問候

很久沒聯繫的李劼來信了，問了書稿的進度和出版計劃，其實，我還有題目想請他寫，我認為他可以寫得很好，不過得先把手上的書稿消化完才行。再說，那個題目給他後，不知他會不會寫成我難以處理，無法剪裁的情況，因此心下遲疑。他無法遮掩難以自抑的文采，常顯示在脫韁似的文字奔浪中，難以抑制，而沙石難免。節制是個相對的概念，一如兩面刃，節制了此，削弱了彼，常讓我兩難。我曾請他為自己的書寫序，一寫二萬字，基本上又是一篇專論。不能刪節，那篇序像個超級路障擋在書的入口。

他問台灣的天氣如何？他說紐約依然炎夏。他是我較常提及的作家之一，樂融哥曾問我為什麼？我說：因為他真誠而不市儈。我沒說的是，他對台灣充滿理解的尊重，有些作家，架勢排場過大，令我卻步。我想起李劼，常會想起紐約的初見情景，文人的窘迫和自若，孤傲和純真，我在他身上見識了。然而直到今天，我還是不知道他在紐約隱遁或寄居的角落。就我所知，他是流亡海外的中國作家中極少數不攀附和汲汲營營的人，當然也注定他的人際失敗和孤鳥的角色，包括生存的處境。我回覆李劼的問候：這裡秋天來得早，才九月初，已穿上長袖，是一年中最怡人的季節。

不過，還是有點反常，秋天來得早了。每當這種天氣，天清雲朗，風吹著的時候，就很想出去走走。上班族放封的時刻。其實也走不了多遠，頂多只走到街角的咖啡館。

93 中性地帶的小旅館

應一個讀書會的邀請，特地南下台中。活動是在週末早上十點，高鐵再方便，怎麼樣也都無法當天一早從基隆出發，於是提前一天抵達。雖然有認識的朋友住在台中，還是想找間旅館比較自在。在網路上找到一間近台中公園和舊市區的旅館，小時候曾和爸媽來過一次台中公園，對始自日治時期的湖心亭，印象極為深刻，彷彿到了國外，非常興奮。我對朋友說我訂了這間旅館。他問為什麼：一是便宜，一是近台中公園，很想再去走走。朋友說，晚上別去，夜晚的公園裡只有蚊子。我最終只遠遠地看著這舊日的回憶。

我喜歡這間小旅館。位在鬧區中，但夜晚很安靜，很簡單的陳設，沒有異味，看起來是乾淨的床，我尤其喜歡有點傾斜角度的側牆和牆上的兩扇窗子。你很容易就推開窗，看到樓下的街道。我害怕密閉的空間，我有窒息的恐懼。事實上，從夜晚入住到隔日離開，都沒看到什麼人。不過，還是有陸客團，他們就在大廳入口處，抽著菸，討論明天的行程。沒聽到有人要去看台中公園。

這次到台中來是為了導讀《在青春迷失的咖啡館》，新的諾貝爾文學獎得主即將誕生，這本書的熱度很快就要過去了，所以想趕在秋天以前，再介紹這本書。我並沒有很刻意挑一家像巴黎街道裡的小旅館，事實上也完全不可能，至少你不會在巴黎的巷道間看到青草店。不過，這個週五的夜晚，當我推開房間的門，看到這片牆和窗戶，帶著一種閣樓的味道，我忽然想起小說中的主角羅朗和露琪，他們為了躲避過去，住進了巴黎街道的小旅館，小旅館充滿了報紙上所登載的失蹤人口，是的，就是所謂的中性地帶。有一次，兩人興致忽起，推開了旅館的窗子，對著街道喊起了某個人的名字，彷彿那個人真的存在，將會回應他們的呼喚。當然，沒有人回應他們，一直喊到門房來敲他們的門，請他們安靜些。

我站在窗邊，看著夜晚安靜的街道，想著書裡的情節，如果自己也扯開喉嚨，會是什麼情景？但是，我要喊誰呢？台灣的旅館很少有陽台，是多雨的緣故嗎？如果有陽台，我就可以走出去，看著完整的街道，街另一頭是繼光街，晚上顯得冷清。小說中的女主角最後從陽台上跌落，是失足？還是自殺？沒有明說，空白留給讀者填補。

《在青春迷失的咖啡館》是部迷人的小說，我每重看一次，都會發現一些細節是前次忽略的，直到現在，在導讀會開始前的幾個小時，我發覺我還在小說的五里霧中，找著人生地圖的出口。

我在一個不甚熟悉的城市中，住在一間全然陌生的小旅館，展開一次因書而來的小旅行，夜晚的寧靜氛圍，把異地異國的清楚界線取消了，你再一次隱身小說世界裡，繼續著中性地帶的追索，永劫回歸。

94

又見闊葉林

我拉開闊葉林書店的門，櫃檯裡一個高高瘦瘦的服務生帶著笑問：請問一位嗎？我沒有回答，繼續往前走。那個高高瘦瘦的先生突然變得更親切：你是廖志峰？我們十多年沒見了。

這個服務生，不是別人，正是闊葉林書店的老闆廖仁平先生。記得他剛成立這間書店時，我曾拜訪過一次，幾年前他搬到了現址，我沒有再來過。成立將近二十年的書店，仍然在街頭營業，真的很不容易，我由衷敬佩。想起十幾年前的拜訪，我剛從編輯身分轉換成經理人，十分不適應，應對生澀，洽談業務笨拙。不過，我依舊相信還是有人是可以相信的，只要你看到本人，你從那眼神中可以感受到人的本性，這位廖兄是其中之一。可以看得出來他被我的突然到訪嚇到了；十多年沒見，只是單純路過打招呼，沒有事先約定，什麼樣的人會這麼做呢？

讀書會的分享結束之後，本應朝市區和車站方向前去，看看錶，時間上還許可，就想來拜訪這家書店，看看不熟的老朋友。這家書店和以前比起來，很不一樣了，外觀是棟木造木屋，室內空間更大了，也更為有趣，為了支應開銷，終於賣起了餐。廖兄帶著苦笑，指著身上的圍裙：穿上這件以後，就更忙了。以前開書店是為了有時間看自己想看的書，那時賺的是「閒」，現在開始賣餐，賺到的是「不閒」，連看書的時間也沒有。

我們年齡相仿，都有經營者的無奈，中間有一種無言的惺惺相惜。書店的訂單其實很少，開學時文史類的書籍會訂得較多，期中就開始冷清，一直到學期結束。這幾年連開學時的熱度也沒有，我心下暗叫不妙。春江水冷鴨自知。入口處的書架上擺了允晨的書，不知何時會有客人買走？我走上二樓的書區，發覺竟還有將近十餘年前出版的《山巔宏音》四本。完全被遺忘的書，乏人問津，如果他經營不下去，我也是有責任的，想到這裡，又充滿歉疚。書店的命名據說取自小說家波赫士《沙之書》：隱藏一片樹葉最好的地方是森林。一片樹葉就像是一本書；而闊葉林就是書局，有很多藏書的地方。

我選在忙碌的週末下午到訪，廖兄兩頭奔忙的招呼，熱情可感，更讓我很不好意思。一樓挑高的空間中有政大國樂社的校友聚會，胡琴拉起了悠揚宏亮的曲調，讓人忘了身在何處……。胡琴聲中，我又拉開了木門，走出闊葉林，走入那沒有書的滾滾紅塵。

95

杜鵑聲裡，布袋蓮開

布袋蓮在颱風中悄悄地開著淡紫色的花，因為生長位置低，也因為柔軟，竟躲過了狂風的肆虐，暴雨也未將花朵蹂躪摧殘至凋零。風雨過後，仍安好在舊醬缸裡，覺得不可思議，雖然一、二天內它也會凋萎，生命力還是讓人讚嘆。

誰會想種布袋蓮呢？既不嬌貴，也沒有特別的香氣和花容，是難登大雅之堂的植物。植物的階級性和人的階級性相仿，自有它暗喻的社會密碼。它本應生長在靜止的水域或池塘，有時還伴著惡臭。小時候第一次看到布袋蓮，就是在基隆河的廢河道上，河面總是瀰漫著惡臭，帶來撲鼻的沼氣，蔓生著墨綠色的布袋蓮，也因此意外地發現布袋蓮紫色淡雅的花，在最不起眼的地方，兀自開放。後來，我搬離劍潭，廢河道也填平了，蓋起了各式的建物，在一所學校和一些豪宅的下方，少有人知道，那裏曾經是一條河流。

這朵布袋蓮是從何處拾回的？我已忘了，種在基隆家中的舊醬缸中，已有幾年了，夏天裡總會開幾回花。它不只是花，也是回憶，布袋蓮的回憶伴隨著童年一條黑色的河流，河上的漂浮物，除了這種水生植物，還有各種各樣的垃圾，有時還可看見漂浮的死豬或死狗，一條流動又死寂的河流。河流上游和下游的風景，是長大以後才看到的。但對河流最初的印象，卻就此烙印。

布袋蓮也是一種回憶，雖然並不甜美。

96 出版城的時光

從飛機上看韓國的一角，丘陵連綿，高樓成群聳立，有點像是台灣西部台地的景觀，出了金浦機場，往坡州圖書城而去，感覺又像是在桃園中壢一帶的鄉間。

第一次到韓國就是公務，除了會議所在地的坡州，哪裡也沒去。坡州則給我一種錯覺，整齊的區域計畫，西式建築群，間採清水模工法，寬闊的馬路，很少行人，若不是有韓文標示，你幾乎以為自己身在洛杉磯的某處，當然，北地的植物還是很不同。這是我初見韓國的印象。

趁著開會空檔，台灣團的團長，聯經出版公司林載爵發行人特別安排與會者參觀出版城中的一家出版社，枕石出版社。我韓、日文皆不通，出席開會只能以英文溝通，但講英文的時候也不太多，大多時只是微笑，帶著我雖不懂但我可以猜想的那種尷尬的微笑。在坡州城裡，每家出版社都是獨立存在，有一整棟自己設計的個性場域，一樓多是自家出版品的展示區，被咖啡香環繞的藝文空間。這真是台灣出版人的夢想，林發行人以艷羨的語氣說。這樣的夢，真是奢侈，奢侈到自己不曾夢想過。當然，我也懷疑出版城外的讀者會花多少時間專程來到這裡挑書看書，除非出版品本身就很具特色。和路過的其他家出版社不同，枕石的門市中心更像是藝廊，帶有疏朗優雅的人文氣息。出版社傍著山丘，新經典文化的總編輯葉美瑤問起主人這座山的名字：尋鶴山，主人說。山名真美，帶著一種深情嚮往，這尋鶴山不就是悠然見南山的南山嗎？

這種集合式的出版城在台灣可不可行呢？我保留，但這種擁有自己獨立的出版作業空間，絕對是台灣出版人的夢想。我們各自逛著，或隨意地聊天，主人則煮咖啡招待來訪者，難得的公訪，難得的悠閒。我想，如果這些出版友人來台，我不會邀請他們到社裡參觀，畢竟，留有一些想像空間，保持美感的距離，還是上策。

完全看不懂韓文，離開時，還是買了一本美麗的小書，當成此行留念。

97

空中水災

短暫地去了韓國一趟，回來才知道出發前一晚，中和一場無預警的豪大雨，滂沱的雨勢從倉庫頂樓一直往下灌，沿著樓梯像瀑布一樣地向下竄流，流進了樓下鄰居的室內，也流進了電梯，造成電梯故障。倉庫裡的書，不管是本版書或外版書，遭水浸泡，糊成一團，隔天發現時，一切都太遲了，花了許多力氣善後，物質的實際損失，也得估算。在韓國時，曾和前輩林發行人閒聊，我說我單純擔任編輯時是最快樂的時候。工作到了一個高度，一定的位置，不但很難突破，而且感覺是一葉扁舟在湍流中努力平衡著船身，維持著航行，不知何時滅頂。我有時想，那根壓垮我的稻草到底何時會掉下來？

為了轉換心境，拿起了《書聲》前往師大路上的天曉得餐廳，去探視一個很久不見的老朋友，自從沒有了摩托車，我幾乎一年半沒踏進這條巷子，沒有了政大書城師大店，來這裡的機會就不多了。許久沒來，師大商圈已有明顯轉變，沉靜了許多，許多商家撤離了，有一些店面則做清倉大拍賣，所幸天曉得仍存在。我曾在這裡舉辦過新書分享會，分享會的告示牌居然留到今天，雖然存放在地下室中。

老闆是個喜愛畫畫的奇女子，從屏東北上，獨自在台北開店多年，我本不認識她，是秀如介紹認識的。同是性情中人，一下子就熟絡了起來，初識最神奇的地方是，我竟然在她店裡看到高中時期的美術老師邱秉恆老師的作品，太不可思議了。高中時就知道這位不苟言笑，看起來嚴肅的老師是藝術家，他對我們這群沒有慧根的高中生沒有要求，只要求我們上課不要說話，嘴巴是髒的，這就是他的教誨。我本忘了他，但是在牆上看到掛著一幅有著水墨畫意的水彩畫，忽然覺得眼熟，湊近看落款，竟然就是這位老師的作品。不過，也不意外，這裡是師大範圍，也是他住家的所在，我只是很好奇：這幅畫怎麼會掛在這裡？難道是我的美術老師用畫來抵飯錢嗎？

當然不是。老闆學畫，兩人大概是投緣吧。令人張大嘴巴的還不只這幅畫，牆上竟還有一代名宿臺靜農教授題贈給女老闆的墨寶，讓人艷羨至極。真是深藏不露的店。這也是龍門客棧嗎？開過茶藝館的老闆還留有許多茶壺，相信每一把都有故事。很久沒來了，照例進到這裡，我總是先瞧瞧牆上的老朋友，它們在，就覺得安心了。

一陣子不見，人世幾經風霜，我們閒聊了一陣，老闆特別招待了檸檬塔和手沖咖啡，人間美味——其實，我本以為她會請我喝啤酒。我用自己的書回禮。對她這兩年來遭遇的變故，已聽秀如提起，實在無法安慰什麼，只能彼此祝福。珍惜生活著的每一天。

初見安平的海

很久沒到台南了，幾次來都是為了公務，少有觀光之想。前一次是陪廖亦武到成大台文系演講，那次因為作者前晚喝得太醉，取消了隔天早上文學館的參觀行程，我只好在成大看榕樹發呆，還好在下午的演講前，作家終於酒醒。再前一次是拜訪永茂書報社，和二哥在路邊喝了幾杯小酒，二哥當然不滿意我的淺酌，但我實在不勝酒力，那是第一次，也是最後一次和二哥喝酒。二哥大我沒幾歲，沒幾年，二哥英年早逝，又沒多久，就接到書報社發的通知，說他們決定結束營業。幾十年拼搏打下的基礎，瞬間結束，除了市場的萎縮，沒有人要接手這事業，可能才是主因，不免唏噓。在永茂書報社之前，我也曾拜訪欣志書報社，這江湖路。

從台南高鐵站的聯外道路，沿著八六線快速道路，很快來到海邊，那是安平的海，覺得很興奮，第一次路過安平，陽光下波光灩瀲，在公路，在防風林外，閃動著白光。途中見到一座圓頂的西式建築，有點詫異，平地建起的異國風景，讓我想起萬神殿，原來是奇美博物館。不過，沒有進去一訪。台南之後，很快就要轉去高雄。拜訪新的經銷商，有點忐忑，你出版的是文字，但真正面對的是數字，你以為是營養爽口的精神食糧，但可能不是讀者的菜。理想的讀者，值得一再推敲細思的命題。年輕幹練的奕豪總經理請我到一家日式餐廳午餐，很少中午吃這麼豐盛，有花壽司，生魚片，嫩腰肉豬排，烤鯖魚，天婦羅，水蓮，前菜是沙拉，小菜是牛蒡絲，還有一盤經典的台南米糕，這樣的午餐實在太豪華，如果他來到台北我該用什麼回報？我常在詩人林梵的臉書上看台南人的早餐，豐富飽足，這次午餐又超過豐盛飽足遠甚，只能以不可思議來形容。

飯後，參觀配送作業現場，新式明亮的廠區，有許多作業人員。想想，在書市這種微利的市場，要養活這麼多的從業人員，真是不容易。這樣的作業規模和空間，讓我想起合作多年的裝訂廠，在越來越少的書籍消費市場，要撐起生產的事業鏈，很難樂觀。幾年前也曾拜訪台南火車站旁的金典書局，那又是另一種作業風景，當年聯繫的業務主管，後來也離開這行，結婚生子去了。

我在台南只停留幾個小時，然後繼續上路，在高鐵月台上等著南下列車，突然想起陳映真的《夜行貨車》。那列往南的貨車，曾經帶給小說中的主角一點生命的希望和契機，但現實裡，我卻不知書市的列車，將駛向何方。

99

三餘書店

從高鐵左營站轉捷運到市區，非常方便。高雄捷運的人潮不像台北擁擠，但便利性相同，意外地在列車進站時，聽到月台上響起了輕快的音樂，讓人心情也輕鬆了起來，好像開始一場小旅行。我在文化中心下車，從一號出口走出，突然想起忘了抄門牌號碼，只記得應在中正路上，走了一段路後，越走越慌，決定問路人。剛好一個女學生經過，我趨前問她書店的所在，她有點茫然，似乎沒有聽過。我放棄繼續詢問的念頭，正想打電話求救，忽然就看到了書店淡紫色的小布篷，夾在大樓林立的廣告招牌之間。

真是漂亮的三層樓透天厝，不小的庭園，種植著椰子樹，道地南國風情。我剛好認識屋主，非常羨慕，如果我有這樣的房子，我也要來開書店，心中暗暗立誓。至於讀者會不會上門買書，那是另一個問題。書店位在大馬路上，又在捷運出口附近，一定很方便讀者前來買書吧？我自以為聰明地問店長。店長微笑著說：高雄人到哪裡都騎摩托車，沒有足夠的停車位，才是問題。是嗎？台北客一句話就露餡。我們已太習慣了捷運。

書店的空間規劃，穿透性很強，沒有壓力，讓人覺得舒服。雖然有點小，但鎖定主題性的書也夠了，我照例用眼球逡巡著書，看到了《柬埔寨旅人》、《105號公路》、《寂寞的十七歲》等書，沒看到其他的，不好意思問有沒有進書。

高高瘦瘦的店長從事書店工作多年，熱情誠懇，和他聊天非常愉快，自己的收穫也很多，在書店工作的同仁很多是詩人，當然，可能不久之後又離開，流浪去了，為了詩，啊！年輕真好。我問店長該如何增進彼此的聯繫和互動？他建議我多提供一些書和出版背景的資料，這樣也有助於他們介紹和推廣，畢竟，在書海中要跳出一本書，是多麼的不容易，眾裡尋書千百度。

一到三餘書店就看到玉山社的活動立牌，《走過長夜》的新書分享會，真是認真，我太久沒離開台北了，需要檢討——當然我是每個夜晚都離開一次，隔天早上再回來。三餘書店其實不只書店，也是一個地方的藝文中心，地下室有資料展，二樓是咖啡廳，三樓則是講座場所，常有讀書會和詩的朗讀會。我在書店待了一陣子，離開時買了一本雜誌。這家美麗的書店已是高雄一景，不禁為這些年輕人喝采。

我在網路上訂了一家便宜的商務中心，作為下榻之處，就位在美麗島站旁邊，我也看到了站內美麗的天篷彩繪。六合夜市就在出口處不遠，於是在夜市裡解決了晚餐，和陸客們同桌。南國晚風，吹來清涼。

100

剃刀物語

路過雙連，看到路邊一家男士理髮店，裡頭沒有半個客人，理髮師正對著大面鏡子發呆，沒有多想，就走進去了：我要理髮。理髮師看著我的頭髮：很久沒理了吧？我說，是。我沒有說的是，上次理髮有點被年輕的理髮師嚇到了，手法太潮了，很不習慣，決定找比較老派的理髮店。其實，在老社區裡並不難找。不過，我沒在桌檯上的工具箱裡看到剃刀，只有剪刀梳子和推髮剪，心下有點遲疑，一個沒有剃刀的理髮師，還是理髮師嗎？

為什麼會這麼懷念剃刀？我曾經讓一個理髮師理了二十年的髮，前一陣子換身分證時，連戶政事務所的承辦人都嚇一跳：你的髮型都沒變過！當然，因為理髮師是同一個人。每次理髮的最後，剃刀修去殘餘的髮根，是理髮儀式的完成。重點是，當剃刀冰冷銳利的刀鋒劃過髮根處，你感覺彷彿所有殘留在髮根的煩惱渣滓，在刀鋒劃過時一併清除。而新的煩惱將隨頭髮生長，依此循環。然而，我在新式髮廊裡無法體驗這種真實的觸感，總覺得沒有剃刀就無法清理乾淨。雖然，服務很親切，甚至更親切，空間場所，也明亮愉悅。老師傅的存在價值在此，相對於老顧客來說。老師傅有一種訓練紮實的功底身段，你只要看他亮出剃刀的手勢，大概就可窺見端倪。至於髮型，我向來只有一式，一式到底，一直到今年七月，街上的老理髮師退休為止。

我是念舊，還是畏於改變？或許都有，一種習慣吧。理髮師很快地理完，洗完髮又把我帶回原座，這時，他從抽屜裡拿出了剃刀。果然還是有剃刀。他俐落地甩出刀柄裡的刀身時，我終於相信這位師傅的功夫。他甩出刀鋒的手勢幾乎就像是京劇裡的小生甩摺扇一樣地瀟灑俐落，頓時你覺得他的神采也有些不同。

我終於再一次體驗剃刀的刀鋒劃過頸背耳根的爽利觸感。或許下次還會再來。理髮師大約六十多歲了，希望他還不要退休，在我退休以前。

101

明月樓高人獨倚

尉老師打手機給我的時候，我正坐在理髮椅上理髮。他說他在我們公司附近，想過來看看，因為還有一些時間復康巴士才會來接他。我對尉老師說：我還需要半小時才能回去……。說是巧，也真不巧，尉老師難得出門，沒有好好接待，心裡有點難過，抽了空，帶水果去探望尉老師。

兩個月沒來看尉老師了，他的精神還可以，眼神明亮中，也透著掩不住的憔悴感。見到了家恆、佳奇，和我，很興奮。只是臥床太久，剛開始難免有些感傷，還好談著談著，後來就轉移了話題，不在身體上的問題打轉。尉老師的精神真是好，一開講又是兩個鐘頭，如果我知道他老人家會講那麼久，一開始就該找張椅子坐下，雖然尉老師已暗示過了，只是沒想到，我還是站足了兩個小時，像站了一班的衛兵。

很後悔沒帶錄音機或錄影機來，他今天講的是民國晚近以來的政局，文人學者的參與，也提到雜誌背後，不為人知的，政治勢力的糾葛和鬥爭。很多你以為的問題或轉折，在尉老師口中卻是必然的結果，有脈絡可循，我忍不住對尉老師說，你真應該去教近現代史。校園大概是回不去了，雖然，尉老師一度以為他可以很快地回到校園教書……。

尉老師也提到他進行中的口述回憶錄，又即將完成一篇，他說：我現在想到什麼，就寫什麼。他想念那個貧窮的年代，剛結婚時，有一次一群朋友到家裡作客，家裡的飯菜不夠，他太太把結婚戒指拿去典當了；又有一次他則是把月配的糧票賣了，買了吃的東西招待一屋子的朋友。他還是懷念那個年代的朋友，人心也單純，他說八〇年代開始，整個社會就變了。他突然告訴我們，他是在民國五十八年結婚，陳映真被捉後的一年……。

浮光般的記憶，其中有很深的思念，對過去貧困生活的思念，對滿懷理想的年代思念，對老朋友的思念。他對社會失望卻不絕望，他覺得只要能重建起人文的思維和關懷，還是很有希望的。我比他悲觀，人文社會的建設和著力，不是靠消費券政策或口號就可以改變。尉老師又再一次提起辦雜誌事，以及出版鄭學稼流落海外的中共黨史研究等事，念茲在茲。言談中尉老師重複說著氣度，格局，思想，但幾人能企及呢？

離去前，拍了尉老師新近寫的字，書寫多少洩漏他的心境，他寫了：碧雲天，黃葉地，明月樓高，一向年光有限身……。

102 出師表

就像以往的幾次，人外出，回到辦公室時，才發覺老曹又來過了，好像查哨。這次他留下了一本校對本——我寫的那本書，遲疑著沒有馬上打開來看，希望不會是滿江紅。

意外地，老曹把書中的錯字用鉛筆寫在書的扉頁上，有些也不是錯字，是他閱讀時註記的書名或人名。發覺老師把自己的書當作業批改，看到錯字就圈出，看到疑處就打問號，看到佳句就畫線，如果整段精彩，就打上星號。扉頁上還寫下了他有興趣再讀的作家名字或作品，這樣認真地看，已不是單純感動可以形容，如果有人這樣認真地讀你的文字，你不是該更自我惕勵和精進嗎？沒有一條路是容易的，沒有一種工夫是可以漫不經心的，這幾天讀《旅行與讀書》，心下冒汗，發現要到達這樣舉重若輕的書寫，真不是三載五載可及，而且寫得這樣清風徐來，意態怡然，才是境界。

稍晚和老曹通上電話，聊到了七等生的《削廋的靈魂》，老曹說「廋」是錯字，應是「瘦」字。我說，我寫時心下也生疑，還翻出了原書對照書題，寫了這個書名，文意上應該是「瘦」字，不過對於七等生用這樣的書題，我以為別有寄意，但好像也不是，如果單純是錯字，這答案也太簡單了。這本書後來改版重出，新出的版本改題為《跳出學院的圍牆》，我喜歡原本的書名和版本，那個書題是錯字的版本。老曹曾在《臺灣文藝》的「七等生作品研究專輯」寫了一篇〈永不回返的時光〉，但我沒有讀過。電話上老曹還說：七等生和作家雷驤是同班同學，一次，七等生跳上學生餐廳的餐桌，跳著踢躂舞，因此留級一年。這樣就留級了？真是容易。忽然想起尉老師曾說起認識作家黃春明的過程，他說有一次在明星咖啡屋，七等生帶來了一個年輕人，對眾人介紹說：這是八等生。八等生也是好名。

關於七等生，還有一個小插曲，有一次和久不見面的詩人學者吳介民見面，不知怎麼聊起七等生的寫作地緣關係，他說我來打電話問七等生吧。我吃了一驚：他不是在苗栗嗎？他搖搖頭，神秘地微笑著：不是。然後，他就打起了電話，真的就聊起來了，聊了大約十分鐘。我後來想，這件事是真的嗎？還是我喝得太多？一切只是幻影？

你的老師到現在還在幫你改作業呀？同事寶哥忽然出聲，又把我拉回現實。我有點不好意思地回答：是呀！到現在還沒出師。心裡暗自發誓，哪一天，文功大進，出師了，要來寫一篇「出師表」。

103

夜深前的小酒館

朋友邱君約了喝小酒，給我一個地址。不過，如果真依照那個地址，很難找到約定的地方。他告訴我，就在耕莘文教院後的巷子底，門前有個橘色小燈。我實在好奇這樣的指示，彷彿比喝酒本身還要來得神秘、有趣，就真的依照他的指示，找到了神祕的小酒館，另一個中年的陣地。安靜的巷子走來一個年輕人，長髮及肩，像是許久不曾梳理。剛剛在巷口已經看到他了，他對著耕莘文教院的後牆喃喃自語一陣，當他從我前方走過時，依舊唸唸有詞，帶著手勢，看起來不像是對我說話。有點詭異的場景。

這個有橘色小燈和橘色小木門的酒館，看起來不像喝酒的地方，倒帶有點情色感，外觀則像是工寮。推開門，室內明亮，約五坪大的地方，吧檯以外，可坐六、七人，突然想起邱君的形容：這地方是給老屁股來的。我和邱君認識十多年，不曾長談，沒有深交，直到最近才有機會閒聊，發覺他也曾是允晨的前輩，早知道，當年就該多向他討教，省掉許多摸索的時間。他問我當初進允晨的情形：有人帶嗎？我說，基本上是放牛吃草，自己摸索，消化一些半完成的書稿。邱君是第一個在我的書裡，看出我曾去應徵《中時晚報》編輯的往事，他過去工作的報團，我說那真是一場正式盛大的筆試，還向龍山國中借教室考試呢。口試的陣仗更是驚人，五個主考官坐在大圓桌，口試一個文字小兵，小兵還沒上線就陣亡了。雖沒進到報社工作，後來卻陸續認識不少前中時人，我只有一個感覺：人才濟濟，臥虎藏龍。

是因為到了一定年紀，容易感傷嗎？好像酒蟲很容易就被挑起。最近也不知怎麼地，開始和從前接觸過，卻不很熟悉的朋友聯繫，邱君如此，其他朋友亦然。彷彿想找回什麼？時間嗎？我是今晚第一個客人，和掌櫃閒聊。他說通常客人十點左右才來，我說那是我回基隆的時間。我看著牆上的畫作，是掌櫃的作品，掌櫃原來也是深藏不露的藝術家。邱君稍後來了，一杯黑啤酒，一口下肚。我不知怎地，把台啤當成有麥香的白酒，慢慢地啜飲起來，倒也別有滋味。

就像過去朋友間的聚會，我還是那個先離開的人，推開了橘色小門，把有著橘色小燈的酒館，留給邱君和晚到的酒客們，夜才要開始深。

104

醒來才知是夢

一早從基隆趕到政治大學參加「戰後人文思潮與台灣文學的轉折」研討會，在休息室中，見到了張錯老師和仰慕已久卻從未得見的作家劉大任。在寒流初襲的冷天裡，和劉老師握手時，相對於他手心的溫度，很抱歉地說：不好意思，手還是冰冷的。我稍後拿出遠景版的《浮游群落》和洪範版的《秋陽似酒》請劉老師簽名。劉老師有點驚訝地問：你有這個版本？我說：大學時留到現在。在攤開的蝴蝶頁上，白色的模造紙頁，滿是黃斑，作者寫下了他的名字。

車禍後，很少出席公開場合的尉老師，特地坐了輪椅，為《筆匯》革新號數位典藏啟用的開幕式按鈕，讓與會來賓感動不已。尉老師拿出要送給作家劉大任的禮物，就是他幾日前才對我唸的陳與義的詞：憶昔午橋橋上飲，座中俱是豪英……。尉老師請我到台前幫忙展開這幅字，一邊解說，一邊唸辭，完全沒有心理準備的我被叫上台，我心裡想：尉老師你老人家可別講太久。有點後悔沒有及早鍛鍊臂力，才十幾分鐘手就開始抖了。

劉大任老師說，記得他一九六六年出國留學前，一群朋友在碧潭畔的碧山亭送行，那時他剛寫了一篇〈落日照大旗〉給《文學季刊》，姚一葦老師對他說：大任，恭喜你，文學菩薩收你做徒弟了。尉老師寫「憶昔午橋橋上飲，座中俱是豪英……。」原來說的是此情此景。往事並不如煙。

人事變化的快速，難以逆料，我在這一年裡也深刻體會了。前一年才出席了「政大六十年，文學五十年」研討會，對照尉老師當日的神采昂揚，意興遄飛，恍如隔世。張錯老師告訴我：幾天前，他也去看尉老師，尉老師告訴他：我夢見自己在走路，很高興自己可以走路了，醒來才知不是。

醒來才知是夢。

105 午後的訪客

很少白日在家，躺在床上，意外聽到許多聲音，比如說，天上飛機飛過的聲音，或電梯上上下下的聲音，或社區裡隱隱的人聲，以及偶然風動風鈴的聲音，基本上，還算是安靜的，我似睡未睡。午後，突然有人按電鈴，原來是母親的訪客，一個一年來訪一次的朋友。我見到他時有點認不得，他曬黑了。

這個比我年輕的中年男子，曾是母親的同事，當年還住在內湖時，他們都在一家生鮮超市，從事蔬果包裝和處理的工作，我們搬到基隆後，他每年都會來看我父母，聊一下天。搬到基隆二十多年，他是親戚以外，父母親唯一的訪客，幾年前他結婚了，我們都很為他高興，是個胖敦敦的，樸實的人。我問他：是不是去海邊游泳，怎麼曬得這麼黑？他說，他的工作是公車的稽核，每天都要隨著公車路線，上上下下公車，記錄路線，乘客數，待改進事項……，他說有了捷運以後，他們的衝擊也很大，很多班次都減了。我說公司還在，就好。這種天氣這樣上上下下公車，在月台上日曬之後，再吹公車上的冷氣，很容易感冒吧？我問。他說是啊。我不知該說什麼好，只好安慰他說：還好秋天了。

他從蘆洲一路搭車到基隆，真是有心，家裡剛好有水果和鳳梨酥，就拿出待客，可惜鳳梨酥剩得不多，只有兩塊。我後來就進房了，讓他們聊天，不知他何時離去。聽母親說他覺得鳳梨酥好吃，捨不得全吃下，把另一塊帶回家，要給他太太，聽了很慚愧，下次應該整盒讓他帶回去的。畢竟，這樣的素心朋友，也是很難得的。

106 天使望鄉

颱風天，我第一次走進 News 98 電台，上「張大春泡新聞」節目，接受主持人，也是名作家張大春訪問，談電影《天才柏金斯》。我很樂意談這部電影和同名作品，主要是我從柏金斯的熱情中找回一點力量來抵抗現實的挫敗和悲觀，我在訪談中情不自禁地提到了柏金斯是一座大山，不，是一座聖山，無法超越。在他三十六年的職業生涯中，他發掘了費滋傑羅，海明威，和伍爾夫，這三人中的任一位都塑造出有別於英格蘭或歐陸的美國文學風貌，而他一舉開發了三人。假如這樣的眼光不是天才，那什麼才是天才？世人無法看見柏金斯的作品，因為他的天分全用來協助作者創作，他甚至連她妻子的才華也都有意無意地視而不見。

柏金斯是上個世紀的神話，到底這股復古風怎麼吹起的，我不太明白，但我相信他的熱情還會繼續感染後繼的編輯同業，即使文本不同，平台不同。我們會消失嗎？我其實用一種未來的假設性存在心態，讓自己繼續前進。在快速的問答中，有些問題需要想得更清楚，有些問題也只能簡單回答，好比主持人問到台灣編輯和作者互動的情形，我只簡單說，我有時希望自己的名字從版權頁去除，不想承認那是自己編輯或出版的書。

第一次上張大春的節目，很緊張，尤其是現場節目，更緊張。為了怕遺漏，我甚至還帶了伍爾夫的成名作《天使望鄉》，這本我大學時讀過的小說，我其實全忘光了，如果不是書上還有當初閱讀時畫過的紅線，我怎麼都想不起來我是如何讀完的。和原著精彩的傳記不同，電影側重在柏金斯與伍爾夫的互動上，不管是生活上還是創作面，我覺得柏金斯投射了複雜的情感在伍爾夫身上，就像伯恩斯坦夫人，她甚至付出了更多心力在伍爾夫身上，最後得到的是背叛。這種滋味，我想編輯同行也略懂一二；但這就是編輯課。電影的卡斯很強，選角我也很喜歡，撇開身高小節，裘德洛演得很有說服力，年輕生猛，熱情四溢又頹廢，相較之下，妮可基嫚又過高了，嬌小一點可能更好。英國演員柯林佛斯演出身新英格蘭世家的柏金斯很適合，可惜的是，演費滋傑羅和海明威的演員，出場時間過少，氣質和想像有出入，像個龍套角色，聊備一格。

電影中的一幕，把我拉回我所遺忘的伍爾夫作品，柏金斯在火車上讀著《天使望鄉》的卷首語，很難相信是一個二十四歲的青年作家所寫的，帶著對生命透徹的審視：一塊石頭，一片葉子，一扇虛掩的門扉；一塊石頭，一片葉子，一扇門，還有許多遺忘了的面孔……。

於是看完了電影，我又拿起了《天使望鄉》讀了起來……。

林立的高樓是我每日經行的峽谷，
街道和車流則是河道和水流，
日復一日。

107

不知如何凋謝的花

去年某日，接到一通神秘電話，希望我能幫忙出版一本書稿，作者是旅美學者，退休後在泰國養病，他是漸凍人，希望有生之年，寫下他對生命的美好記憶，以及紀念一段愛情。我希望自己能夠拒絕，終究說不出口。我後來和作者也見到面了，那次的餐會由何懷碩教授做東，我其實沒什麼胃口，在餐桌上和作者持續筆談，交換編輯想法。作者那時還可以寫字，字迹飛揚，看來是充滿熱情的人。

這情景讓我想起曾和楊月蓀老師合作出版《借來的時間》的往事，那時我們都不知道喪鐘已然敲起，書成之日沒多久，楊老師也辭世了。我以為這樣的事不會再經歷了。如果這是電影，這時你就會說Never says never，世事難料。這次一開始就在倒數計時下進行，時間緊迫，並不很順利，隨著生命精力的流逝，作者的耐心也越來越少，來信語氣越來越焦慮，同時也感覺到憤怒，或許是對人生無常不能自主的憤怒，但翻譯的事，並不那樣容易。進行了將近一年，我在作者與譯者之間兩頭溝通，有一種無法掌握的無力感。我應該拒絕的，我幾次心裡這麼想。

近日，作者將全書的定稿傳給我，說他再也寫不動了，希望趕快出版，我終於看到這本書的定名，不知如何凋謝的花。詩意又帶著哀傷的書名。其實花是知道的，它在等待風，風起的時候，隨風而逝。書的背後總有許多的故事，那是書的前世，結成今世的面貌。我希望有比較甜美快樂的出版故事可說，但終究還是寫成了一則預知的死亡紀事。我不免想，賈寶玉在抓周的桌上挑起了一盒胭脂往嘴裡送，我當年抓的是什麼？顯然不是糖果。

不知如何凋謝的花，不知該如何說的故事。

浮生

老婦人在街角一陣子了，我早上十點多經過她的菜籃前時，發覺她幾乎是坐在地上，雙眼無神，年紀大約八十上下吧，地上擺了一堆一堆漂亮的蒜頭。可惜我不做菜，就沒有問她價錢了。

下午的時候，她還坐在那裡，好像沒賣出半包，我直到坐上火車離開台南時，才想到，我其實應該買一包的，心裡有些懊惱。我之所以會注意到她，是我覺得很奇怪，怎麼有人用菜籃在賣著包子？真是老花眼，走近看才知道是蒜頭。不知她是長期在這個街角販賣，還只是偶一為之？

我在火車站內等區間車到沙崙時，站內的清潔人員走過我身前，撿起了一個寶特瓶空瓶，問是不是我的？我趕緊說不是。他喃喃自語地說．寶特瓶的價格不好．現在也沒人要撿了。我問價格不好是多少？他說一斤一元。以前是十元。

我這一天大概得到天啟，充滿愛心，錯過了預訂的高鐵班次，坐自由座回台北，才到嘉義站，上來一位七十多歲的阿北，人很多，他就站在我座位旁，把背包放上行李架時，水瓶掉下來，重重地打在我身上，我無法再裝睡了，只好對阿北說：阿北你要坐到叨位？咱輪流坐好了。

109 傷心菩薩

張錯老師在颱風侵台的早晨抵達台灣，比颱風早一步，他說，很幸運沒在台灣上空盤旋。昨天風雨已過，他約我見面，主要是想看已印出的《傷心菩薩》。說也奇怪，我們見面時，他倒忍著沒拿出書來看，直到離開餐館。

我們約在朱記餡餅店碰面，我很久以前來過，我喜歡它的餡餅和小米粥，我很容易就滿足於庶民的飲食。有趣的是，朱記的豬肉餡餅滋味更勝牛肉餡餅，張老師說，這也是尉老師最喜歡吃的，我們聊到長臥病榻的尉老師。對於文學的想法和讀法，我和張老師不盡相同，不過對於尉老師的看法兩人一致，尉老師對台灣文壇的貢獻，對同輩或青年作家的提攜，在台灣文學發展的歷史上，有不可磨滅的貢獻，但少被注意，是主流之外的沛然支柱，我想的是名與實的問題，想的是勢與時的問題，而他的時間慢慢在流逝，同輩中較年輕的文友王拓，已先走一步，他心中的落寞或許也反映出他最近的心境。鄉土文學論戰四十年了，當年論戰的兩線如今依然存在，只是戰場已然不同。想起幾天前拜訪林瑞明老師，他說台灣文壇前輩葉石濤老師曾說：詩人是野生的。非常同意這句話，文人一旦變成國家機器的旗手，文學的成就和高度大概就會像俄國作家蕭洛霍夫，雖然，他也是諾貝爾文學獎的得主。

一邊吃飯，一邊聊天，念頭卻一直岔出去。張老師想著前次和尉老師來此吃餅喝粥的情景，我則想起尉老師帶我去錦祥小館吃飯的情景，他想的是舊友逯耀東老師，而錦祥小館也在今年關門了。有趣的是，我都是一個在而不在的人。時代就是如此，就好像我也只能遙想當年尉老師捍衛文學創作平台的英姿。

一頓飯，聊文學往事和現狀的多，聊《傷心菩薩》少，張老師最後提到要我主持新書發表會，不過那場我比較想當台下的聽眾，我覺得張老師，李有成老師，和卜大中可以激盪出的火花就夠多了，我會顯得多餘。

走出餐廳，颱風過後的夜晚，有點悶熱，我想著我生活的路徑，遇到的人，都和書有關。路邊，時見掉不完的樹葉，就像出不完的書。最後，什麼會留下呢？還是留待明天的清道夫，一舉掃盡？

夜讀偶感

讀安部公房的《燃盡的地圖》時，很奇怪地，一直想起蒙迪安諾的《在青春迷失的咖啡館》，日、法不同的小說，一開始都是請私家偵探尋人，太太找突然失蹤的先生；先生找突然失蹤的太太。失蹤的這兩個人，都在一家咖啡館留下了多次進出的紀錄，咖啡館的角色，前者扮演更重要的位置，衍生出新事端，翻轉著敘述；後者就只提供棲身和邂逅的場所。我自問這樣的對比有意義嗎？真是沒道理，這種對比屢屢干擾閱讀的進行，對不起安部公房。我突然想，難道這本《燃盡的地圖》會是蒙迪安諾寫作《在青春迷失的咖啡館》的靈感來源嗎？如果不是，又何以起頭如此神似？而且，兩本書中的偵探，都在都市的街道上跑來跑去，不同的是，安部公房的地圖更像個深淵，充滿逼命的窒息感。這本傑作到底是怎麼寫出來的，實在令人好奇，不只在懸疑部份的情節塑造，本身寫作的寫實功力，同樣讓人佩服不已。一再翻轉的敘述，沒有止盡的探索，或許，小說本身只是說明了敘述的不可靠性，真假難辨。有空要來請譯者邱振瑞君，為我解惑了。

111 沒有紅玫瑰的季節

朋友邀宴，我不想空手到，就問帶什麼禮物好？朋友說，你帶兩支長莖紅玫瑰吧。不巧，這天是星期天，花店沒開，到處找花，忽然看到一家開門營業的花店，很高興地衝進店裡，看了半天，只有小品種的白色和粉紅色的玫瑰花，沒有紅玫瑰，我問老闆：沒有紅玫瑰嗎？老闆說：沒有，最近都沒有紅玫瑰。我失望地走出，一邊想：那麼，紅玫瑰的季節是……？

餐宴後，小提琴家為我們演奏幾首樂曲，以巴哈的作品為主。他提到台灣表演環境的受限，準備好的曲目只有幾場的演出機會，和國外的情形不同。我可以理解這種窘境，台灣的出版環境亦同。他即將有一場音樂會，演出的曲目是巴哈的無伴奏小提琴曲，我很好奇他為何選擇巴哈，而不是柴可夫斯基或莫札特？他說，他喜歡原創的音樂，他認為巴哈作品的位置接近音樂聖經的地位。他曾經研讀過巴哈的創作手稿，對他的作品有不同的認識，他想要重新詮釋，這種詮釋當然也帶著他對原作，對人生的理解。我只是問了一個簡單的問題，他的回答卻深深地觸動我：他喜歡原創的音樂。他認為華麗漂亮的演奏手法不一定就是最好的詮釋，所以他也採用不同的弓法，來演奏巴哈作品。

我發覺我聽懂這段話，是因為這就是文學。我對於選擇閱讀或出版的作品，也是以原創為主，對於華麗卻沒有生命力度的字句無感，我突然起了雞皮疙瘩，幾乎要站起來向他敬禮了。音樂和文學的藝術性或精神是相通的，作家對於文字的使用就和小提琴家的弓法一樣，不同選擇就有不同風格展現，雖是簡單的道理，卻深獲我心。他還說了音樂是時間的藝術，音樂帶來的感動，在於喚起你急切的期待以及殘念……。我想是的，好的文章要戛然而止，收在無聲處，就像最後一撥空弦。

離開了朋友家，和朋友們在巷口告別，我問小提琴家，要不要去喝杯咖啡？我想醒一下酒，拜他殷勤勸酒所賜，我不想一身酒氣在台北街頭晃蕩。他說下回吧，最美的音樂，永遠是留有殘念。

112

倉庫的夢魘

下了幾天的雨，樹上長出了青苔，雨看起來還沒有停止的跡象。我對雨的情感是複雜的，它帶來灌溉飲用或發電洗滌的水，但太多雨水也造成水災，坍方等災難，對於我來說，雨更是對倉庫的嚴峻考驗，就像是部隊的裝備檢查，讓人如臨大敵。

在我的職場生涯中，倉庫始終是個難解的習題。倉庫建成約二十多年，剛好趕上海沙盛行的年代，部份的天花板摻入了海沙，後果就是會有裸露的鋼筋，有一種殘敗感，每次抬頭就會看見，不知下次天花板的水泥片會從何處剝落？有了倉庫，就有管理問題；而最大的問題是雨水，每次颱風來襲，暴雨急下，都讓我提心吊膽，徹夜難眠，怕水溢出陽台，逆流室內，淹了書，再沿著樓梯間往下流，後果不堪設想。幾天前，趁著大雨未落，請水電師父又把排水系統清理了一遍，把破損的雨簷補好，希望安然度過今年的颱風季。

倉庫的存在，讓書有了存放和中繼的去處，然而，它真正提醒你的是，自己的任性和挫敗。我已在這裡停留太久，我一直在面對昨天以前的自己，所累積的業，和出版的書，它們無言，只是在那裡，堆成一落一落，任由天花板掉落的灰，沾滿書頁。司空見慣的倉管同仁，好像也覺得理所當然，不必清理；他只是抱怨退書太多。我也希望所有的書都完售，最好連倉庫都不需要。我曾寫過一篇〈倉庫〉，如今想來還是充滿了太浪漫的情感，那是只有在書桌前才寫得出的文章，當你在淹水或退書如山的現場，你只是質疑自己為何在這裡，並想快速逃離現場。

從公司到倉庫是一段不短的距離，從倉庫到書店，再到讀者的旅程則更為遙遠，這段旅程考驗慧眼，也考驗著耐力，看誰會最後留下。

作者來信安慰：不要灰心，我的書是屬於長尾。長尾到底是多長？我現在只想斷尾求生，我說。

113

編輯的奇幻之旅

最近接到最棘手的稿約，是為一本即將出版的小說集寫推薦序，這將是我第一次正式為書寫序，我並不感到興奮，我感到惶恐；尤其，要我寫序的作者是享譽文壇的作家於梨華，實在難以落筆。幾天前，有朋友送來了一瓶紅酒，正好藉酒壯膽，先開了再說。十年的澳洲紅酒，夠香，夠醇，酒體也厚實，微帶辛辣，入口的滋味深長，但，還是毫無靈感，看來，寫文章需要的醒酒時間，更長。

如果自覺不應該寫序，為何不推辭呢？我試過，不過派工的主編說：這是於大姊指名的，你敢拒絕嗎？這是在考編輯執照嗎？為什麼是我？因為你是近年來，幫她在台灣出版作品的編輯。原來如此，原來，一切要從《秋山又幾重》開始說。二〇一〇年初，於老師寄來一部長篇小說和一部短篇小說集，我覺得短篇小說集更緊湊精彩，於是在十月推出，後來因為反應冷淡，我就沒接著出長篇了，於老師很能諒解，讓我非常感動。這兩年於老師要出版全集，我樂觀其成，於是提前解約。

經歷過六、七〇年代的朋友，應該記得當年於梨華從美返台所颳起的旋風，各大報副刊主編、編輯一字排開接機的盛大歡迎場面，可說空前。當然，我也只是耳聞，並未眼見。當我琢磨著今昔對照的情景，心中不免滄桑，落筆的難，難在這裡，與小說成就無關，純是自覺身分不宜。不過還是勉力應命寫出。當然，這種落差也自有趣味，不同的世代，不同性別，不同經歷，以及不同的認同……別誤會，純就各人真實情感而言，只是，確實是個難題。

讀完了小說幾天，遲遲無法開筆，只好到街上轉悠，到海邊閒晃，到臉書上敲打鍵盤，我發覺，通常有稿債的時候，我寫臉書越勤，是一種逃避？還是轉化？

不管怎麼說，幫於梨華老師的作品寫推薦序，絕對是出版生涯的驚奇，數十年前，我在家裡的書架上看到《又見棕櫚，又見棕櫚》時，從沒想過會有這一天。

114

回到小鎮的亞茲別

我一直想寫一篇這樣題目的文章，應該是小說，我還沒準備好。或許這樣開頭：多年以後，中年的亞茲別回到小鎮，小鎮一切都改變了，但他還是感覺著一股熟悉氣味，像是來自河水的沼氣，透著海水獨有的腥羶，有如召喚，即使景物全然不同，他彷彿從未離開過。至少，河流還在。

多年以後，重回文學館的我，先是找不到當年進館的樓梯，又花了一點時間才找到系辦公室，當年曾在系辦公室工讀過，過去的師長早都不在了，高我一屆的學長則當上了系主任，但我不很意外。他向來就是讀書和作學問的人。文學館外我喜歡的榕樹依舊，學生和館舍卻多了起來。分享會後，和學長、學妹便餐，聊的當然是往事。往事也有很多不堪的回憶，不過，我很高興地發現我從沒對人說的事，並不是我專屬的偏見，高我一屆的學長那班，也有類似的經歷。有些師長我如今在路上或公開場合遇到都會把頭轉開，或者，師長們也是如此。這是為什麼當年讀金庸的

《笑傲江湖》時看到對君子劍岳不群的生動描寫，忍不住要擊節讚嘆。至於，像風清揚或令狐沖這樣的人物，自然是只能在思過崖上思過了。

日前接受《淡江時報》的專訪，發覺自己漏提一位師長，非常過意不去，學長說這位老師已過世十年了。怎麼會呢？我完全沒有心理準備。這位老師就是教「詞曲選」和「蘇辛詞」的張子良老師。我非常難過，覺得他應該在他最喜歡的美濃頤養天年。我記得他唸詞時的腔調和投入，更記得他那一手漂亮的字在黑板上飛舞。他是當時少數讓人懷念的師長。不過，老師當年也遭同學密報而被校方警告，我不解，那麼與世無爭的人。是關於一份引用的資料，學長說。我突然想起一個名字，是那位歐姓學姊嗎？學長說，不是她，就是另外一人。我想起自己的經歷，一次在租住的農舍外洗衣，學姊突然走過來，問我某位老師的課，都在上些什麼？有沒有提到課後聚會的事？我嚇了一跳：她怎麼會問這些事情？而她又怎會知道我住哪裡？讓人毛骨悚然，也讓人反感。我只在大一新生訓練時接觸過她。你從不會懷疑這樣的人，那種臉上總是掛滿陽光笑容的女孩，個性活潑，參加合唱團，山服等等，而她最後竟還當起了老師……。不知當年檢舉我在側門書攤工讀時販賣禁書的又是誰？

我彷彿掉進一種亞茲別式的回憶，往河邊走去，在河岸邊流連到夜晚。我坐在岸邊的河堤上，經過整天的日照，河堤到了夜晚仍帶有白日的餘溫。我面向寬闊的河水，最後一班開往八里的渡輪已停駛了，河面恢復了寧靜，漲潮後的河水，高與岸齊，不時拍岸。我還在想著白天的談話，想著沒再聯絡的師長。退伍後，我曾到高師大看過張老師，他鼓勵我再考研究所，但我還是回到了台北，我們後來在台北又見過一次，大概也是二十年前的事了。很少想起的〈江城子〉突然在此刻想起：

十年生死兩茫茫，不思量，自難忘。
千里孤墳，無處話淒涼。
縱使相逢應不識，塵滿面，鬢如霜。

這樣的詞境當年不會有深刻體會。我在河邊坐著，起不了身，想把生活的疲倦盡付流水，坐著，直到走來了路人，我想，是該離開了。

115 秋夜涼州街

黃昏的時候我來到了涼州街，一條命名充滿中國西北地區意象的街道，靜靜地坐落在與涼州相去十萬八千里的台北西城一隅。

這條涼州街，起於大龍街而終於河堤邊的環河北路，不算長的街，卻串起三間歷史悠久的小學，雙蓮、太平、永樂國小。今日聽起來平常的小學，其實背後牽動二至三個世代的庶民生活史。我對這區情有獨鍾，只是因為小時候住過雙連，那個時候，以迪化街為中心的大稻埕就是繁華世界的中心。我最近意外，或者不那麼意外地認識一個朋友，他小我一歲，有次閒談，他說他在馬偕醫院出生。我忍不住笑出來，他說：你也是嗎？我說：不是，但你出生的時候，我正在馬偕醫院後面的巷子學走路，或者開始奔跑。我家就在醫院後方的巷子裡。那時覺得巷子很長，也很寬，甚至也有充足的光線，我當然不真的記得，但有一張當時鄰居拍下的照片，照下了當日奔跑後的笑容。我自覺可愛的奔跑模樣，據說祖父卻總是嘆氣：唉！酒空仒仔。

一直覺得自己是西城的人，然而如果從台北城來定方位，事實上是在城的西北邊。這一帶都是我這兩年來不時走訪的地方，也許是年紀的關係，城市的記憶或過去世代的氣味，就鏤刻在這個街區上的門牌上或某處騎樓的雕花。近日獲贈一瓶大吟釀，甚喜，忍不住張揚起來，一個朋友得知後頻頻勸飲：大吟釀不能久放啊，請務必早飲為宜。我一方面是躊躇著，一方面也覺得他的急切有點可疑。但我耳根子軟，還是開了來喝，為此，他專程從工作的南方北上。我便和他相約在涼州街上的築地壽司碰面。其實，我第一次經過時就想找朋友來一起吃，不過，不是每個人都對這種騎樓的飲食方式有興趣。我喜歡這種尋常的情調。秋天的時候，是最適合的，尤其在這靜靜的路邊，連車子都很少經過。

我們隨意聊著，傍著騎樓的石柱，不知不覺就喝多了起來，點菜的阿姨要我們點條魚來吃，朋友說：好啊，這個季節應該來吃秋刀魚，就來尾秋刀魚吧。不巧，沒有秋刀魚，只好留待下次了。我們又從秋刀魚聊到了小津安二郎，我忍不住說，我年初也用小津的電影片名寫了一篇同名文章……。

我喜歡和朋友吃飯，是分食也是分享，而且，不涉利害。人間有味是清歡。

山路

依約送稿到何懷碩老師家，抵達的時候，何老師還沒回來，我打電話確認，他說還在外面和朋友們在一起，一時脫不了身，我就把書稿留在警衛室，又折返辦公室了。原本想當面確認書稿及封面的細節，想在今天定案，看來還得等幾天。不知印萬里先生還有多少時間可以等待。

這趟路也不是全無收穫，好比說，我終於走過了碧潭吊橋。來過碧潭幾次，通常在溪邊張望，想著對岸風景，但從未真正走過。不過，過了橋，我發現我還是喜歡在岸邊看著溪山飛鳥的景致。陰鬱的下午，沒什麼遊人，茶座裡服務生比客人還多，但的確也不是喝茶的好時機，怪手在溪邊挖著溪床水道，哐啷之聲不絕，岸上大型吸塵器吸著滿徑落葉的聲音更是擾人心神。我走過時，忽然感覺到有什麼黏稠物從眼前掉落，彷彿還帶有一點熱氣，啪一聲，在地上散開，我抬頭一看，樹上停著一隻鴿子。我不知是牠快了一步，還是我慢了一步。

第一次近距離看著碧潭巨石上的碧山亭，我想起尉老師提起過幾次在碧山亭上的朋友聚會，有時是為了替朋友送行，在那個風聲鶴唳的年代，應該有風蕭蕭兮的肅殺和惆悵吧。碧潭的山崖上，鷺鷥還真不少，也有幾隻蒼鷺，蒼鷺的羽色與飛動的姿勢，有一種孤傲。讓我想起鶴，沒來由地。我沒在路上晃蕩太久，又坐著捷運回到辦公室，沒多久，何老師也打電話來了，告訴我看到了書稿，後來他竟又趕到辦公室和我討論書稿。我對他說，當年澄社的《解構黨國資本主義》的封面題字就是出自他的手筆，而我則是當年的編輯。他愣了一下，不知我們竟有這種間接的淵源。

世事難料，如果不是當年編輯過這本書，我今天的出版路徑也許會不同。

秋天的文學課

晴朗的天空忽然就轉陰了，出了淡水車站，又是熟悉的風雨，迎面而來。多年以後，我竟又開始這條熟悉的路徑，只是我再也沒有力氣去走克難坡了，克難坡還是留給年輕人吧。

偉淑學妹要我以出版人的角度分享閱讀與寫作的故事或心得，我挑了幾個我比較熟悉的作家來說，我先挑了莒哈絲，她終生創作不輟，還寫了一本以「寫作」為名的書；不過，不太有反應。莒哈絲畢竟太老，也去世了。我問；妳們沒看過梁家輝演的《情人》嗎？梁家輝？同學們一臉茫然。我不死心，又提了大眾作家史蒂芬．金，他也寫了一本《寫作》，在那本書中，他批評了《黑色豪門企業》，我猜同學們大概沒讀過，便問：妳們看過湯姆．克魯斯演黑幫律師的那部電影嗎？湯姆．克魯斯？又是一臉茫然。原來他也快過氣了。但這是我的問題，我記憶的時間區塊和他們顯然有時間差。於是，我拉回了村上春樹。村上春樹的小說我並不是很喜歡，奇怪的是，他的隨筆卻很好看，尤其是關於文學，常有驚喜。我唸了一段他獲安徒生獎的得獎感言，關於寫作的偶然，和陰影的追尋……。

寫作的故事，我分享了我最喜歡的作家帕穆克所寫的〈父親的手提箱〉，這篇答諾貝爾文學獎委員會的獲獎致詞中，他把寫作者的心態處境描述得非常深刻，毫無掩飾。他甚至引出了父親未竟的文學夢，用此感念父親對他寫作的支持。這篇文章特別讓我動容，比朱自清的〈背影〉還讓我感動，感動在於他向一個不成功的文學青年致意，也是對父親青春的傷悼。我也把蒙迪安諾的獲獎致詞唸了幾段，這些字句不在表彰作家的文學成就，只是描述創作背後的支撐和追尋。我覺得自己好像懂蒙迪安諾，是因為我在父母身上感到一種對時代的無言和沉默，但為什麼沉默和無言呢？後來慢慢有了解答。這次的分享課倒是意外發現了帕穆克和馬奎斯都私淑福克納，那麼福克納的私淑對象又是誰？

結束前，有同學發問：對寫作者來說，孤獨是必要的嗎？孤獨是必要的，尤其在寫作當下，心要夠靜，才能抵達夠遠的內心深處。另一個同學問：你如何區分大眾文學和純文學？這個問題應該不是我能回答的，我還是嘗試界定：大眾文學在更大的範圍內，滿足了或勾起我們閱讀的興趣，也許故事有趣，高潮迭起，但文本上，也許較單薄；純文學相對來說，不見得有趣，但會更耐咀嚼和回味。我相信專家學者會有更深刻的看法。最後又有同學問：如何看出一個作家的創作失去了火花／才氣？我保守地回答：看得出來的。我想起一個一直有詩作在副刊登出的老詩人，詩味很淡，甚至也不確定是詩，還是散文的分行；也想起了馬奎斯。我想到馬奎斯早年寫的〈星期二的下午〉，一直到最後的《苦妓回憶錄》，明眼人都看得出來，大師真的老了。但沒有人敢去掛鈴鐺，就像沒有人寫信給威儀猶在的上校。

結束了分享，慢慢走下山，天色早就暗了，像很深的冬夜。和長輩約在英專路的路邊攤吃晚餐，晚餐是肉圓，碗粿，和四神湯。下雨天，人和車都很少，反而享受一頓安靜的晚餐。長輩問起家裡的事，我說，我有時儘量不去想。

118

生活的出口

豪華戲院在武昌街底，從來也不覺得它豪華，小時候來這裡看過電影，是在戲院工作的表叔給的電影票，看的是《月宮寶盒》或《天空魔盒》之類的故事，沒想到我居然還記得片名。

我很久沒再走進武昌街了，總覺得太遙遠，也不是慣常活動的區域，這次為了看金馬影展，又走進西區的電影街，經過了那麼久的時間淘洗，在面對錄影帶店，或網路免費電影的夾擊，至今還能屹立在城市的一角，真是值得慶幸。它不是古蹟，然而在我們庶民生活的記憶裡，簡直如古蹟般的神聖了。我摸黑走進這很久不曾進來的電影院，幾乎以為自己走錯了，座椅像沙發一樣舒適，還有寬版的扶手，過道的空間也足夠容人通過，彩色大螢幕在視線所及的上方，空調中彷彿還有某種香氣，我第一次有了所謂豪華的體驗，這才是電影院哪。我突然想起當初給我電影票的表叔，他其實已過世很久了。

看完電影，沿著電影院旁的巷子漫步，心中冒出了一個句子：在台北，武昌到漢口的距離只是一條巷子的長度。想著時，已穿過巷子抵達漢口街。城市夜晚的街道，帶給人錯覺，彷彿舊時人影會在舊的街區遊走移動。也許是夜晚太放鬆地遊走，也許是夜氣侵人，有一種又要感冒的預感，果然。

我近幾年喜歡看電影，是因為電影是抽離出真實人生最便捷的路徑，尤其在年底前，所有進行多時的書稿都要限時結案，你便想找一個逃避的所在。電影院是最好的選擇。我對朋友形容我的工作現狀，很像台灣荒溪型的河川，要嘛如細弱的病肢，要嘛如盛大的激流，把人吞沒。

還好，還有電影，還有生活的出口。

119

江湖夜雨

原本的晴朗天色，忽然就陰了，而雨也一滴、兩滴地開始下了起來，不是很大的雨勢，撐傘也不是，不撐傘也不是。拿在手裡的傘頓時有點尷尬。和朋友約在大橋頭碰面，還有一些時間，就逛進了迪化街，兩、三個月沒來了，週五的迪化街或許是下雨天的關係，遊客不多，比較多的人潮都集中在城隍廟進香，一個銀髮的外國老太太在騎樓裡買中藥材，好奇她將如何處理。來之前喝了水，我忽然有些尿急了起來，就跑進了永樂市場裡，直覺上應該會有公共廁所。才五點多天色就暗了，看來遊客也將很快散去。

朋友興起吃鯊魚煙的念頭，於是約在大橋頭，我問：為何不約在阿華見面呢？阿華田？他問。他從小住在這區，怎不知阿華鯊魚煙呢？也罷，試試延三夜市的鯊魚煙也不錯。上次來延三夜市，是和簡白一起來的，他帶我來喝牛肉湯。朋友切了兩盤魚皮，這家的魚皮別有一種豐富的口感，也有嚼勁，滋味的變化更甚純肉質的鯊魚煙。只是在大路邊，車陣如龍，翻騰不已，不好談話，吃完了，又走回了涼州街。朋友說他父親那代來到台北，就在涼州街租房子，靠近河邊。我稍早走過，我問：是在消防隊旁邊嗎？

這次來涼州街，本想接續上次沒吃到的秋刀魚之約，但秋刀魚的季節過了，所以還是點了生魚片，沒什麼失落感，隨意交換人生的故事，可說的就說；不想說的就喝一口酒。前次碰面時，他正好隨身帶著琴，在朋友的工作室拉了起來，不知為何拉起了〈荒城之月〉，我心裏抽痛了一下。我後來告訴他，我在父親臨終的病榻旁，哼的就是〈荒城之月〉。不過，他今天沒帶琴，看來連〈紅蜻蜓〉也聽不到了。在騎樓裡喝著吟釀，他忽然停住了，他聽到了一段音樂，是五輪真弓的〈戀人〉，聽得很入神，我想，那音樂一定勾起什麼。人生，總有自己的故事。

我年輕的時候不曾想過我中年後會喜歡坐在騎樓裡喝酒，看路樹和過路的車子，也因此有了不同的心境和風景。我喜歡這樣的酒肉朋友，明朝酒醒，完全忘記一晚的胡話，相忘於江湖。

120

咖啡館的一角

我進到咖啡館時，到處都坐著人，商務洽談或埋首工作中，只剩下角落的一張大桌子，服務生說只剩那裡了。於是我就坐下了。坐下沒多久，又進來了一個客人，是個看起來斯文的老先生，服務生把他帶到我對面的位子，問我：你介意和這位先生同坐嗎？不介意。

有一陣子沒來了，咖啡館的生意越來越好，幾乎不再有空的桌子，咖啡的價格也悄悄地調漲了，但還在合理範圍內，我點了一杯美式莊園咖啡。我突然發覺我們倆，點相同的飲料，進行相同的動作，我拿起了書來看；他則拿出閱讀器閱讀。歐吉桑看起來七十歲左右，穿著涼鞋，揹著一個用了很久的皮書包，看起來不像是旅客，但衣著也不像是本地人，我有些好奇地打量起他來，想知道他在看什麼書。閱讀器上是直行的文字，十分疏落，一頁大約只有七、八行，看起來不像中文，倒像是日文了，可惜我不懂日文，不然就可以知道他在讀什麼。他應該經常使用那台閱讀器，皮製的外封有磨損痕跡，他取下了老花眼鏡，把它架在閱讀器下方，悠哉遊哉地，慢慢地滑動起手指。

和歐吉桑比起來，我顯然落伍許多，到現在還不習慣看電子文本，連閱讀器也沒有，如果我有閱讀器我會用它來讀什麼？第一個想到的是《心經》，再來是《道德經》，最多是《莊子》的上篇。我們倆各自讀著自己的書，但沒有人想要先起身離開，是暗自較勁嗎？一杯美式咖啡慢慢地喝，喝完時，發覺對面的歐吉桑也起身了。我雖沒刻意地跟上他的腳步，等到我步出咖啡館時，他早已不知拐進了哪一條巷子，好像就住在附近，隱身在群屋之中。

我不真的想知道他是誰，只是好奇，他到底在咖啡館裡讀的是什麼書，即使只看了十幾頁。而那本書上，一幅插畫都沒有。

121

好久不見

接到康寧祥先生的電話，他以熟悉的，嘶啞的嗓音開頭：很久沒聽到你的聲音囉，你最近好嗎？書，賣個啥款？我照例這樣回答：普普啦，還活著，台灣人攏不愛看冊，嘛不愛買冊。台灣人攏底衝啥？攏底在看 Call—in 尬掠寶。他笑了起來。稍早才看到汪其楣老師貼出三年前《台灣，打拼》的新書發表會照片，他就打電話來，心裡突然有一陣感觸。

這本書之後，我再也沒有辦過這麼盛大的發表會，場中五百個座位，座無虛席。我在發表會現場無處站立，所以站到外頭，剛好錯過齊邦媛教授的發言。這本書的撰寫和出版，都是漫長的過程，然而，到了最後一刻，時間卻不夠用了。發表會的前一天晚上九點，我還在土城半山腰的裝訂廠，等著書上封面的最後一道工序，當輸送帶開始轉動，我的心也跟著跳動起來。第一本書拿到手，我馬上搭計程車送到康先生的萬華家中，那個夜晚有一種神奇的氣氛，彷彿路燈照射不到的暗處，或公寓頂樓，都還有隱藏的人影。康先生當晚沒有下樓，另有人下樓取書。交了書，我站在夜晚的莒光路上，突然失去了回家的方向……。

我一直覺得《台灣，打拚》是一本很重要的書，它不只是一個政治人物的個人回憶錄，還敘及時代的重要事件，也旁及同時代的參與者。成書之前，我曾開玩笑地對康先生說：這本書如果只有第一章，崛江町的故事，一定更多人讀，反應也更為熱烈，甚至還可以拍本土勵志劇。康先生微笑不語。先覺的神祕微笑。這本書也有朋友反映：訂價太貴了。我說：一本十六開軟皮精裝的書，總共六百頁，訂價五百五十元，你認為貴，我也沒有辦法。只能說，每個人的價值觀不一樣。

台灣要打拚的面向還很多，其中包涵人文精神的充實。

122 夜雨偶書

作家陳映真病逝中國，大概又會有一陣子的討論，我先是在季季老師的臉書上讀到這則消息，猜想尉天驄老師應該也知道了，他的感觸一定更深，但我不好問。

在臉書上看到中央社的標題「未能落葉歸土」，我存疑，因為我不確定大師心中真正的歸屬根著何處。但這些也都將是文學史上的探討議題。在我開始接觸台灣文學時，我認為陳映真的小說是最有力量的，簡約有力，那小說的力量是真的擊中文藝青年的心靈，然而，他最後回歸了中國。他的回歸，和他小說中的底層關懷，到底有沒有扞格呢？是後來的我，一直在追問的，但無妨，這只是一個讀者的內心質疑。無礙大師的小說成就。

前一陣子讀振瑞君重譯的《燃盡的地圖》時，才又想起陳映真。不同地域時空，不同路數的作家，為何讓我起了聯想？起因是我剛好讀到了這句話：前方山坡上的城鎮，如同被高級橡皮擦抹去似的……。就是這段敘述把我拉回陳映真的《第一件差事》：前面的東西彷彿誰用橡皮什麼的，把一切都給抹掉了。我也不知為什麼那麼久以前讀的小說，裡頭的意象，讓我記憶這麼深刻。也許就是那橡皮擦。很少人會用的意象。我純粹只是好奇陳映真和安部公房之間的文學血緣關係。如果有，他的小說應會沾染一些存在的，神秘的色彩，但似乎又沒有。或許只是巧合。在《第一件差事》中，那個充滿偉光正形象的警校教官尉教官，不知是不是取了當年他最熟絡的朋友，文學季刊總編輯尉天驄老師做為人物藍本？也許下次去探望尉老師時，可以一問。

尉天驄老師在《第一件差事》書前的序中，比較了白先勇與陳映真小說中的人物情感，深刻獨到，也真只有他能說得透徹到位了。老朋友一個一個走了，尉老師當更落寞了吧。

123

防風林外的海

很久沒搭縱貫線火車了，幾乎要忘了這沿線的鐵道風景。高鐵的便捷，讓我們在島內更快速地移動旅行，相對地，也錯失了不少的風景，這風景可能是過去熟悉的，而我們遺忘許久，比如說這沿線密集的工廠，煙囪，和總是噴吐著的工業廢氣。車到中壢時，瞥見水泥月台下的芒草開花了，在風中搖曳，果然是秋天的風景，很多年前，父親在中壢附近的工廠當守衛，我從家裡帶了棉被給父親，不過，真正下車的地點是在內壢，工廠後來也結束了營業。如果不是坐火車，這些事大概都忘了。

將近中午時刻，列車上開始販賣鐵路便當，這些便當和我一樣都在台北上車，還帶著一點溫度，我懷念舊的圓形便當，感覺更能維持著溫度和新鮮風味，排骨也滷得比較入味，沒沾那麼多太白粉。在移動的車廂中，我很快地吃完了便當。車子正經過新豐、竹北，我一度熟悉的城鎮。

鐵路的前站、後站經常有不同的發展樣貌，彷彿是兩個世界，這其實是很有趣的。某次住在慕尼黑後站的便宜旅館，夜晚回去時，發覺自己其實是置身紅燈區中。

沉思間，我發覺火車經過一處海邊，有熟悉的木麻黃，和木麻黃外翻湧著黑褐色的海浪。我看著車外的小站站名，果然是崎頂。突然興奮起來，這片陌生又彷彿熟悉的海。當兵時曾短暫到崎頂泳訓幾天，可惜，連長不想我在外頭野放太久，就被叫回部隊服勤，海水終究只有遠望。那幾天的泳訓經歷甚是奇特，小鎮上都是阿兵哥，沒有憲兵，沒有主官，彷若天堂，晚上就睡在空曠的民宅裡，不知是事先已借妥，或隨機入住？記得空屋中連門窗也沒有。可惜待的時間太短，沒有時間弄清楚，卻成了一個短暫的夏天記憶。我在竹南站下車，火車的山線海線，在此分道。

結束了在國家衛生研究院的人文出版分享，天色將晚，朋友載我到龍鳳漁港，看海吹風，海邊的風力發電機讓我聯想起《風起》中的零式戰機。後來，我和朋友以台啤十八天和鯧魚米粉，結束這一天。一個人上路北返，返回下著雨的基隆。

124

早夜的食堂

如果不是鍾漢清先生堅持，老曹大概不會和我們到居酒屋喝酒，而我根本從來沒想過這種可能。基本上，老曹飲食清淡，是無慾的人，但他教出了兩個後來因酒而成為朋友的學生，李肇修和我；黃哲斌不算，我只和他小飲一次，但是一起看過一場電視轉播的棒球賽事。鍾先生很羨慕老曹的人生，我說，不是所有的老師都讓學生懷念，老曹教給我們的是無用的文學，而我們卻帶老曹到居酒屋，這算是震撼教育嗎？我不知他將來的回憶錄是否會寫進這段？

整個夜晚，老曹話很少，只是帶著笑，聽肇修講學音樂和擔任南藝大校長的往事，偶爾提問，就是聆聽，有時也補充一點當年往事。我聽了許多秘辛，但更讓我感動的是肇修和同事俄籍音樂教授互動的過程，這位來台任教多年的教授，在暑假期間，病逝台灣，許多學生臨時獲知噩耗，趕到告別式場，以輪流拉琴獻藝的方式，送老師最後一程，這一程送了二個多小時，這個故事讓我感動不已。我忽然想起一事，對肇修說：我希望你將來也能來送我，但我要指定曲目，我不會選莫札特的〈安魂曲〉，或巴哈的無伴奏小提琴組曲，我會選台灣民謠。他說：好，曲目先給我。近年來，我喜歡喝酒，也喜歡喝酒結交的朋友，因為喝酒的時候，最能見性情。

和長輩一起到居酒屋吃飯喝酒是第一次，我特別請服務生幫我們拍一張留念。這間居酒屋有一陣子沒來了，忘了營業時間，音樂會後我們先去了蔡瑞月舞蹈社坐了一會兒，才來這裡，仍是太早到了，才五點多。店主本希望我們能去繞一圈再回來，我請求讓我們先坐進去，我說讓老師在外頭吹風，不好吧？於是就進到裡頭坐，等六點才點菜。鍾先生好奇我筆下的小酒館是什麼樣子，終於見識到了。其實能讓我逗留的酒館，還有地域性的因素，像這間位在舊稱打鐵町的居酒屋，早在裝潢時我就注意到了，是的，我頗像個這區的遊民或路長。

老曹已出門大半天了，看起來很疲倦，我們於是早早散去。居酒屋裡，湧進了第二輪的客人。離去前，我指著檐下路邊的座位對肇修說：那本是今晚的位子。酒的滋味從來就不只是酒，因為生活，而讓酒的滋味深長；就像我對文學，對人生的體會。

125 不只是光大新村的故事

兩年前注意到「想想論壇」有一個新專欄，「眷村想想」，作者曾明財，對我來說是陌生的名字，但他寫的眷村回憶，文字活潑溫暖，彷彿帶著一種微黃軟調的濾鏡，讓人好像也和他一起走入生命的時光隧道中。

這個敘事角度的特別在於他出身的本省人家庭，置身在多數是外省人家庭的環境中，生活的齟齬，本質上是來自生活背景的南北迥異。當然，即使在都是本省人或外省人的環境中，生活中本就會有各自的齟齬或爭吵，爭吵的事由萬端，不管是個性上，利益上，或習慣上，難以一概而論。我仍延用過去習用的本省外省，是放在過去以三十六省為架構下的中華民國在台灣的現況來說，無意挑起敏感之處，但又難以避開。以現在廣泛使用的「他者」概念來看生活裡的實際相處，其實也不意外。而他者的面貌或指涉，仍不斷地變動。書裡的故事，也讓我想起作家李金蓮在《浮水錄》中所描述的眷村生活。

年初，和廖為民兄到台中豐原的三民書局分享《我的黨外青春》，與人稱財哥的曾明財兄第一次見面，很快地達成出書的共識，連出版日期也約定好了，就在歲末之前，推出這本眷村回憶錄。最有故事的是曾爸爸：何以一個本省人會成為老兵？並住進一個幾乎以四川人為主的眷村？在這個眷村中發生什麼故事？不識字又不會講國語的曾媽媽，又如何與鄰居相處？

財哥用輕快的筆調，回憶起自己在眷村的鄰居同學，讓人也咀嚼著濃濃的生活滋味，這種滋味像是南北合，食材各帶特性，又同時雜糅著酸甜苦辣。這本書讓我想起一些同學。我國中時跨區就讀大直國中，有時上學，擠不上公車，就沿著基隆河濱，走過圓山，中央電台，碧海山莊，忠烈祠，海軍總部，三軍大學，然後一直走到學校，來到這區，氣氛變得凝重肅穆，彷彿進到完全不同的地界。到了大直，一路往內湖開始有許多眷村，與我是完全迴異的生活路徑。我忽然想起了我的國中時期。

這本書不只是一個人，一個家庭的瑣憶，它還是一個時代的故事。書以今已不存在的「光大新村」為主體，但它也是集體的縮影，讓讀者看見當年的自己，或父輩的故事。

126 酒館的私語

幾天前，和朋友聊天聊到父親這個主題，話題應該是很沉重的，不過，我們都刻意輕輕帶過，不想陷溺。何況，我人生還有一個角色未扮演，也不準備扮演，我無法多說什麼。我認為父母親的影響是一輩子的，不管你是選擇逃避，或面對抗爭，或屈從，它有時是陰影，或是你想遺忘的噩夢：當然也有可能是正向的，我是指，在所謂正常的，加了括號的，傳統的家庭。

朋友是藝術家，他的天分和熱情很難被課業掩蓋，於是，他的抗爭期很長，從青春期開始，一直到現在。我的幸運在於，我喜歡文學，喜歡閱讀，當我躲在房間裡，父母從來也不知我在讀什麼，直到有一天，他們在床底下拖出了一箱武俠小說，那箱武俠小說是我花了很久的時間才收齊的，就這樣，全丟進了基隆河裡，那時，我住劍潭。

但我還是幸運的，父親很早就接受我對數學學習的障礙，也不強迫我，讓我選了中文系就讀，他的擔心，到後來才慢慢釋懷，主要是，他發覺他也幫不上我的忙，就任我去了；但他同時也留了功課給我，這個功課讓我一直小心翼翼地工作著，行走著。人生真要自己去經歷才能深刻體會，父親也不知道自己會在壯盛之年倒下，弔詭的是，我發現我同時得到的是壓力和某種難以言說的自由；這種自由剛好用來面對沉重的生活擔子。我從不後悔沒聽父親的話，唯一後悔的是沒從父親身上學會修理電器的手藝。有意思的是，他在長期臥病的床上卻看起當初被他氣急敗壞丟棄的武俠小說。我後來又買了半套的金庸小說，幾乎都是他在讀的。

我和朋友提到父親的影響或相處之道時，忽然想起了馬奎斯，我說馬奎斯很小的時候就跟著父親去了妓院，難怪會成為一代文學大師，生活經歷太豐富了，太早啟蒙。我們都沒機會了，朋友說。朋友也談起現在扮演的父親角色，我想他從他父親身上受到的負面影響，反而讓他成為一個更好的父親或者是傾聽者，我聽了深受感動。不過，我無法說上什麼，就只是繼續喝著手中的酒。

第四卷

part 4

冬日聽雨

127 冬日風景

到印刷廠的這條路應該很熟悉，卻也陌生，只要錯過一個路標或一個路口，你就找不到通往印刷廠的路徑。迷宮般的巷弄，像橫生的枝枒，在中和區的地域上任意歧出。我過去常從中正橋邊的河堤道路前往印刷廠，幾乎沒有紅綠燈，十分通暢，我倚賴的座標是一座鐵皮屋工廠，從工廠旁的路口切進去，很快就可抵達印刷廠，不會塞在中山路或橋和路上。後來鐵皮屋廠房賣給建設公司，蓋起成群的高樓豪宅，形成突兀的景觀，高樓與工廠群，錯置的繁華與蒼茫，我再也找不到那條熟悉的路。

這次從捷運站過來，出了景安站卻不知怎麼搭公車到印刷廠，於是搭計程車。運匠問：你剛剛不是要搭公車嗎？我說：是啊！但不知搭哪一路。幾乎一路塞到印刷廠，與景氣無關，車流就是多，現在的人在道路上奔波的時間要更長才能換來生活所需嗎？我們閒聊了一陣，運匠嘆口氣說：這種日子要怎麼過啊。我只好說：加油。加油也是對自己說的。

接了一批卡片的設計印製，委託者不滿意印出的結果，只好重印，我沒想到我會為了一千張的卡片到印刷廠看印。重印也意味著我把新台幣灑向淡水河餵魚蝦了，意外的是印刷廠的冷清。我進到印刷廠時，機器正在換版，為將到來的客戶準備著，過去那種轟隆隆如火車行駛的振動沒有了，也沒聞到空氣中濃重的油墨味。印刷廠的老闆，廠長，工務，全圍過來與我熱烈寒暄著，我受寵若驚，從沒有接受過這種禮遇，但這種禮遇又讓我有些難受。我不是說他們的勢利，而是他們以前時間的短缺，沒辦法友善地招呼。看見他們的白髮和蒼老，其實也想像著自己，他們就是你。只有一千張卡片，不好意思，我對老闆抱歉沒有更大的案子。

離開印刷廠時，送我的是廠裡製版的師傅，我從沒見過他。我問他：在這裡服務多久了？二十年。二十年？我竟沒見過你？製版都在裡間，所以你見不到。時代果真不一樣了，電腦可以拼版，不需要製版師傅。師傅說：到了週末，這裡就像鬼城，連小吃店的生意也受影響。閒聊中又錯過一個路口，迷宮般的中和。我對他說：你送我過華中橋吧，過了橋，我就可以找到我要搭的公車了。

十足冬日的陰雨，和心情。我想起桑貝畫中孤獨的自行車手，加油，加油。

128

變形記

早上，戈勒各爾．薩摩札從朦朧的夢中，醒來發現自己躺在床上，變成了蟲。

這是很久很久以前讀過的小說，《蛻變》的開頭，我早已忘記了，直到近日的一個早晨，突然想起這篇小說。我當然一直把它視為小說，也從不認為小說的現實會變成真實，不過當我在睡夢中，感覺嘴唇麻癢，臉部肌肉抽動，有微微刺痛和熱感，心下覺得有異，於是起床，走到浴室，打開電燈，發覺自己正凝視著一張熟悉又陌生的臉，第一次覺得：卡夫卡小說中的描述，有可能是真的。

鏡中的臉是我的，奇怪的是，突然腫脹的嘴唇，讓這張臉變得有些陌生，感覺整張臉變得更長了，眼神顯得憂鬱。這是我嗎？很陌生。不知到底發生了什麼事，是有昆蟲或異物爬過嗎？頭號嫌疑者應是蜈蚣或大蜘蛛〈俗稱的七腳冕犽〉，不過，床上或牆壁上沒有他們的行跡，於是胡思亂想了起來，等天亮，好去看醫生。

醫生問我前晚吃了什麼，我努力回想一遍，也照實回答了，看起來都不是會導致過敏的食物。我問醫生：會是蕁麻疹引起的嗎？醫師沒回答，只說：過敏。過敏是一切的解答。看診很快結束了，大概一分鐘，非常有效率。預約了下次門診的時間。出乎意料地，醫生還給了我一條擦青春痘的藥膏，青春痘？他在我臉上看到青春痘了嗎？我不敢多問，怕被轟出去。

走出診所，想著卡夫卡和他的《蛻變》，也突然想起主人公最後悲慘的下場，那個奉獻一生，卻輕易地被家人遺忘的上班族。進到辦公室，拿掉了口罩，同事問：嘴唇怎麼了？昨晚，被大蜘蛛親吻了。

紅樓有夢

「孽子三十年座談會」前，去見白老師，好久不見的白老師依然神采奕奕，話聲宏量，總也不老的尹雪艷，總也不老的白老師，小說人物的精神意志，在作家的身上體現，是一種投射嗎？

送了他李劼的《歷史文化的全息圖像——論紅樓夢》，他很高興，他說：我在台大開課，要講《紅樓夢》，剛好可以參考。他曾讀過李劼的《百年風雨》，很喜歡他的文化評論，覺得有才華，問了他的背景，我說：李劼曾在華東師範大學執教十餘年，六四時陪學生上街，入監，之後回到學校，卻遭冷凍，無書可教，最後去了紐約，再也無法回去……。那他在紐約做什麼呢？教人打太極拳。

李劼的這本書其實是舊作，三十餘萬字的皇皇鉅著寫於他三十八歲時，是他對整個中國文化的理解，藉一部小說投射，也寄寓自己的心情。三十八歲，多麼耀眼的年紀，生命正要進入最精彩的成熟時刻，但一次遊行，徹底扭轉了人生，風華正盛的文學教授轉眼成了披著孤氅，流轉異域雪地的寂寞身影。青春成夢。這本書的書寫，寄意極深。而三十八歲時的我，正騎著摩托車在馬路上橫衝直撞，接稿取稿，又曾寫下什麼呢？

我喜歡李劼，在於他的驚人才華和磅礴文氣，他的書一口氣讀來，常不能自止；不能自止也是他的毛病。記得幾年前，他為當時剛出版的《上海故事之毛時代》來台灣宣傳，在迪化街上的舊街屋變裝成的茶樓裡，他對著滿室的讀者講述他的創作心情，講著講著，他的眼前好像不再有台灣讀者，目光神情，自在而敻遠，好像又回到上海華東師範大學的時代……。我忍不住上前拍拍他，殘忍地把他拉回現實。

我喜歡李劼更在於他的沒有機心，任情任性，如混沌未鑿。我已經很少接觸到這樣的作者，不糾纏，不囉唆，不群不黨，也因此讓人既惜才又心痛，他如今在紐約的景況一點也不教人意外。去年秋天，他忍不住一種思鄉，突然飛來台灣小住兩週，完全沒有計畫，隨興之所至，忽然又離開。將離開的時候，他黯然地說：下次不知何時再來。我沒去送機，滿心回憶的是和他在大街小巷閒晃的秋日時光。

他的《中國文化冷風景》入圍二〇一四年台北國際書展的書展大獎，十分意外，天外孤鶴的李劼，遠方也有知音。李劼的文化中國三書應該一起讀，而他對中國文化的全息理解，鎖鑰就在《論紅樓夢》一書中。《論紅樓夢》一書的出版，意外地趕上《紅樓夢》熱潮，剛好讓讀者更多元地理解這部經典。《紅樓夢》是中國小說藝術的登峰造極之作，白老師曾說祖師奶奶張愛玲的小說是跳過五四，直接上接這個小說傳統；其實不只是張愛玲，白老師的作品裡也看得到《紅樓夢》的影子，最近重讀《孽子》，李青被父親趕出家門的那段，父權陰影主導全書敘述，父子間的衝突、緊張、反抗與不被理解，活脫是賈政與賈寶玉父子的當代寫照。

不知何時開始，書成了我探看世界的窗口，偶爾認識的作者，成了這一段旅程的同路人。

130

高雄以南，還有……

第一次一個人前往屏東，從高鐵左營站下車後，換了紅線捷運，到了高雄火車站，準備換搭莒光號，前往屏東，繼續南行的旅程。不過，這是一條曲折的路徑，我坐上火車後，才明白應該從左營站接南下火車到屏東的，或許只是為了繞進高雄市區，看看高雄車站。

搭莒光號從高雄到屏東，只需二十分鐘。我從車窗裡興奮地讀著站外的站名，鳳山，九曲堂，然後是屏東，終點站在潮州。忽然想起：南迴鐵路的起點站是從哪裡開始？屏東？還是高雄？對台灣還是很陌生，應該找時間搭一趟南迴鐵路。火車經過鳳山，我想起有個朋友就是鳳山人，如果沿著環島鐵路，找出每個站附近的每個朋友，那也是一種台灣的概念。開往潮州的火車上，我才意識到我從沒有高雄以南的概念，總覺得高雄過了，就是墾丁了。

託單德興老師的福，認識銀閃閃讀書會的郭惠芯老師，才有了這次的旅程。郭老師在火車站前接我，如果不是她的邀請，大概沒有機會到屏東來，更從沒想過在屏東誠品書店舉辦書友會。她問我來過屏東嗎？兩次：一次是拜訪屏東的經銷商；一次是為了製作一家企業的特刊，特地南下拍照。這一回顧至少是十幾年前的往事了。我還記得經銷商所在的位置，特別是當車子經過廣東路時，印象就更強烈了，應該就在附近。我是說過去的所在。在屏東市區看到廣東路不會太突兀，那標記著失守的中國最南省分，也記憶著漢移民的開台祖所來地。

書友會是晚上，還有一點時間，郭老師帶我去參觀位在萬年溪畔的民和國小。萬年溪發源自大武山，霧霾的緣故，完全看不到山。這條牽繫著許多生命記憶的河流，一度優氧，惡臭，這幾年整治成功，又成了市民的遊憩地。位在溪畔的民和國小美術班同學，在老師的規劃和協助下，完成了令人讚嘆的「萬年溪上河圖」，全部出自同學之手，充滿童心童趣的觀察和想像，而且不僅止於靜態呈現，也開始繪製成動畫了。再沒有比這樣的寓教於樂的方式，更能培養紮實的美育和鄉土情感，人和土地的連結是無法斷裂的，但也需要不時提醒。我十分感動，為小朋友的表現，也為基層的教育工作者喝采，他們投入培育下一代的教育工作，撐住了台灣教育的底盤。明天的希望。

來到國境最南的書店，有興奮，有感動，也有喟嘆。不大的場地，一下子人就坐滿了，他們說這裡藝文活動不多。我相信。在台北，不管城的東西南北，不時都有精彩的藝文講座進行著，選擇多樣。我以分享的角度，和屏東的朋友分享書裡書外的故事，不過，我覺得收穫最多的是我。我應該標記此刻所在的緯度。我在出版的航線上往南航行，不確定會產生什麼樣的火花。突然想起哥倫布的一則航海日誌：今天仍然航行，航向西南西。

基隆今晚是趕不回去了，郭老師安排住在麟洛潘忠信先生的家中，他經營著民宿，他說我是第二個客人。這樣，我到了客家庄的麟洛，一個有著中式庭園的舒適民宿，非常安靜。夜裡下了小雨，聽著雨滴滴落地面的聲音，非常細微，又清晰可辨，不知何時睡去。

131 失電記

室內照明和音樂一下子就停了，突然置身在黑暗和寧靜之中。外頭的路燈和社區的燈火，依然明亮，只有家裡陷在一片黑暗。大概又是短路了，這二十多年的電路。停電的方式有點特別，不是斷然地失去供輸電力，而是像是無法流到水管末梢的水，漸次地乾涸，終至於無。

我在黑暗中想：這是要我全然放鬆的時刻嗎？沒有了電，雖可以讓你遠離電腦和網路的糾纏，同樣地你也不能閱讀和聽音樂。懊惱。點起了很久沒有點的蠟燭，燭影搖曳，卻難以看進任何的字句，然後，時間也跟著變慢了，很慢很慢，你感覺過了很久，其實才過了幾分鐘。習慣靜坐參禪的朋友，一定覺得真是好時機，我卻難以適應。

沒有電的室內還是有戶外的光源透進，超商的超大型看板的日光燈，讓你知道自己仍在文明世界中。再遠處是一座新的花崗岩城堡，擋住自長庚醫院射出的光線，卻帶來新的光源。什麼也不能做。該上床去嗎？還不到時候。我藉著微弱的光線，翻著一本在舊金山的城市之光書店買的繪本，那繪本畫著城市的屋頂風景線，非常特別的角度，試著進行沒有文字的閱讀。始終靜不下心。

打電話到山下的水電行求救，老闆很不耐煩地說：今天沒辦法，明天吧。那麼今夜……，面對突如其來的空白，手足無措，終究還是學不會放下的現代人，隨時都要找事物填充生活的空白。兩個多小時後，奇蹟似地恢復了電力，但電力微弱，稍微多開一些電源，又失電了。姊姊問：是你找爸爸回來修的嗎？爸爸的工夫，我們誰也沒學會，雖然爸爸留下了許多工具，包括測電錶。

電力來的第一件事，我選擇上網登入臉書，落後臉書世界已兩個多小時。然後我發現一個朋友竟然是深藏不露的大提琴家，在一場我沒被邀請的聚會；一個朋友剛發了新聞眉批，……，為了怕被遺忘，我很快地重返文明世界，一邊聽著音樂，完全忘記了才剛要體會的內心寧靜。讓心追逐身外的光鮮事物，要比探索內心的深層寧靜，要容易許多。

132 綠川的下午，忘川的水

給我「一本書店」地址的是「闊葉林」書店的老闆廖兄，廖兄告訴我：是一對年輕夫妻在經營，你有空應該去拜訪，而且你一定會喜歡。說完，他還畫了地圖，標示著從中興大學前往這間新書店的簡圖。那是夏天的事，我直到歲末才踏上尋訪一本書店的路。載我前去的朋友用道路定位系統找路，我們在接近目的地的五十公尺處依照指示左轉右轉，就是轉不進河邊巷道，後來還是乖乖下車，依著門牌號碼從復興一號橋頭走進去。

下午，陽光微微露臉，風吹來有些清冷，卻還是頗舒適，這中部的冬天。走在河邊的小路上，想起多年前去過的阿姆斯特丹，當然不論是就河或橋的規模，或是和河兩岸建築典雅、色彩繽紛的樓宇相比，終究呈現不同的文化背景，尤其在反映出實際生活的樣貌氣味上，然而，當我這樣走著時，心境卻自然地放緩。

我推開木門。小巧明亮的書店，讓人靜下心來，聚焦在店裡陳售的書。書種不多，卻很有濃郁的人文生活氣味，我瀏覽了起來。我對店主自我介紹：到台中拜訪經銷商，一直想過來參觀，今天剛好有空，就過來了。又說：闊葉林廖老闆極力推薦。主人說：是呀！廖先生，我們很熟。我問女主人：這條河是綠川嗎？女主人說是，也補充說：我們和闊葉林都在綠川旁。我很好奇：如果走路過去要多久呢？大約十五分鐘。女主人說。我建議他們在門前岸邊繫一葉扁舟，這樣放舟而下，就可以到闊葉林找朋友了。主人笑說：水太淺了。

我和店主人隨意聊著書和書店，居然一聊半個多小時，覺得很不好意思，打擾他們的工作，他們不在意。想幫店主拍照，他們就有些猶疑了，於是我就收起了相機。即使是客人，也不應該粗魯。聊得最愉快的部份是關於閱讀這件事。我們都認為：不管出多少種書，開多少家書店，如果不能讓讀者進到閱讀的世界，讓心沉靜下來，這個社會永遠浮躁，也缺乏深層思考。店主說他們設計書店的核心概念，就是要讓客人進來後，可以沉澱下來，進入書，進入閱讀的世界。男主人是印刷業背景，女主人從事設計，書店如實反映他們的生活追求。

我挑了一張沙發，一邊翻著書，一邊看著屋外綠川，以及綠川旁飄拂的榕樹樹鬚，很安靜的角落，偶爾有摩托車經過。待得夠久了，離開時我送他們一本《我的黨外青春》，我說也許會有人有興趣。這本書出版後，連鎖書店只下了四十本的訂單，我到處去書店平台上都沒看到陳列出，那樣的青春，在三十年前消失一次，三十年後又消失一次，非常可惜，也許我還沒找到對的通路和讀者。

133

出差

到台中拜碼頭，據說勇哥比我還緊張，因為不知要和我聊什麼，所以找同行做陪；我也很緊張，因為總是面對相同的問題，沒有改善。你要說那是局限也可以，要說那是風格或路線也可以，總之，你一直在相同的環境中困住，而且只會越來越糟。我後來在另一個場合遇到一個很久不見的同行朋友，我問他最近好嗎？他說，怎麼會好？那明年呢，也好不了。早知道是這樣的答案，還是忍不住要問。

從編輯跨到業務的領域時曾來台中拜訪過一次勇哥，那次還見到二哥，地點不在現在的大馬路邊，而是在田中央。二十年了，我還是在這裡轉圈，雖然這次的行程接近於取暖，更希望找到可以補強的部份。不過，如果只是單純這個話題，這次的會面將很快的結束。意外地，勇哥提到基河路，我很好奇他怎麼會知道那條路？不只因那裏沒有書店，更因為那裡原本是一段河流，填平後才形成的道路，而且只有少數的台北人才知道。勇哥說他小時候住圓山，他親戚在那裡開騎馬場。他也在那裡幫忙。我聽了更驚奇。不會吧！我小時候在那裡騎過馬，這輩子唯一有的騎馬經驗。我記得騎在馬上的感覺，母馬懶洋洋的步伐，在小小的馬道上，踢著塵土，無精打采……。真是前塵往事，也不知到底是幾歲時的事了。

搬離劍潭以後，很少遇到住在那裡的人。圓山和劍潭只相差一站，是童年到讀高中時的活動範圍。我不記得那裏有過台銀的宿舍，但卻對那個小騎馬場印象深刻，始終不明白那裏怎會有騎馬場？馬又是從哪裡來的？我問勇哥：可是那裏沒有草原啊，馬吃的草從哪裡來？濱江街外的河岸，勇哥說。我們還聊到現在的台北電台所在地，當年是個市場，至於旁邊的動物園，兒童樂園，和再春游泳池，就不必說了。勇哥後來也提到我剛入行時的某出版名人，我還記得曾和他在行義路上的溫泉池畔喝酒的情景。晚上的活動由勇哥安排，據說是標準的套裝行程，好吧，就入境隨俗吧。

隔天早晨，被宣傳車喚醒了，好像是盧秀燕的車子，帶著微微的酒意醒來，這裡大概是眷村區，旅館旁就是眷村文物館。稍後去了中友百貨的誠品書店，太早進到百貨公司，沿途都是專櫃小姐的行禮問安，非常不自在，也很不好意思，好像自己是個什麼官。第一次來到誠品中友店，很喜歡這樣的誠品風格，單純的書場。從地板的色澤來看，應該沒有改裝過，完全不退流行的設計規畫，空間感極佳，忍不住讚嘆起當日的建築師，遺憾的是，沒看到允晨的書。

134 作業

連下了兩週的雨，今天雨停了，地板也不再反潮，屋內不知何時飛進一隻黑底藍斑的蛾，奄奄一息地停在地板上，差點被我一腳踩下，還好及時看見，猜想是從紗窗的破口飛進來的，大概是躲雨吧，該找個布遮一下，不然不知下次要飛進來什麼。最好是瓢蟲，紅色的瓢蟲還蠻可愛的。

這種陰沉的天候並不冷，只是還是得去一下海邊，答應要拍幾張船的照片給啟巽，我請他設計呂則之老師的《哭泣船》封面，已有數週了，別說船影沒有，連風生水起的跡象都沒有，他說，還是需要船的照片。就這樣，我來到下午的漁港，小小的漁港泊著幾艘船，都是小噸位，我突然想：在澎湖海域行駛的船隻和萬里漁港的船型相同嗎？我沒有相關的知識和概念，這不能怪我，開始編輯《攸攸瘋狗天》的時候，我曾對呂老師說：下次老師回澎湖時，我能不能跟你上船……。呂老師只淡淡地說：船上甲板很小，無法站人。這就是拒絕的意思吧。我想。將要出版他的第三本小說了，我還是無法想像什麼樣的船隻，可以在天象惡劣，波濤洶湧的水域中捕魚？

我在漁港裡待了一下，只有一個漁夫在整理船上的漁網，沒見到其他的人，他們大概稍晚才會出航吧。看來都是近海作業的船隻，我做作業似地照了幾張，真不是拍照的日子，沒有色彩，沒有動人的光線，算了，就這樣拍吧，拍一排排靜靜的漁舟，船上掛滿了作業時照明的燈。漁夫沉著一張臉看了我一下，又繼續做他的事，連問也懶得問。這個冬季尾，沒有三點蟹，不知漁獲的大宗是什麼？

不知不覺和呂老師也合作好幾年了，即將出版第三本小說《哭泣船》。和過去的兩本不同，這次的敘述空間完全在海上開展，一個純男性的世界，充滿著戰鬥的緊張和懸念，台灣的漁船被中國的漁政船強行押往廈門，沒有政府的奧援，對家鄉和愛人的慕戀信諾成了返航的動力……。呂老師作品中雄辯滔滔，本人則十分寡言，我們之間的對話都很簡短，充滿了刪節號和心領神會。他對創作的堅持，對書寫主題的專注持久，令人動容。他寫的雖是澎湖的故鄉人故鄉事，但又何嘗不是台灣漁民的寫照呢？當我們不再談鄉土文學時，這種海洋書寫，其實是新的鄉土文學，代表著台灣的一種面相，標誌出台灣文學的新里程。

如果不是為了書的封面，還真不會走進萬里漁港，我缺乏對新知識的追求熱情，少識蟲魚鳥獸之名。

135 孟天

孟天總是在二月的時候出現，一開始先電郵問候你，然後約你見面。照例，會見作者時總是忐忑，你不知該如何回答銷售數字或後續的宣傳計畫。新書很快地就淹沒在新書群中，兩個禮拜或更快，就成了舊書。有幾次，新書才剛發出，不知何故，就直接進入二手書店陳售，好像夜晚有人偷偷地把新書放在二手書店的門口，一如棄嬰。

孟天是《黑心帝國》的作者，一個中文說得非常流利的美國人，台灣女婿。一開始約見面時，以為他有什麼特別的目的，比如說檢查銷售紀錄（他是賓州大學華頓商學院的高材生），告訴你新的寫作計畫，或是要終止合作關係……。但他只是單純地要交換想法，和分享這一年的生活經歷。慢慢地，我們比較像是朋友關係，當然大多的時候我還是說英文——我有時懷疑他真聽得懂我說的英文。

這種轉變有點意外。大概從二〇一三年開始，我們幾乎每年一會，總是在書展期間的前後。二月於他是特別的月份，他的生日，他的書出版的日期，他說《黑心帝國》出版了捷克文版。他仍然常往中國，他的感覺是不太樂觀，也不太舒服，他覺得騙子太多，而且是到了集團化的程度，防不勝防。我只顧聽著，忘了問他，他覺得台灣的機會是什麼？話題很快地轉到了近日的空難慘劇，到現在想來還是不可思議，一部災難片，活生生地在台北市民的眼前上演。

孟天比我小幾歲，卻遠比我世故成熟；我也藉由他的眼睛去認識世界。不只是世界，還有台北這座城市。他約我見面的地方常讓我迷路，或找不到地方，比如位在臨江街上的PIZZA店，於我，這其實是很難路過的角落。這是我第一次吃到方形的PIZZA，上面還有蛋，口感豐富而特別。

我後來沿著安和路慢慢走，孟天則拍著路邊看到的，有意思的商店，我第一次覺得我們像是朋友，沒有利害關係的朋友。這麼冷的天忽然很想走路，我一直走到敦化南路，轉進一家書店……。

136

書在人在

在景氣的寒冬中，對掙扎參加國際書展與否的出版同行來說，參展是昂貴的入場券。原本有意休息一年，不過，聽說《鯨騎士》的作者威提要隨主題國的作家群來台，於是又勉強參加了。闊別七年，很高興又見到威提，我送了台灣茶，他則送了我一個雕刻著海螺紋的橢圓形木盒。接受完原民台的採訪之後，我們合照了一張照片，比起七年前，他的頭髮明顯變白了，而我的臉則被歲月打腫了。

他說：七年的改變真大，七年前，我沒想到我的女兒們不但結婚了，我也添了三個孫子，你可以想像我在院子中追著他們跑的樣子嗎？比寫作還累……。他很高興又來台灣訪問，覺得親切，他說他在逛誠品書店時，還有人向他問路，他很高興地說：我像台灣人。

參加台北國際書展的心情總是矛盾，設置展位好像只為向朋友，作者，和讀者們昭示存在，最快樂的事是見到同行朋友，互道平安和恭喜，雖然書展的究竟意不在此，卻成了支撐的力量。書展的第一天，同行前輩，雄獅美術的發行人李賢文先生特意送來了春聯，令人感動，我們今年又成了書展的鄰居。我非常高興，但又有點不好意思，幾天前在臉書貼出的十二年前獲贈的春聯照片後，哀兵奏效，換得新符，新的春聯題辭是：羊角扶搖上，獅吼振新聲。

十二年後的羊年，充滿了對彼此的鼓勵和期許，讓人感染了喜悅。我想「獅吼振新聲」很能顯示李先生最近的心情，雄獅文創堂跨足文創產業今年有了令人驚豔的成果，結合奚淞老師的書法，LED燈的製作技術，以獨特的美學展示出文創的風貌，指出可能的產業路徑，讓人歡喜讚嘆，衷心祝福。比較起來，我還守著紙本書的本業，一種耽美，一種堅守，其實遮掩著對前景的不安。就是這樣了。撐到底就是硬道理。

書在，人在，我們在。

陳年的酒帶來新歲的香

年終最後一天的上午，《尚未塵封的過往》終於從裝訂廠送到倉庫，趕在倉庫的同事下午休假前，把書配送好，交給了貨運公司，書隨著新年的到來，開始在路上遞送，然後到了書店，再到讀者手上，或許一陣子之後，又回到了倉庫，書的旅行。

這是我幫韓秀姊編輯出版的第四本書，這本書還是鎖著人生的回憶，不同的是，這本書裡有著文壇大師相遇交往的過往與點滴，更重要的是背後的時代變遷所捲動的風雲，影響著人的命運。書信從來不只是單純的書寫，書寫背後是真實的人生話語和評斷見證，甚或參與。從書信的故紙堆裡去勾勒還原事件的背景，或追想書信主人的音聲笑貌，這是我喜歡讀書信集的原因。讀過最感人的書信集是《傅雷家書》和《曾文正公家書》，那麼多的人生智慧在其中。

這本書的故事時間很長，橫亙三十年。書裡頭的人物從夏志清，沈從文，端木蕻良，到吳祖光等諸大師，既是時代的參與者，也是見證者，是文壇的推手，也是啟蒙者，如今俱往矣。遠的不說，距離我們記憶最近的夏公也已逝世三年了，我與他雖只有電光火石般的短暫交會，於我也是永恆的回憶，他寄給我充滿小字叮囑的賀卡，成了唯一的紀念，不勝唏噓。一切因緣，都起自於書，如果不是編輯出版《魚往雁返——張愛玲的書信因緣》不會有交集，也不會有後來的事端。至於韓秀是另一段因緣，多年前出版了中國作家張承志的《鮮花的廢墟》，書成後，他請我聯繫作家韓秀，我於是寫信到三民書局……。

《尚未塵封的過往》的出版本身是另一段故事，它本來不會在允晨出版，也不是一本書，而是兩本書的內容。韓秀寫作與夏公交游過往的時候，我已經知道了，但那時另有出版歸屬，誰知，峰迴路轉，書稿又來到了我手上。這段交游之所以重要，是它不只是個人情誼，而是牽涉到文壇的活動和紀錄。書寫的方式本來是以書信為主體，後來，重起爐灶，匯入了另一條書寫主線，成了最後書的樣貌，也成了諸多大師共聚一書的盛況奇景。

書寫者成了穿針引線人，時代才是主角。

138

也是夜遊

掉相機比掉手機更麻煩的地方在於，你沒有辦法用撥打另一支手機來尋找，這種方式我經常在辦公室用，手機總會在某處的紙堆下，微弱地回應你；但相機呢？

昨天參加「說書．故事」的聚會，見到幾個年輕朋友，也認識幾個新朋友，又和幾個老朋友聊天，非常愉快地拍了現場的照片留念，可能太愉快了，在回基隆的國光號上，還拿出來回味一下：那麼小的酒吧，怎麼可能擠進這麼多人？秩序又這麼好？不可思議。在車上迷迷糊糊地入睡，又睡眼惺忪地醒來，剛好到站，拿起書包，擠過鄰座小姐身前和手提包的間隙，聽到一聲金屬重物掉在地上的聲響，我想可能是她的水壺掉了，向她道聲對不起，我繼續往前擠，終於下車了。早上想要貼照片時，怎麼都找不到隨身的相機，才發現我把相機弄丟了。

回想最後一次看到相機是什麼時候？是在國光號上，我檢查拍的照片，之後，我放在書包的後口袋，沒再拿出來了。我心存僥倖地打電話回家問，相機沒有在家裡；那麼，應該在昨天的客運上了，我很沮喪。忽然，靈光一閃，想起我昨天起身時聽到的那一聲金屬物墜地聲，原來是相機在呼喚我，我卻沒有理會。

那班國光客運的終點站是金山，我打電話到金山總站詢問，看有沒有人在昨天晚上十點多的班車上，撿到一台黑色的小相機。接電話的小姐說有，心裡的石頭落地，鬆了一大口氣。比起相機，我更焦急地想尋回那一張存有許多照片的十六G記憶卡，那麼多年的回憶，全靠著那一張記憶卡，一旦遺失，好像把記憶中的影像和所有經歷的時光全部清除。記憶卡中大多是親友的照片，很多人其實要見面已經很難了。這樣，我沿著台二線，從麥金路繼續往北海岸前進，經過萬里，來到金山的國光客運總站。

安靜的週五夜晚，人車稀少。比較多人的地方是總站對面的麥當勞，有幾個年輕人在裡面聊天喝飲料，但是駛來了一輛往台北的班車，他們很快地衝上車，夜晚的街道又恢復了原來的寧靜。拿到了相機後，我在麥當勞裡坐了一下，這裡是很少路過的地方，亮燈的地方不是便利商店，就是溫泉飯店的店招，我想，明天清晨就會有旅客進來了。我突然想起那隻迷航在台灣，落腳金山的西伯利亞小白鶴，牠棲息的稻田在何處？寒流來襲前的夜晚，海上作業的漁船很少，幾乎沒看到泛著綠光的漁火，螃蟹季和鎖管季，早就結束了。我也想起久遠以前的高中夜遊，那時，年輕的歷史老師帶著我們從金山一路走向淡水，然後搭清晨的火車回家。

我並沒看見日出，日出的時候，我在淡水站的候車椅上，睡著了。

139

冬日的海濱

大選前最後的週日，帶媽媽到海邊走走，遠離電視報紙和宣傳車的喧囂。家庭成員的投票傾向，早已確定，誰也不用想改變誰。選前心照不宣，選後不宣心照，不管最後結果如何，就像景氣或霾害一視同仁地覆蓋所有人。無所逃於天地。

冬日的海濱不復藍天白雲，少了藍天的倒映，海水的顏色很難形容，我每次望著這片海域，看著這海水，想找辭彙來形容，絞盡腦汁，還是沒有找出一個字可以來形容灰中透綠的顏色，單獨來看，海水還是清澈的，裡頭沒有塑膠袋，或小木片，偶爾還是會有漂流物沖上岸，像是殘破的漁網，浮標，或是河豚。這一帶有許多河豚，河豚有一種異常的腥臭，不過，我看過用河豚製成的燈籠，圓滾多鰭的身軀十分可愛，像卡通動物的造型。

這片海灘是我第一次看見海的地方，但我已忘了那是幾歲的記憶。祖父曾修過這段萬里的公路，當然，祖父應該也不只修過這些馬路。或許這是為什麼小時候只要家門口有人修路或鋪柏油，母親都會燒上一壺開水，放在門口的原因吧，也或許只是一種習慣，不過一條說長不長的街，擺出茶水的人家並不多。奉茶的年代。記得祖父的工寮就搭在海岸邊，那時的我以為海岸邊都是沙灘。最難忘的不是祖父工作的身影——他讓同僚把我帶開，而是烈日下的沙子是如此灼人。這幾年來，馬路拓寬又拓寬，而海，還是海。

沙灘立著幾根木樁，標界著不同浴場的不同管轄權，然而，在這樣的冬季並沒有差別，遊客可以隨意從海岸邊上行走、穿越。這排木樁沒有起分隔的作用，倒是讓視線有了些起伏變化，充滿象徵的意味，當海邊再也沒有戲水的人潮時，這幾根木樁像衛兵，對海上作業的漁船，標示著陸地的所在。除此，我想不出他們的作用。

近來發現我活動的範圍並沒有脫離童年的路徑太遠，冥冥中我好像繞著童年的方向行走，好像童年的生活圈早就匡限了我的未來，那麼，如果童年重來呢？

140

記憶

編輯李有成老師的《記憶》，前後的時間加起來也有三年了，《他者》，《離散》，《記憶》是一系列學術研究探索的三部曲，終於到了終曲時刻。這本書原本預計二〇一四年出版，其間，編得斷斷續續，直到石黑一雄寫出了《被埋葬的記憶》，李老師寫了評介，整本書因此有了更清楚有力的敘述脈絡和總結，記憶成形。

在我看來，《他者》，《離散》，偏向人的處境和身分探索，而《記憶》則直溯源頭，蘊藏了故事開端的密碼，也是能量的來源，我喜歡這個題目，它是文學作品開始的地方，就像蒙迪安諾說：我認為童年的某些小插曲，後來成為我寫書基礎。且不說《追憶似水年華》，《紅樓夢》不就是最佳代表嗎？曹雪芹的夢更不得了，從童年的繁華上接更久遠前，女媧補天的遺憾。

《記憶》就是用文學作品來解釋和闡述「記憶」的作用和影響。聖奧古斯汀在《懺悔錄》中說：記憶就像一片廣大的田野或一座巨大的宮殿，一座儲藏著無數各式各樣由感官知覺傳送而來的影像的倉庫……。開啟這座宮殿或倉庫的鑰匙，就在每個人的心中，當作家把心中的宮殿大門打開，公諸大眾讀者，這座聖殿也成為公眾的，從而把每個人的記憶相聯一起，共鳴交響。文學感人的地方在此。這是一個很有感的「題目」，雖然和流行的「療癒」無直接關聯，但療癒是在耙梳創傷之後呈現，像大雨後的彩虹。

編書期間，我偶然走進一家小酒館，看見小酒館裡的一盞燈，這盞燈投射的光線和本身的形影，在白色的牆壁上有莫名的吸引力，像在顯示什麼，我忍不住多看幾眼，福至心靈地想：這就是記憶的意象啊，記憶本身無法自己發亮，必須借助外力成形或呈現。文學作品不就是作家透過文字來描述他記憶中的世界？不管那是追悔還是留戀……。偶見的燈和燈影後來成了封面主圖。

書出版後，又去了小酒館，想向那盞給我靈感的燈致意，但是，不知何時，燈去影熄，還好，小酒館還在。

141

工業區裡

搭計程車往印刷廠去，陰沉的天色，老舊的計程車，益形老舊了。在車陣中穿行，心思起伏，從車窗往外看，我看著一路經過的中型印刷廠，有些看起來是歇業了，貼上招租的字條，都泛白了，不免心下就蒼涼起來。

計程車司機看起來六十多歲了，有些睡眼惺忪，但技術很好，我只告訴他目的地，就不再詳述地址了。他從大馬路開進一條看起來是單行道的巷子，兩側停滿了機車和正在卸貨的貨車，我幾乎感覺到車子貼著交錯而過的車身前行，只差沒刮出痕跡。近距離地看外頭貨車司機，正把卸下的紙張送進印刷廠裡，勞動的手臂和打電腦的手臂是不一樣的，充滿線條和力道，看起來與我年齡相仿，至少，還在線上運作，是好事吧，我想。

工業區的風景讓我想起看過的黑幫電影，影片中總有人包了計程車在到處相似的工業區裡尋人或尋仇，四處追獵，而我卻有進入電影般的不真實感。電塔電線隨處可見，就在頭頂上方，一片灰落，帶著無言的重壓。在印刷廠待了一個小時，等待換版，試車，洗版，看到成品後，我就離開了。

搭車上了華中橋，經過環南市場，又回到台北，風景又不同了。這些都不是生活的必經路線，你看著時也同時想像他人的生活，人的營生方式，多麼的不同。想起剛剛乘坐的計程車，下車時司機比印出的收據還少收十塊錢，我說你少算了，他說繞進來的那段不算，我還是把錢補足了。生活不容易。

142

鯨島新年，又一年

秋天般的好天氣只維持了大半天，昨晚開始，又飄起了細雨，清晨雨勢大了起來，忽然想念起那短暫溫暖的陽光，尤其在寒雨連綿的基隆。昨天的迪化街上，拍下了難得一見的青空，在街燈亮起的時刻，別有風情，感覺像在異地異時的小鎮。快過年了，街道兩側的南北貨，貨色繁多，街道也掛起了年貨大街的布招，真快，又是一年要過去了。雖然新曆年早過了，但農曆新年正在路上。

在小說家平路的臉書上，讀到關於台灣首位女總統的挑戰以及將面對的父權霸權挑戰的文章，想起幾年前，也是在農曆過年前，我曾寫過一篇短文〈鯨島新年〉，起因是我寫信向《鯨騎士》的作者威提拜年，他曾來訪問過台灣兩次，對同屬南島語系的台灣覺得很親切，那時總統大選將屆，我忍不住想：台灣有可能出現女總統嗎？帶領台灣走出陸地思維的困境？就像小說中的女酋長，一個不被期待的女孩，把擱淺在岸上，瀕臨死亡的鯨魚喚醒，往大海深處游去，重獲生機？

文章的片段：

小說是虛構的，但鯨魚游入人煙稠密的紐約都會，確是真實事件。就在這條鯨魚迷航紐約的時候，他決定為他的女兒寫出新的英雄故事：在父權宰制的社會中，出現女性的救世主；救世主為什麼非得是男性不可？《鯨騎士》顯然要在傳統社會置入新思維。小說開啟清新視野，然而在現實的政治運作中，到底有沒有可能，全然未知。鯨終回歸大海，殆無可疑，否則將脫水而亡，成為俎上魚肉。把虛構小說讀成政治啟示錄，剛好凸顯文學的豐富和開闊，提供不同想像。「鯨騎士」的徵選過程，何嘗不是智力與勇志的考驗，並可放諸四海皆準。

我後來問了作者另一個問題：你覺得台灣有可能出現如你小說中描寫的「鯨騎士」嗎？作者當時正忙著含飴弄孫，並未回覆。作者也沒有續寫《鯨騎士》，不知小女孩卡瑚正式成為酋長後的故事。我應該寫信告訴威提：台灣選出了女總統，她開始了新的一里路，她要展開的故事，將面對的新挑戰就是你書中還沒寫的部份⋯⋯。小說真像寓言。鯨騎士是威提為他的女兒塑造的女英雄，他不知道位於南島語系最北起點的台灣，也正展開這樣的故事。

我不認為他是先知，但他的心裡的確存有對女領導者的想像。鯨島新年，鯨騎士開始她新的旅程。台灣也是。

中年對話

友：為了慶祝我誕生，那年，人類登陸月球。

我：為了慶祝我誕生，那年，彭明敏教授發表《台灣人自救宣言》。

143

看不見的書店風景

昨天朋友來社裡小坐，聊起一家書店，勾起我一些回憶。這家書店我高中時就知道了，也在這裡買過書，我喜歡到這裡買書，因為可以買到新書，而且對學生來說，價廉書美，物超所值。後來，我才知道類似的書店，定位得很清楚，就是折扣書店。折扣書店的生存王道在折扣，至於它的利潤空間和取得成本，就憑個人的本事了。在這家書店裡，我有時會超買書，因為老闆會告訴你多拿一本書，總價並不會多太多，於是我又拿了一本。

我從沒想到這些便宜的新書是怎麼來到書店的，在這家書店裡，我第一次知道可以用月租的方式看雜誌，以固定的費用看當期所有的新雜誌，看完還可以換，我那時不知道那些雜誌是可以退回雜誌社的，心裡還想：怎麼有這麼美好的事。我知道其中的商業技巧是在我入行以後，當日的美好，今日的苦澀。我從下游來到上游，卻發覺風景並不像我想像般的神聖，一切還是回歸數字利益。入行以後的某天，公司接到了另一家書店的退書，我記得這家書店，因為也曾經在這裡買過書，可是並沒有供書給它，那麼，這些退書是從哪裡流過去的？每個行業都有各自生存運作之道，也不乏黑暗面，這和你從事哪個行業別無關，而在於你怎樣看待自己的行業和對待別人。這幾天又有書店倒帳的事情發生了，這不是新聞，也不算意外，而且，總是在年前發生，好像早有軌跡。以往，有幾家書店在倒帳之前先大量進貨，就在你驚喜著有這麼大量的訂單時，悲劇發生了。賣牛奶的少女，又被絆倒了一次。再一次，牛奶流了一地，有一些甚至也不知流去了哪裡。

和朋友聊起時，觸動我對這個行業看不見的暗潮，很深的感慨。當然，網路興起，線上交易興盛，書店的生態一直在改變和調整，出版社本身的存續，充滿未知的命運。幾週前，上電台接受訪問，主持人問我對出版景氣的期待，我還是一貫以「穩定的萎縮」來回答，我後來想，瞬間的血壓升高，可能在這個時候。「穩定」是指「萎縮」這件事，雖然萎縮的曲線並不一定穩定，也不能一概而論，因為還是時有奇峰突起，帶來驚喜，這正是出版這行扣緊人心的地方。

主持人問：那你怎麼辦？沒有怎麼辦，我突然想起布袋戲裡常出現的台詞：一步江湖無盡期。

144

追尋

好幾個禮拜以來，父親一直執迷於環城鐵路，那是一條已經棄置不用的鐵道，環繞巴黎外圍。難道他想要透過聯署來要求復線嗎？或是向銀行貸款？每個星期天，他總是要我陪他去外圍地區，我們沿著這條昔日的鐵道行走。以前的停靠站現在都已廢棄或改做倉庫。鐵軌也隱沒在蔓生的野草之中。有時，父親會停下腳步，在筆記簿裡煞有介事的塗寫，或在記事本上畫個模糊的素描。他在夢想著什麼呢？或許他在等待一輛永遠不會駛來的火車？

這是好久以前，在《國際文壇十二家》中第一次讀到小說《環城大道》的片段，我始終不知道這本小說是如何開始，如何終結，在我心中成了懸念。小說的作者就是蒙迪安諾，二〇一四年諾貝爾文學獎得主，摘譯這小說片段的是旅法的香港作家，蓬草，而策畫這個國際文壇名家系列的就是鄭樹森教授。蓬草選了精彩的片段，這個片段一直要等到我出版了《在青春迷失的咖啡館》

之後，又過了六年，我才終於有機會把這個懸念變成書本問世，介紹給台灣的讀者，一圓自己當初迫切想知道小說終局的夢想。

出版《在青春迷失的咖啡館》前後，我陸續讀了蒙迪安諾所有可以找得到的，以華文出版的著作。他的每一本小說都有著追尋的主題，主角總被記憶糾結纏繞，而活動地域幾乎不出巴黎，讓我想起台灣有一陣子流行的「三廳電影」，咖啡廳，餐廳，客廳是當時文藝片的三個場景支點，故事圍繞著這三個支點展開。蒙迪安諾的小說則完全以街道區域為佈景，故事就在街道上演，然而，你不覺得累贅或厭煩，因為街道被賦予了身世和密碼，也是歷史的見證者。幾乎每一部作品如此，難怪他自己說：這四十五年來我都在寫著同一本書。那本書的主旨就是追尋。

在這麼多書中，我嘗試去拼出蒙迪安諾的創作輪廓，想知道他真正的追尋是什麼，想知道他心中那股飄盪無根的感覺自何而來。解答全繫在一本尚未完整出版的著作裡，那就是《環城大道》，一九七二年獲法蘭西學院小說大獎的重要著作，諾獎桂冠上的明珠。從他開始寫作，也不過幾年光景，就躋身名家之林，與大師同列。我想，光以運氣、才氣視之，難見其貌。《環城大道》這本小說可以當自傳看，雖然在其他作品中，又何嘗不是自身的投影？然而，重要的是這本小說，交代了父親的背景形像，交代自己身世的游離感，沒有交代的是，父親何以是這樣的父親？是因為時代的扭曲嗎？是因為移民的遭遇嗎？正是這樣的父親造就了今天的蒙迪安諾。「無論如何，我都將陪你到最後」，這是小說主角的願望，也是蒙迪安諾永遠無法彌補的遺憾。他幾乎孤單的成長，十七歲時，他終於得知久無音訊的父親下落，竟是前往警局認屍……。

蒙迪安諾一直活在自己的世界裡，他在一九八五年接受法國《讀書雜誌》的記者訪問時，也常答非所問，經常出現大段空白，彷彿跳針，有一段對話最經典，記者問：你從什麼時候開始寫作？他的回答令人瞠目結舌：（不予回答）寫作的條件是，例如孤獨。當然，如果有其他的機遇……。

我深深地為《在青春迷失的咖啡館》著迷，感覺他的街道就是我的街道，他的迷失也是我的迷失，而《環城大道》則直探他迷失的源頭，書中尋找父親，時代和記憶，是沒有區域國界的分別。而我始終走不出蒙迪安諾的文字迷宮。

145 戀戀山城

如萍和賴桑開車來接我到九份，好像我真是個觀光客。他們已約了很久，我就是提不起勁，這次乾脆直接開車來，擄人上山。賴桑在九份開了九戶茶語，我久聞盛名，卻始終懶洋洋地停在觀想階段，不動如山。我的生活動線只剩下工作以及和作者有關的行程。他們問：你上次到九份是什麼時候？我想了一下，回答說：大約是二〇〇八年吧。那次是李劼第一次到台灣來，特地帶他到悲情城市的拍攝地九份走走。「天啊！又是作者！你到底有沒有自己的生活？」

那年在九份，我們找一家有景觀的餐館，隨意吃了午餐，又點了茶繼續坐著聊天，完全進入清談模式，人我兩忘。就是這一天，我們聊出了《上海故事三部曲》，三部曲中的《上海往事》，得到二〇一〇年《亞洲周刊》年度十大中文小說的殊榮，但在台灣幾乎沒什麼迴響。比起我的懶態，李劼更是不動如山得徹底，我們幾乎坐穿了餐館的椅子。從餐館裡望出去的風景，讓我很想停留。在我接觸的作家中，李劼是個異數，他不依傍，不討好，不算計，不汲汲求名。他獨居紐約這世界第一大城，卻把它住成像是隱世者的山洞，他的中國朋友比台灣朋友還少，我有時擔心他，不知他要怎麼生活？他生活在自己的世界中，但這也是我最喜歡他的地方，不忮不求，只求一角安頓。

之後，就沒再踏上此地。來到九份之前，在山腳的瑞芳鎮，看到基隆河清澈明綠地川行大地，十分感動，這就是我每天飲用水的水源。但這條河流到了中游就幾乎生機全無，很少人可以見到河的初始。有的朋友知道我住在基隆，有時會說：是不是離九份很近？能不能去幫我買九份的芋圓？大部份的人都以為九份在基隆，而不知它其實在瑞芳鎮，我們的史地教育可見一斑。九份最吸引我的，除了從山上望下去的無敵風景，就屬基隆山。基隆山不在基隆，而在九份，它的山勢不算高，但山形孤立獨特，我連在台北市都可以找得到這座山，你只要選定一座高樓，往東望去，穿過松山機場，穿過內湖的五指山系，極目所見的三角形山峰，就是基隆山了，這座山在基隆的家中也可看到，幾乎每天舉目可見，突然這麼靠近地看著它，有點不真實。

山，我只爬過一次，那條登頂的路，在長草之間，沒有遮蔭的地方，也沒有可停頓的歇憩地，你只能一路往前，往上，然後直抵峰頂，好像人生的進路。那次，我爬了四十分鐘，氣喘吁吁地登頂，從山頂望下去，就是東海與太平洋交接的神秘海域，山風逼人。後來，我再也沒有那樣的勇氣和腳力了，只有在家中仰望，想著〈基隆山之戀〉的歌詞和旋律。

算是一次意外的小旅行，旅行中的風景總勾連著過去，旅行中的同伴則談著生活和台灣的處境。

146 時光之路——九份輕便路

賴桑的九戶茶語就開在輕便路旁。賴桑對初訪的朋友說起這條建於日治大正初年，拆於光復後的輕便軌道，頓時把時空拉近了。輕便路延伸著基隆濱海小鐵路接到瑞芳、九份，穿過基隆山隧道，一直到終點站金瓜石，是當年運礦載人的重要交通幹道。現在只剩下路基，路面的寬度告訴後來者當初這種半人力推駛的台車寬度，此外，什麼也沒有了。我突然憶起基隆海濱那段荒廢又荒涼的小鐵道，沿著沉寂的海岸鋪設，我曾經路過，也懷疑它為何孤零零地存在那裡，沒有月台，沒有旅客，成了記憶時空的裝置，或者，更浪漫地想：搭上這小鐵路的火車，你將回到大正初年，九份最繁華的年代……。

當賴桑提起輕便路時，有點耳熟，好像在哪裡讀過？回家後，在書架中翻出七等生的小說，《散步去黑橋》，其中有一篇小說〈迷失的蝶〉就是以九份為背景寫成的，也提到了輕便路。原來，我在書中早來過了這地方，而我不知道，我在無意間拍下的照片，取角好像是依據小說的敘述場景、氛圍而攝。小說這麼敘述著：這礦區的山村，滿山坡都是石頭砌成的矮房子，像腸子似的蒼白水管，由山澗引過來穿過每一家廚房的牆壁……沿山壁開闢的平坦的道路，還有往昔運送礦石經過的輕便車道的轍跡，鐵軌已經撤掉了，留下水泥鋪設的規則的凹痕，漫長的一條迴路，現在只留下一盞路燈……。

九份現在的石砌矮房已殘留不多了。印象中，台灣的小說家除了七等生，沒有人寫過九份這座迷人的山城，如果不是師範學校畢業後，被分配到這裡教書，為這山城留下文字書寫，一直要等到《悲情城市》開拍後，才會被世人注意到這個集繁華蒼涼於一身的遺世小鎮。九份如今以另一種懷舊尋夢的夢想之城，再度熱鬧了起來。我沿著輕便路想去久聞其名的樂伯二手書店，發覺正在裝潢，看不出來曾經是書店的氣味，彷彿正在裝修咖啡館或民宿。是我來遲了嗎？賴桑說九份還有菜車，賣菜的車？好鄉土的記憶。也許有一天，我也要開起書車，或許是人生下半場的路。

昇平戲院前的廣場一側，是當年輕便車的車站，車站當然沒有了，趁機一探這家老戲院。除了主體結構和放映機，戲院座椅幾乎全是新的，不過這戲院還留有優雅的迴廊和舞台，像教堂。

這種有著迴廊的老戲院，我曾見識過。年輕時在淡水鎮求學，鎮上有三家戲院，其中的淡水戲院就有著這樣的迴廊，我記得我站在迴廊邊上，看完了《羅丹與卡密兒》。電影落幕後，彷彿還可以聽到女主角撕心裂肺的呼喊著羅丹，羅丹，就在迴廊間傳盪。

今時與彼時，在這場小旅遊，意外相連，喚起了記憶，小有感傷，當然這樣的傷感，也無非是中年罷了。

147

冬日的週末下午

出淡水捷運站，從溫暖的車廂走入寒冷的風中，陣陣的狂風夾帶雨絲，連傘也幾乎撐不住，久遠前的記憶，被寒風冷雨喚醒，淡水的冬天，就是這麼冷。雖然是週末，因為寒流來襲，沒什麼遊客，一片冷清。我沿著河邊走往有河書店，又有一陣子沒有來了。

淡水的改變很大，尤其是這河邊的風景，連河中的沙洲也改變了形狀長度，河流被填土後的河岸推到二十多公尺遠處，過去漁舟沿岸停泊的畫面，再難想見了。我也很難想像當日的河邊戲院，淡江戲院，一棟獨立的舊穀倉，如今位在一棟商場的大樓中。這個戲院到底有多久的歷史，沒認真去查考，只記得施淑女老師在這裡看《廣島之戀》，我在這裡看了《俘虜》、《錫鼓》、《四海兄弟》……，尤其是《四海兄弟》的印象最深，三個多小時的長片，坐在戲院老式的木椅上，看完電影，渾身痠痛。

我進到書店的時候，沒有其他客人，店主在櫃檯上，整理書目和資料，貓則竄進竄出，我和主人打了招呼，就瀏覽起架上的書。非常安靜的下午，連我也收斂了聲息，不敢打擾這份寧靜。書店裡有淡淡地音樂流洩，不知是什麼專輯，偶爾也聽到胡琴的聲音。小書店受限於空間，陳列的面積小，不可能書種齊備。然而正是在這樣有限的空間，讓人更專注於看著書，我看到了幾本已遺忘的書，也看到了一些新書，發覺想買的書真多。更糟的是，我不確定我是不是已經買過了。如果記憶可靠，就不會重複買書，但重複買的書，一定是你念茲在茲。

挑了幾本書，最高興的是買到《番石榴飄香》，一本馬奎斯的訪談集。我知道這本書很早，當年編輯《迷宮中的將軍》時，書後收錄的訪談，就出自這本書，我始終沒有找到中譯本，看到這本書，真是太驚喜了，十分興奮地買下。有些書錯過了，就沒有了。幾天前上「經典也青春」的節目，主持人陳蕙慧才對我說：你有沒有感覺，真有閱讀之神……。我相信有，就像小津安二郎也相信有電影之神，現在祂再一次現身，帶著這本眾裡尋他千百度的《番石榴飄香》。

我把結了帳的書帶到書店前段的書桌坐下，面對著觀音山和淡水河，翻了起來，很快地掃讀了剛買的四本書。這樣安靜地閱讀，真好，直對山水，直面本心。寂靜的天地，唯一的聲音來自河面，河面上一艘小漁舟快速地航行，穿風破浪，撲撲的引擎聲又把我拉回現實，原來我還在書店裡。

離開時，遇到一家三口來到書店，我很高興我不是唯一的客人。

148 遠方的雪

早晨醒來，先看新聞，看台灣哪裡有雪，根據日本氣象台早先的預測，認為台灣一月二十四日會下雪，我心裡懷疑，可能嗎？結果，許多想像不到的地方，真的下雪了，連低海拔的山區都有。據說基隆也下雪了，在楨子寮附近，但我沒去踏雪。天真是冷，冷到頭有點痛。臉書上許多朋友在自家賞雪，尤其住在山上或山邊的朋友，雪不是落在庭園，就是落在樹梢，或附近的山丘，真好，應該有一種幸福感吧。

我走到陽台上，看著遠方的山，山上果然有雪，薄薄的一層，輕覆在山頭上，薄得像一層白紗，輕得像未醒的夢。遠方的山是大尖山系，我看過去的方向應該是平溪往汐止一帶的山區吧。我想，雪讓人興奮，是因為少見，既然已經這麼冷了，就來一場雪吧。雪真的下了，下在高山，下在小丘，甚至也下在平地。我想起很久以前讀過的一篇短篇小說，小說中描述從迪化街的街屋上，可以看見遠方大屯山的雪，在沒有高樓大廈的時代，大屯山是很容易就被看見的，但是，雪？

我想那樣看雪的距離和現在差不多吧，該再把小說找出來讀。我不知遠方的雪到底積雪多厚，不過這是人生第一次，在家裡不用出門，就可以看到雪，印象難忘，很不真實。但不意外的，在這樣的寒流中，還是有許多人因天凍而死亡。每年一、二月間，住家附近常響起救護車嗚嗚的嗚聲，不斷地從山腳傳來，無分日夜，駛往基隆長庚醫院，冷天裡的危機。

隔天，往台北的路上，從高速公路上往大尖山的方向望去，雪已經褪去，只留下一點痕跡，很快就要融去，雪成了昨天的記憶。

我初讀情人的青春

挑了莒哈絲的《情人》上「經典也青春」，很少一本書同時符合經典和青春二詞，接到邀約的當下，腦中浮現的就是《情人》這本小說了。莒哈絲一生的經歷，真是精彩，不管是生活的軌跡，或是情海的翻騰，甚或旺盛的創作。做為女性作家，她的名聲和活動力，都不下西蒙波娃，即使到她生命的末段，都還有年輕的情人相伴，這種輝煌的情史，好像在在為自己的著作下註解。對照她十五歲半在湄公河的渡輪上，遇到大她一倍歲數的中國情人．她最後的戀人，一個青年男子，恰與年輕的她相映照，令人自嘆弗如。很難想像未成年的她，就展開驚世駭俗的狂戀，不管社會觀感，我行我素，而後，她回轉法國，開展了心向寫作的命定之路……。

我大學時讀過這本小說，當年這本書是由名家胡品清教授所譯，當我要重新出版時，翻譯的人選花了一番心思，原本商請中央大學法文系蔡淑玲教授翻譯，她轉介了任教北京大學法文系的王東亮教授。拿到王老師的譯稿後就十分喜愛，文字簡潔，帶著抒情的透視，讓重讀《情人》的我都感覺到無所不在的詩意。一本既是小說又是自傳的經典，許多的段落值得反覆諷詠，我幾乎一開始就被小說的調子迷住了：在我的人生中，很快就太遲了，十八歲就已經太遲了……。相較於莒哈絲，你真的會問：我們活過了嗎？

《情人》之所以重要，是因為她的許多重要著作，都在這本經典中．找到生命中相對應的段落，一條創作的時間軸。當然，這種體會是當年沒有的。不過．當年讀的時候，就發現《情人》其實還指涉著一種關係．一種曖昧的情人關係，隱藏於倫常之間，不能明說的隱射。家庭關係裡，蘊含了強烈情感的風暴，這也是這部小說可怕的地方，充滿了異色感。我讀過莒哈絲的《如歌的中板》，完全不知道在讀什麼，讀的時候只感覺一種中板的調子，中庸的敘述，重複的沉悶，讓人昏昏欲睡——，所以她屬於新小說派的作家嗎？她自己不認為是，我則認為她一生的創作，不同時期有不同的風貌，很難類歸。

不過，莒哈絲不會同意我的讀法，她說：我生命的歷史並不存在，那並不存在。沒有中心。沒有道路。沒有線索。這段話很符合她的生命情調，充滿了辯證和辯詰。因此更加耐人尋味。

150 苗栗半日

如果不是苗栗高中吳作楫主任的邀約，我大概沒有機會來到苗栗。南來北往的車程中，我總是從高速公路上或高鐵車廂中看著苗栗的山光樹影。

這是第一次到正式的文藝營演講，分享出版與閱讀的故事，幕後擘畫推動的，正是苗栗高中的圖書館主任吳作楫。五天充實的文藝創作分享課程之後，我想同學們應該已經聽了很多大師的演講，所以我就放簡報檔讓他們欣賞一下外國書店的風光。在放映之前，我問：常到書店的同學請舉手？沒有人舉手。苗栗沒有書店，他們說。咦！苗栗沒有書店？那你們去哪裡買書？我們只到書局買參考書；我們在網路上買書；我們到新竹市去買書。好，我明白了。他們說，原先這裡還有金石堂書店，去年也結束營業了。我不禁想起基隆，然而，基隆的人口更多，更密集。我在放簡報檔時發現，我之所以喜歡拍書店裡的讀者，是喜歡他們臉上那種專注和滿足的神情，我覺得閱讀讓人有神采，好像足以抵抗外在風雨，和人世炎涼。在閱讀的世界裡，沒有尊卑。

結束放映後，我不知同學聽了多少，但是很認真地聽他們的提問。同學問：有什麼書單可以推薦給高中生看？這個問題真不容易回答，書太多了，我說，我想一下，我離高中太遠了。突然想到剛重讀的《寂寞的十七歲》，我覺得高中生很適合讀這本小說，它不但是一個作家出發的源頭，也是後來許多作品的萌發點。當然，我沒說那麼多，我還推薦了一本紀實的文學，《帶著希羅多德去旅行》，飽含一個偉大的記者青春的心情，和獲得啟蒙的狂喜。重點是，文字平實深刻又動人。有同學針對我寫的那篇〈倉庫〉提問：既然書賣不出去，為什麼不捐出去呢？真是好問題。我有點氣弱地回答：有啊，也常在捐書，但無法大量捐書——這個解釋其實有點難以啟齒——因為每捐一本書都要開出發票，而國稅局則要依發票來課稅。我有一次大手筆地捐書，下場就是要補足這些捐書總額的稅金。還有一個問題最有意思：你每天都在接觸書，都在閱讀，接觸字，你最喜歡的中文字是哪一個？好難的一題。如果是一個常用的語詞，我大概可以說得出，但是單獨的一個字，我最喜歡哪一個字呢？

我沉吟了一下，小心地回答：我。為什麼呢，他繼續問。我說不管是就作家或編輯來說，都是從「我」出發，敘述著或編輯著自己想說的故事，沒有不自戀的作家，我最後說。希望他滿意這個答案。我後來問他：你自己的答案是什麼？別的老師怎麼回答？你收集了多少字？他說：你是我第一個問的老師，這個題目也是臨時想到的。我重新打量著這個同學，突然覺得敬畏，我在這樣的年紀，其實沒有想太多。

多年不見的大學同學劉玉龍意外出現在台下，突然覺得心虛，好像回到做口頭報告的年代。晚上和李喬老師一起吃飯，聽他說創作的故事，和田野考察的往事，每一本小說的寫出，其中的苦心孤詣，只有創作者知道。在安靜的巷弄裡，吃著客家菜，想起台灣還有許多地方不曾走訪，還有許多故事不曾說出。

往高鐵站的路上，看到貓貍山風景區的告示牌，我想起苗栗的由來。在寬闊的道路上行駛，車輛稀少，路顯得特別寬敞，對開車的人來說，真是舒服。我卻想著另一件事：這樣的開發效益和成本要怎樣平衡呢？開發背後的真實利益又是什麼呢？黑夜裡，工廠的白煙依然無止歇地排放，往天空逸去，像是罩在工業區上方的白雲，我問：這裡是頭份嗎？是竹南，開車的阿楫回答。

151

老靈魂和老屁股

和三泰哥約在羅斯福路上的酒吧碰面，我繞了一點路才到達，因為下錯了站。來之前，在西門站換乘捷運時，離約定的時間還有空檔，我就坐在路邊椅子上，滑著手機上臉書，突然有個大媽停在我面前，問阿宗麵線怎麼走？阿宗麵線？很久沒想起這個名字了，我告訴她方向，她道謝後大聲地對前方的一群人說：同志！阿宗麵線在那棟大樓後面。同志？原來我身處一群陸客中。同志？他們還用這個詞嗎？

多年前和三泰哥聯繫過，但從沒見過面。那時向他調借金恆煒總編輯的照片，最近他出了一本我從沒想過的《到艾雷島喝威士忌》，又在臉書上偶遇，剛好他要上台北，就約了碰面。我說沒想到是因為他向來拍的主題和影像風格充滿了人的處境和人的關懷，都是黑白色調，而彩色攝影，威士忌，旅行這三者實在很難聯想到謝三泰。

當然背後一定有故事，這故事的本事就是和他太太，本書作者梁岱琦一次尋酒之旅後的產品，書出後，不少人也帶著書尋訪威士忌的故鄉。我很喜歡這本書的封面照片，那照片上的藍天白雲，讓我想起一部以威士忌為名，卻更多在描述人生的《天使威士忌》。

雖然是第一次見面，並不陌生，有共同的朋友，和共同的話題，我們也聊起澎湖，他的故鄉。我問他認識專寫澎湖故事的小說家呂則之嗎？他說，從沒見過，很想認識。我有點為難地說：我來試試，但沒把握，我編了他三本書，大多以電郵電話聯絡，至今沒一起吃過飯。說到這裡，我才想到，我連他有沒有喝酒都不知道。三泰哥說，《海煙》真是寫得好。那是我大學時讀的小說。

三泰哥出生澎湖，在台北闖天下，差點去跑船，攝影是靠自己的摸索。他說第一部相機是當兵時努力存錢買的，我忘了問他的第一部相機是什麼廠牌？我問他怎麼會走上攝影這行？和他在學校的學習，也和他的生活環境完全無關。他說他讀了當年遠景出版的日據時代的台灣小說，深受衝擊，他說了書名，有些我也還沒讀過，真是慚愧。從文學走向攝影，多麼大的影響，難怪他的鏡頭下，總有著蘊含深厚的人文氣味。

我們相約的酒吧，我雖沒來過，卻聽奕嵩提起過，酒保說奕嵩昨天才來過，我想今天應該不會來吧。我對三泰哥說，我還欠奕嵩一篇稿子。提起這個名字沒多久後，他突然喊了一聲：奕嵩。我回頭看，真的看到債主了。我問：你不是昨天才來過的嗎？他和幾個朋友過來，一起度週末夜，我說，我們三個老屁股來拍一張留念吧。

通常他到酒吧的時間，就是我要離去的時間，我身上烙著灰姑娘的南瓜咒語。我和三泰哥一起離開酒吧，走在羅斯福路上，溫度有點回暖，酒精的濃度幫忙抵禦寒氣。剛才喝酒的時候，提到許多人名，其中一個是康寧祥先生。我對他說：我們剛走過康先生的辦公室。我們在捷運站上分手，他要回去現在住的地方，過去叫三腳渡；那地方，也是我童年到青春期住過的地方，而我現在，住在三腳渡的上游。

152

雪後

去見白老師，在白老師住處的樓下站了一會兒，因為比約定的時間提早到了，白老師不是還沒回到家，就是另有訪客。過一會兒，我按了門鈴，一個女子應門：你可以上來了。上得樓來，擦身而過的是趨勢科技的陳怡蓁執行長，她說：咦！你是允晨那個——編輯？是的，我是。我說，我們好像在做衛兵換哨的動作。

白老師只有一小時的時間，但這一個小時真難得。很難得有機會和白老師單獨聊天，他的行程太滿，總是被一群人包圍，當然，不少是像我這樣的編輯同行。一年總會有一天的一個小時，和白老師閒聊一年的經歷和心得，白老師臉上帶有倦容，但仍然十分熱情，他說不曉得怎會這麼忙。除了電影宣傳，他也忙著編書，一本是夏濟安、夏志清兩位教授的書信集；一本是他在台大開講《紅樓夢》的講稿，兩本都令人期待。前者由聯經出版，後者由時報出版。我在舊書攤上買過夏濟安教授的日記，也有他精選精譯的美國短篇小說集，如果他活得長一點，不知還會留下什麼寶貴的文學資產。

然而，我更好奇的是白老師如何講《紅樓夢》？《紅樓夢》除了代表一種小說藝術的典型，和中國章回小說的登峰造極之作外，它的影響更為深遠，遠遠地影響後來的作家，成為取經的範本，和孕育的土壤，像張愛玲，像白老師，他們作品中《紅樓夢》的影子很深，像是揮不開的紅樓魅影。白老師說他從美國大學退休後，就沒想過會再教書了，不過，想到是回台大為學弟妹開課，就答應了，原本只講一個學期，但學期結束後，只講到四十回，為了第二學期能講完，就增加一個鐘點，每次三小時，沒想到，還是講不完，只講到第八十回，於是，就講了三個學期，他說老教授備課是很緊張的。我問：那作業怎麼批改呢？他說四百多人的作業，怎麼批改？改不完啊。

《紅樓夢》是我小時候的讀物，用來打發沒有電視的時間，印象極深。我說《紅樓夢》最厲害的是人情的透徹和人物的刻畫，每個人都有各別的人格和形象，太厲害了，甚至，丫環們還壓過了主角。就是，白老師說，你看那劉姥姥，即使到了中國工農兵文學起來，那麼多的人物描寫，還是抵不過一個劉姥姥。書不用寫多，縱使文壇江山如此多嬌，曹雪芹一本《紅樓夢》讓後代無數文人競折腰。

我也和白老師聊起他的新作 Silent Night，我說很喜歡，也很感動，而且小說的味道十足，小說味和醍醐味一樣，易懂難得。白老師說他幾年前在爾雅出了《紐約客》，但總覺得故事還沒說完，我說，那就繼續寫啊。我曾以為作家到了生命的晚年，創作力衰退，力道不足，但看了谷崎潤一郎的作品，真是嚇一跳，這老先生的筆怎麼那麼厲害，那麼有力量，看來慾望真是一種驅力，而且不脫人性。

我送了韓秀的《尚未塵封的過往》，和蒙迪安諾的《環城大道》給白老師，白老師說每個人的現在都不脫過去的影子，信然。這也是為什麼我會出版《環城大道》，我想弄清楚這個作家的過去，雖然，還是一團迷霧，像行走的暗影。他知道我出版做得吃力，鼓勵我，「不要氣餒」。他說，書賣得好很重要，但更重要的是你出了什麼書？你要想辦法影響重要的少數人，將來你看著你出版的書，你會知道你對得起社會……。我想起了《現代文學》和「晨鐘」的年代，我也算是間接被影響的一代。

我對白老師聊起誠品敦南所在的大樓將要拆除的傳聞，我記得《現代文學》重新出版全套期刊的那場酒會，就在誠品書店，我參與了出版的工作，但並沒有參加酒會，不過，我見過那樣的盛況，二十幾年過去了。我對白老師說，我現在也五十歲了。你也五十歲了？他顯然很驚訝。我想前年底的單車意外，事實上也在提醒你的年紀和反應。

一個小時很快過去了，聊了很多，但也都只能點到為止，他還要我去看顧福生的畫展，他覺得他的畫作被低估了。我相信。我對白老師說：《寂寞的十七歲》和《孽子》封面上的顧老師作品，真是厲害，陰鬱，濃重，太有力量了。白老師要趕赴下一場約會，我陪他走到約定的餐廳外，裡頭有其他同行。

今年的台北，真是冷。我最後對白老師說：《孽子》舞台劇最後的踏雪尋梅歌聲，真是神來之筆，它讓沒有出口的人生，青春，有了一點希望。

153

酒話

酒桌上，有時會有不預期的談話，話題天南地北，我能談的話題，多半限於書或出版，其他話題很難聊。幾天前，和同桌偶遇的人聊天，聊到發表會和書的銷售結果，我說，如果不是親友團，只是隨機入席的讀者，效果通常不佳。朋友的反應很直接：那一定是講得不夠精彩。

也是，讀者粉絲會想聽作者第一手分享的心情，但如果作家的言說能力不佳呢？弔詭的是，作家本來就是以文字書寫來喚起感動，一旦聽現場敘說，中間存著期待的落差，夢想破碎，大概就打消了買書的念頭。我知一些大作家口才不佳，甚至口吃，例如揚雄和司馬相如，在這樣訊息即時，口語傳播的時代，恐怕會吃大虧；旅法的朋友曾告訴我，蒙迪安諾在一次電視專訪中，面對提問，甚至無法清楚言說，而緊張落淚。或許如此，他才更能長時地待在安靜的書房裡寫作。話語真是一種專業。

這朋友也對書的過度包裝不滿，認為現在的書都太厚，太重，太累贅了。不能像外國的書嗎？紙張不能輕一點嗎？都是好問題，見解正確，法國的伽利瑪出版的諸書就是好範本。但我沒把握，當所有的書都是這種樣貌規格，讀者要從新書平台挑起一本書翻看，恐怕也有另一種選擇的困難，那種難度不下《神隱少女》中的千尋，要在一群型態相似的豬中，辨認出自己的父母。這些問題，直到今天我都沒有清楚的答案。

另一次的酒桌上，與一個衣著輕便，年紀略輕的陌生人為鄰，我們隨意喝著酒，吃著才從台北夜市買回的小吃，非常放鬆。他問我從事哪一行？我告訴他，出版業，但沒說哪一家。介紹自己是尷尬的，萬一講了半天，還是沒印象，就更尷尬了。我問他從事哪一個行業？怎會來參加今天的品酒會？他說自己是無業遊民。突然有些同情，我說：現在工作真是不容易啊。我一時沒想到，無業遊民怎會付費來聽品酒師介紹酒呢？很快地，我覺得身旁這仁兄很有故事，他除了不騎腳踏車，所有的交通工具都使用過了，不僅如此，他還擁有自己的帆船和小飛機。我說：你不是無業遊民嗎？他說：是啊，我是生活家。我說：真抱歉，我收回對你的同情，我剛還以為你失業了。

他的手能不能握飛機的方向盤我不確定，倒是品酒功力一流，他對我說我們正在喝的酒溫度不夠，而且開始起毛邊了……。毛邊？他能講出這個詞，我肅然起敬。我說，你其實不用來聽講師介紹的。我雖也好奇他的真實身分，不過，萍水相逢，也不準備交換名片。隔天酒醒，也就淡忘了。

154

青春或青春不再的夜

新手書店的地理位置很特別，它就開在一條滿是各國美食的餐廳街上。我就是特別選在街角，我要吃完飯或路過的人都能看到這家書店，要讓書店滿滿的人潮吸引過路客的目光，書店主人鄭宇庭說。他說話有點緩慢，但樂觀又堅定。當書店一家一家收起來的時後，還是一直有年輕人投入這古老的行業，雖然書最蓬勃美好的時代已經結束了，但是獨立的年輕書店要以各自的力量，要撐住這人文化育的灘頭堡。

我是間接地知道這家新書店的。去年夏天，我重訪了闊葉林書店，店主要我去一訪一本書店；我去了一本書店，十分喜愛，這家店主又要我到新手書店看看。這樣，我來到了這家在街角由鐵皮屋搭建的獨立書店，利用街角的畸零空間，宇庭和地主協商後，搭出了一個長形透光性極佳的書店，然而，如果你只是過路客，你會覺得這家書店在這個位置，以這樣的形式存在，簡直是渾然天成。來之前，我看過照片，但親訪後，被書店的克難簡潔所感動，書店裡的選書很特別，書架也很特別，近看是樸拙的三夾板釘成，外皮是松木。專長是兒童文學的店主，賣的是以成人為主的人文書，曾在學校教過書，但書店才是他的人生夢想。他認為夢想就要勇於實踐，多麼令人佩服和讚賞的勇氣。我在書架上挑了一本史坦貝克所寫的《俄羅斯紀行》，然而真正吸引我的，還不光是史坦貝克的神奇旅行，而是這本書的攝影者，二十世紀最偉大的戰地攝影記者，馬格蘭通訊社的發起人，羅伯・卡帕。宇庭說他在櫃檯就看見我挑這本，他一直很好奇這本書會被誰買走。他說，每次只要這本書賣出去，他就會繼續補書，雖然不確定何時才會賣出，他就是想賣這本書。我笑了。

我可以理解。大學時，在校門旁的書攤上工讀，只要有人到攤位上要我介紹好看的書，我就會拿起阿城的《棋王・樹王・孩子王》，我那時很入迷。每次下班後，老闆盤點時，發覺這本書一直需要補書，他好奇地問：這本書怎會賣得這麼好？這次來到新手書店，主要是為《我的黨外青春》舉辦分享會，作者廖為民帶來許多難得一見的黨外雜誌，除了過去工作時的老朋友，現身助陣，包括前台中縣長，詩人廖永來。可喜的是，現場也來了一些年輕的朋友，包括想想論壇的專欄作家張肇烜；更有意思的是，分享會結束後來了一位白髮神秘客，我沒預期他會出現，他就是台中在地，著名的音樂人，李坤城。

不管是出版本身，還是書店，總是好消息少，壞消息多，也不斷地有人討論。至於我，早已不再去前瞻或預卜了，我把握還在從事出版的這個當下，就是做吧，Just do it。

155

在或不在的青春

自稱是我的頭號粉絲，是服兵役時，晚兩個梯次的學弟，這次到台中，決定到他家借宿。前次他邀我長聊，來去匆匆，一直未果。這次我搭了高鐵的接駁車，在科博館下車，他開車接我到他家去。我有點後悔，光是在路口聯絡如何碰面的時間，就足以走到他家了。不過，不管怎樣，都不好婉拒他的誠意。上了他的車後，我說：下次可以開加長型的禮車來接嗎？

進到他家後，我忍不住先往他的書櫃移動，好像做內務檢查，允晨的書還真有幾本，夾在「投資理財」和《鬼吹燈》的中間。我好奇地問：允晨的書是你本來就買的嗎？他太太笑說，是找到你以後。和這個天兵級學弟重逢，也是拜臉書所賜。雖然我們只差兩個梯次，但是入伍大約半年後，就很少看到他了，他因為不討連長所喜，到處支援公差，日子反而過得極自在；我無膽為惡，成了他的對照組，多了很多不屬於我的工作。往好處想，因為很少休假，反而存下錢，退伍的時候買了生平第一部摩托車。這次雖也是雜談，與前次頗多重覆，倒是讓我想起兩個很久不曾想起的朋友，一個是排灣族的中士阿光，睡我鄰床，膚色極深，眼睛極大，有一次半夜起床，發覺他也睜大著眼睛看著床頂，明亮的眼神猶如星光，是熄燈後的暗黑寢室中，唯一光亮，我忍不住笑了。他每次叫我上哨的聲音尾音上揚，像在唱歌。我退伍後，他調到當時的八〇五院區駐守，曾去探望他一次，終究還是斷了聯繫。他不吃海鮮，每次遇到連上加菜，他都躲在一旁吃泡麵，不知現況如何。

我還想起一個軍官，後來成了朋友，也是聯繫過一陣子，就斷了音訊。提到這個名字時，突然想起一本書和一家現在已經不在的書店：那本書的作者是吳念真，書名是《特別的一天》；書店是新竹市中心的展書堂書店。有一次休假，清晨離開關東橋營區，當時揹值星的他，送我這本書，說是幾天前在新竹的書店買的，我忘了他送給我是因為他覺得我會喜歡？還是他買了之後很後悔？但我記得很深刻，這本書讓我從清大前的中興號候車處上車後，一路看回台北，抵達台北時，書也看完了。重點是，如今的我雖完全不記得書的內容，卻記得當年看得很感動，車行途中流下淚來，還好沒有人看見。

我現在看書還是會掉淚的，多半是眼睛疲倦痠澀的緣故。

156 一種江湖

華燈初上的夜晚，走進林森北路的巷子，車輛不多，行人不少，幾間酒家的前面，站著笑容可掬的小姐，一邊發著店卡，一邊親切地用日文打招呼，我微笑頷首，後來，還是忍不住回答：我不用，謝謝。

通過巷子，來到巷底，一個朋友又大擺酒席，這次號召的理由是，請朋友們一起品嚐酒家菜。對我來說，酒家菜的印象和越來越少吃到的米苔目等同，都是兒時的記憶。當年許多媽媽們也會做酒家菜的，特別是那些想上酒家，卻去不了的一家之主，會去雜貨店裡買了幾瓶紹興酒或高粱回來，在家裡擺酒席，邀朋友共度歡樂熱鬧的夜晚。小孩子也很高興，至少又有菜尾可吃。媽媽們比較辛苦，一直在廚房裡熱菜。太久沒吃到記憶中的菜餚，喝到先上的魚翅羹就快受不了，連喝幾碗，更別說接著上的豬肝，魚膘，排骨酥，五柳魚，一道也沒放過，等到經典的魷魚螺肉蒜一上，幾乎要投降了，於是金錢蝦餅、雞捲就輕輕放過了。

想起來，小時候曾和父親去過一次酒家，當然，那次應該是被賦予著任務。我不記得吃了什麼，倒記得喝了不少汽水，當然，我也把父親帶回家。請客的是父親的朋友，聽說是船長；不過，在那之前和之後，都沒再見過。印象中的酒家在西門町。

這個晚上的神奇不在菜餚本身，而是餐桌上酒類品項之多樣或複雜，超過我的想像，也完全不是我的習慣。不過值得一記，引為後戒。我坐下後，先是喝了店主珍藏的金門高粱，真的香醇，忽然有人拿出了我念茲在茲的弥山大吟釀，我就換酒喝了。沒多久，又有人拿來我人生首見的白毫烏龍酒，我從不知白毫烏龍也能釀酒，非得嚐試一下，酒一入口，不得了，確有茶香，但酒精的濃度更甚高粱，立時頭暈。我其實都坐在原座，但總是不斷有人拿出新酒來試，好像品酒會，有一個新朋友拿出了另一款得獎品第甚高的清酒，要我們品評。我開始覺得酒意上湧，覺得是該回家的時候了，就向東道主辭行，主人說：哪有這麼早退的？我們還沒喝。於是，我又和他喝起了威士忌混著白酒，一口，二口，三口……。最後，我雖然直的走出了餐館，但就像街道上大多數的人，步行踉蹌。我想讓身上酒氣散些，就沿著南京東路往東的方向行走，忽後，遇見好久不見的石守謙教授，這台北市，真是處處崗哨。我遠遠地向他鞠躬，就快步離去，不敢靠太近，以免對我酒測。

酒桌上，有人說：人在江湖，沒有不挨刀的，真是至理名言。這樣的飲法，還真是江湖。

157

錯過的季節

中午和好久不見的秀如餐敘，多年的好友，總是不忘彼此加油打氣，想著如何走出出版的谷底。我不是教徒，卻浮起「我行過死蔭的幽谷」這個句子。我們約在開幕六個多月的欒樹下書房見面，雨後的溫州街，非常安靜，只有少數的行人，偶爾有摩托車經過，濺起一點積水的水花。

第一次進到這家書店，發覺是間非常迷人的書房，充滿了書香，光影，和綠蔭，你來到一家書店，你會清楚地知道店主是不是知道書的人。入口處的桌檯，擺滿了台灣文學館二〇一六年的年度文學讀物，允晨有兩本陳列在桌面上，分別是《書寫者，看見》和《哭泣船》，真是驚喜相遇。秀如曾介紹三位作者給我，一是張圭陽，一是劉紹華，一是曾明財，介紹給我大概也是知道我會有興趣出版他們的著作。想想，我真的編輯過不少作家人生中的第一本書，我喜歡走自己的路，即使，那或許是死蔭的幽谷，偶爾還是會有天光落下。

離開了書房，我沿著溫州街走到底，轉去了胡思二手書店，意外地看到了絕跡江湖已久的幾套珍本武俠小說，《楚留香傳奇》，《白玉老虎》，《絕代雙驕》。第一次看到出版前輩賴阿勝的名字，就在《絕代雙驕》的版權頁，那時可能是小六或國一。翻著這幾套珍品，我突然好奇：臺靜農教授親題《楚留香傳奇》的書名時，他心裡想著什麼？他真看過了古龍的武俠小說嗎？看到這些當年被盛怒的父親丟到基隆河的武俠小說，有一種久別重逢的激動和欣喜。沒想到我居然還有機會再看到，便放縱自己全數買了，不知，父親會怎麼說。

古龍和陳映真是成功中學的同學，兩人後來都成了我淡江大學的學長，兩個人的創作都深深影響著不同人生時期的我。真是文學因緣。

158

書，最後去了哪裡？

回母校和系上學弟妹分享一段影片，影片是我和同事在倉庫中的工作情景。看完了影片，學妹問：書，最後去了哪裡？

這是個出乎意料的問題，好像簡單，也不難回答，她其實問的是一個存在的問題，也是一個終極問題，這個問題是每個出版人每天都在面對的問題。在固定存放的空間裡，怎麼樣讓新舊書並存，有自己的位置，彼此的空間位置又該如何分配？如果倉庫的空間夠大，鄉愿或偷懶的辦法，就是把退書或風漬水潤、無法再銷售的書打包，往角鋼書架的頂端上堆疊，或找地方塞，直到有一天，你發現連走路的通道都沒有。

我待過這樣的倉庫。照理說倉庫不會是我應該待的地方，然而，有一天，我的主管發現倉庫已經無法正常出書運作了，要我到倉庫幫忙。我印象極深，好像突然置身在書的叢林中，而且感覺到坍塌的危機。之後，我還是不時來到倉庫，每次到了倉庫，有身處迷宮的魔幻感，在這裡，只有你與書安安靜靜地相對，每一本書好像都有自己的秘密，這個祕密就是它們曾經被流通到書店去，被擺放在平台，被翻閱，最終卻又來到了它們最早的棲所。我可以感覺得到，感覺得到書身上的傷痕，每一道都是一次運送的印記。我對書的情感很特別，有莫名的牽繫，也許就像鞋匠精心製作一雙雙的鞋，被不同的腳的主人，穿走了，不再回來。留下的鞋子，等待下一雙腳的主人，慢慢成了年深日久的舊鞋，永遠沒有被穿走的機會，一直留下來，直到腐朽，遺忘。倉庫真像森林，遺忘的森林，而堆疊的書，有時被蟄伏森林裡的白蟻蠹蟲清理，化成了紙屑。

我回答問題時，十分心虛，我說：有些書，最後去了紙廠，溶成紙漿，以新的樣貌，重新變成書本，就像蝴蝶，也像輪迴。我沒有說的是，那段旅程，我通常沒有跟車，只有目送。

159

尉老師的兩個夢

為了幫《文訊》採訪尉老師，去見尉老師，坐下來，還沒開始提問，尉老師就先開口了：我最近做了兩個夢，一個和你有關。我就很認真地聽：我夢到我走進了紫藤廬，但紫藤廬有點不一樣，擺設的位置改變了，裡頭多了一個像冰箱一樣的書架。書架上有許多書，都是關於《易經》的，我從來沒讀過。我問周渝，這些書都是哪裡來的？周渝說：都是從世界各地搜來的，很珍貴。我心想，等明天天亮的時候，要告訴志峰，叫志峰來出這些書。我就一直等，等天亮，然後，天亮了，我就醒過來了。

另一個夢呢？我問尉老師。

我夢到在書架上抽出一本鄭學稼的書，書裡掉出一些照片是彩色的，托洛斯基的照片。托洛斯基？尉老師：是，他被刺殺的照片。

我還沒開始採訪，就掉進尉老師的兩個夢裡，一時無法回神。長期臥床的他，想的還是這些淑世的事，夢到《易經》，夢到我也就算了，但是托洛斯基？這也太遙遠了，連俄國人都快忘了他和沙皇時代吧。然而，年輕時讀的書，左派的理想，還出現在尉老師老年的夢裡。

過去和尉老師聊天時，總是任他海闊天空，但真正要進行採訪，我卻猶疑了，不確定能否把他拉回來。我才開始問他的成功中學生活，他就從紀弦的課，講到三〇年代中國的上海租界地……。任之是對的：老先生，你沒辦法。但尉老師也是對的；他既然名為「天驄」，天馬行空，也是理所當然。我暗自嘆了口氣。《文訊》交給我的第一件採訪差事，眼看是搞砸了。

兩個月沒來，客廳裡有尉老師新寫的字。尉老師又開始提筆寫字了，小阿姨說：手的痠麻沒有改善，但也沒惡化。我對小阿姨說：新年快到了，應該來寫春聯。小阿姨說：好！你推尉老師到政大校門口，陪他賣春聯吧。

160 走春

我又來到小漁村，新年假期中的漁村，更安靜了，連狗吠聲也沒有，只見到一個漁夫，正把一堆浮球堆放在牆角，然後又轉身進屋了，對路過的人，見怪不怪。不知他們的年假如何休？過年休息多久？漁民的作息或許要問呂則之老師。

近鄰的海洋十分平靜，只有小小的浪，時不時地湧向岸邊，激起小小的浪花。海面上，沒有衝浪的人，只見到一小艘漁船，更遠方的海上則靜靜泊著等待進基隆港的貨櫃輪。冬日裡的寧靜，海水清澈碧綠，空氣中流動著疏懶和平靜。小漁村和海岸隔著石牆，海景在石牆後開闊起來，延展到突入海中的野柳岬，天空中幾隻烏鳶盤旋，猜想漁村後方，單斜脊上的樹叢中，應有巢穴。我喜歡這堵石牆，帶著堅實牢靠的穩定，也帶點時間歲月的痕跡，卻不知是何人何時築起。牆內是寧靜的小漁村，從沒聽見電視或卡拉 OK 的聲音；牆外有一座標準的籃球場，六個青少年分成兩隊鬥牛，旁觀的人則充當裁判，認真觀看鬥牛的進行。鬥牛是很好的技術練習。

我很久沒有摸籃球了，當我還可以跳起來投籃的時候，我也很少打全場，頂多是半場，可想而知是體力和技術的限制。籃球運動中最喜歡的部份是投籃，喜歡聽到籃球刷地進網聲，這是多久前的事呢？我走過這個海邊籃球場時，他們正認真地討論是否運球走步，那種專注讓人覺得心情放鬆和感動，我分不清他們是國中生還是高中生，但是無妨，可以和同齡朋友在海邊打籃球，揮灑年輕的汗，真是人生快事，當然，他們要很久以後才會知道。

他們同樣也不知道，擁有一座在海邊的籃球場，是何等奢侈和暢快的事。

161 我的書攤生涯

朋友好奇我大學時工讀的書店在哪裡？當然也有人好奇我那時的樣子。我在書店工讀時已是大四了，學分數早就夠了，過得很閒散，不準備考研究所，也不準備考預官，更沒想過參加高考，這份工讀也就理所當然了。

認真說來，它就是路邊攤，看天吃飯。不知道是不是那年特別乾燥，我好像很少遇到下雨。攤子是在附近公寓裡的書局，為了讓更多學生買書，就在學校側門旁佔了這個位子，現在想來是有點奇怪：沒有人來搶地盤嗎？那是八〇年代末，還沒有解嚴，唸中文系的我，整天之乎也者，不太感染到時代和政治的氣氛，有一天晚上，老闆到台北補書，留我在攤位上，就繼續待著，忽然來了警察。

警察是騎著摩托車來的，警察說，有人檢舉你這裡賣禁書。我讓警察看我攤子上所有的書：就是這些啊，哪一本是禁書？警察也看不出所以然，就開始盤問起我：你是哪裡來的？我是這裡的學生。你怎會在這裡？我要賺工讀費啊。老闆呢？老闆去台北還沒有回來。證件拿出來！他檢查了我的學生證，查核無誤後，就騎著壓托車離開了。其實，三夾板平台下方，還有一箱書，其中有魯迅的《吶喊》，《狂人日記》……。

我服兵役時，書店老闆把書店業務結束了，還作了一件義舉：開倉大放送。告訴我這件事的是一個學弟，但感覺有點幸災樂禍：你沒份。我當時不很為老闆難過，我難過的是，他開倉放送的時候我正在宜蘭金六結的新訓中心。後來入了這行，也許是為當年的輕佻贖罪。

水源街再上去一段路，那時還有一家中外書局，我也是這幾年才知道，書店背後的老闆是唐山書店的陳隆昊先生。有一次聊天，他說他那時常開車到書店視察，我沒好氣地說，當年在路邊吃你的車屁和揚起的飛沙，就是我。在書攤上看著人來人往，像在看著人生的風景畫片，你知道誰和誰在談戀愛，誰和誰分手了，誰又翹課了……，總之，我一直就像個局外人。

看著在巴黎莎士比亞書店拍的照片，忽然想起三十年前的我，那時的我並沒有相機，可以拍照留念，倒是有一天，畢業紀念冊的編輯，逛到攤子來，偷偷地拍攤子上的我，我是看到畢業紀念冊時才知道的。照片中，書攤的樣子很完整，那就是我工作的場所，我看到照片時才想起那淡水冬日偶爾露臉的陽光，照在臉上，是這樣的溫暖……。

162 懷念的發財車

懷舊是一種病，或是一場季節雨，我不知道，只知道最近很容易就跌入這種情緒裡頭。前幾天，朋友寫到《瓶中時光》，讓我整個記憶倒轉至初聽這首歌的年代，好不容易走出來，但最近我的想念又回到一部發財車了。

當我開始整理演講大綱要給素昧平生的學弟妹時，突然浮出「啟蒙」這個關鍵字。但是誰在啟蒙你呢？不是學校裡的老師，而是開著發財車的流動書攤老闆。這類型的車子，這種商業模式，和時代背景有關，從事這個行業的人，他們一般來說是普通學歷。但是，神奇的是，他們選的書卻超過許多人的眼界，他們知道什麼書對什麼人是重要的，什麼人會有興趣讀；而不是狂賣，如天女散花。我大一的時候遇到一個人，後來他成了我工讀生涯的老闆，我在他的發財車上或臨時書攤上搬了許多書，連幾位老師都好奇我當時在讀什麼書。我心裡難免有點小得意，那種得意就是先睹為快或沾沾自喜的自我滿足。

當然，缺點是沒有系統，而我只停留在這一步。我們現在到書店去，店員可能會用電腦查詢書籍的基本資料，告訴你有沒有庫存，或在哪個位置，但最多就是這樣了；這也和書的生產過多，以及泛濫有關。我忽然想念起我當時的小書攤，我有空就拿起攤上的書看，反正時間悠長，天色明亮，外面世界的風吹不進我的小書攤。我對逛到書攤的人，很容易就可以說出書的內容和重點，後來，我才明白這個書攤老闆，在知識訊息的啟蒙上，佔了一個位子，校園裡的一些老師，只是一份講義，從頭到尾。

我想起經典書單的問題。到底我們該在什麼時候讀這些經典呢？有誰會在開始工作以後又回過頭去讀這些大部頭的鉅作呢？這問題論辯難已，不過，閱讀確實是因人而異，我想如果不是高中時心思散漫，大概不會讀完《戰爭與和平》或《卡拉馬助夫兄弟們》等舊俄經典小說，那時的我，不見得真的讀懂——尤其是杜思妥也夫斯基，現在的我卻也很難靜心去讀完，當然所有的經典不可能像《道德經》，只有五千字，至少容易翻完。

我大學的啟蒙從何時開始呢？也許我會從那部發財車說起。

街道咖啡館

不知不覺在這條街上住了二十五年，對街坊鄰里還是很陌生，每天往返基隆台北，匆匆走過，很少停下腳步，除了電梯裡偶然遇到的鄰居，社區門口的警衛，和早餐店的老闆，幾乎沒和什麼人講過話，就是快步地走，趕清晨的客運。有一天，看到在路邊賣花的花販，忽然發覺他滿臉風霜，頭髮飛白，心下一驚：他怎麼變得這麼老？我有時也向他買花，總是種沒幾年，花就枯死在盆子裡了，除了九重葛和紫薇仍然生機盎然地生長著，定時開花。我和花販大約同齡，他曾說他的花圃在汐止，只是為何到這裡賣花？他笑而不答。我看得見別人，看不見自己的衰老，歲月無聲。

這條街道幾乎不曾改變，除了理髮師傅退休了，我不曾傷感過。我想，退休後的老師傅一定每天去海釣。我對街道沒有太多的抱怨和期待，只是遺憾沒有咖啡館，即使是簡易的家庭式咖啡館都好。雖然沒有咖啡館，最近卻有了咖啡座，就附設在一家便利超商裡，多少還是讓人覺得安慰。年假幾天，沒喝到咖啡，恍然若失，雖然咖啡也意味著工作的提神劑。拜這場超商戰爭所賜，長街終於有了咖啡座可以小憩，第一次走進這微型的咖啡館，帶著盤據整個年假心思的作業，開始工作了，沒有其他鄰居進來，也許中午過後，人會多些……。

是台灣奇蹟嗎？說長不長的一條街，竟開起四家便利店，讓整條街在夜深人靜的時候，依然可以看到明亮的燈火。我始終質疑整個山頭的居住人口真的有需要開到這麼多家店嗎？而且，沒有外來客呀，但店還是一家一家地開了，就像出版業吧，景氣低迷，書的生產供過於求，仍不時有新血投入出版的壯旅。真是壯旅，百折不回，整體產業最終的結果是分食，而非開出了新市場，物競天擇，適者生存。或許我這樣想，也是因為向來的悲觀，我註定不會成為哥倫布。

過年後，我貼上信義書局林家成兄所寫的春聯：四時佳氣親仁里，五色祥雲積善家，收拾好返回工作的心情，雨卻開始下了，連著幾天的晴朗天氣，也像是收假去了，嘩啦嘩啦，雨，用力地下著。

霧隱的青春渡口

多年以後，我將會想起許多朋友從城市的四面八方，來到這個夜間咖啡館。多年以後，這句話聽起來多麼的馬奎斯，又多麼的蒙迪安諾。

像封存很久的記憶，記憶裡帶著陳年老酒的厚實酒氣，聞之微醺。我仍時不時回想起那夜的咖啡館，就像是一次偶然開啟的劇場空間，我們在空間裡進行一次小說朗讀，這朗讀的餘韻或許會持續多年，直到我們再也無法高聲頌讀。夜間的咖啡館，讓巷弄裡的水銀路燈照亮，帶著清冷明淨，好像是梵谷夜間咖啡館中的星光降臨，而普羅旺斯暖黃的星光，轉成南國此間的水銀瀉地，充滿靜謐詩意。從不起眼的舊公寓入口走進，沿著磨石子地板拾階登樓，眼界豁然開朗，為這個多年藏身台北市巷弄的異空間，發出驚嘆——竟有這樣的地方，這個小說朗讀，向蒙迪安諾致意的夜晚，將從這裡開始。

位在鬧市裡的咖啡館理應不難尋找，但門牌座標的標示，卻讓第一次造訪的人，始終找不到地址上標示的所在，有人因此找路找了二十分鐘，彷彿咖啡館從街頭神隱，只等著某個時刻，某種開啟的咒語，拉開帷幕，而全景浮現，是霧失的樓台，是月迷的津渡。我請迷路的朋友放棄地址上謎語般的指引，直接從光點城市的戲院出口，穿過巷子，在茂密的楓樹下就可看到這家咖啡館的入口了。

不知是不是夜晚的魔力，有些感官封起，有些感官打開，當第一個字從小說家嘴裡唸出，現場有了一種奇異的專注力，凝神聽著小說家化身成為朗讀作品中的主角，在這奇異的時刻，的確也顯示某種神蹟：第一次：我在咖啡館中沒有聽到任何手機，發出任何的震動或簡訊的聲音，空氣裡有一種氣壓把煩囂震住了，也把聲音包裹住，然後向所有的聽眾傳送：咖啡館有兩道門⋯⋯。

小說裡的世界，也是外力難入的中間地帶。一位作家說：在人生的中途，我們的身上籠罩著某種陰鬱的感傷，在青春迷失的咖啡館，那諸多無奈的笑談，道出的正是這份感傷。說得真對。就是這種莫名所以的感傷，把我一再地引入書中，直到今天。

我既不是羅朗，也不是露琪，而是化身偵探的蹩腳中年男子，以聲音召喚這霧隱的青春渡口。

終卷

The End

又一年

165

跨年的夜車

零時三十分，我搭上開往基隆的子夜電聯車，這一班列車一年只會出現一次，月台還是平常的台鐵月台，但子夜發車，讓月台也帶點《哈利波特》中那九又四分之三月台的神秘感。好幾年沒在新年除夕留在台北，留在台北的心情，總有點異樣，是又不是的他鄉；大多數的朋友在這裡，而家人在基隆。一年的最後一夜，在靜嫻家中喝酒，聊天，沒有看到一〇一大樓的煙火，但也並不遺憾。從這城市西陲的高樓明窗望出去，是沿著塔城街到迪化街，一路蜿蜒而去的街頭燈火，盡處就是淡水河邊。河流的左岸，處處可見煙火，背景是大屯山，一年的最後一夜。

舊年最後一夜的餐桌上遇到久違的劉長政教授，幾年前請他寫《伊斯蘭製造》的推薦序後，就失去了聯繫，他近日因IS而頻上媒體，早在這之前，他就長期從事敘利亞難民的救助行動，是我向來敬重，投身公益的知識分子典範。舊識重逢很高興，聽他聊時事與求學點滴，增廣聞見，不過，他最興奮的是見到寫作《多桑的世代》的資深媒體人盧世祥。為了簽書，他三步併兩步地從長桌一頭衝到世祥兄旁邊，還把坐在旁邊的我往外推，完全地真情流露。長桌另一頭的靜嫻看到這一幕，對其他的路人甲乙丙說：稍早在餐廳聽瘋哥講出版人的從業心情，現在終於親眼見證，完全相信。我說：現在你們知道我為什麼想成為作家了吧？因為站在作家旁邊的我，經常被熱情的讀者粉絲推開，傷筋斷骨的風險實在太高了……。

跨年夜，馬大哥開了一瓶珍藏許久的二〇〇二年智利紅酒，他說：只有跨年夜才有。那酒光是倒入酒杯就已聞到香氣，甚至還沒經過醒酒階段，就酒氣撲鼻，沒喝過這樣的紅酒，這樣，以後怎麼辦呢？我一口一口地呷，知道珍貴，不敢狂飲，細細地品嚐。Bingo 唸著網路上一則訊息，說十一點五十分的時候不要上廁所……。我問為什麼？難道會有什麼大事發生嗎？因為出來的時候，就是明年了。

難得有機會看一整條迪化街的燈火，有朋友住在燈火盡頭的巷道上，應該一起約來，不過，此刻他正與家人同度。在這個跨年時刻，特別感到人世溫暖，在台北市，我對西北區有特別的情感，因為那是聯結童年到青春的時光甬道。我是出生台北卻不住台北的典型，台北有難言的鄉愁。

焰火盡的時候，像繁星回到地面，也該是告別的時候了，何況那瓶二〇〇二年的智利紅酒也喝完了，酒店關門，就該走人。新年的一月一日凌晨零時，我從塔城街走向台北車站，路上還有許多搭不上車的人，攔著計程車想要前往目的地。我走進燈火已暗的火車站大廳，往地下層的月台入口走去，還有半小時，往基隆的區間車才會開動。列車早已進站，我提早進到車廂，都是年輕人，三五成群，或雙雙對對，我挑個角落的位子坐下，比較不礙眼。

月台發車的鈴聲響起，列車啟動了，我向著即將迎接新年日出的港都前進，很放心地入睡。

散策

篇

1 開往普林斯頓的慢車

二〇一八年一月二十二日

今天是余英時教授八十八歲生日，上週五已有讀者從海外打電話來，問《余英時回憶錄》何時出版？他看到了《明報月刊》這期刊出的文摘中余教授回憶他的香港生活，感到非常興奮。我說不準出版時間，因為還有幾章還沒寫，他還會寫多久呢？我不知道，整個改稿過程很漫長，等於重寫訪問稿了。書寫和出版都在和時間賽跑，但時間一直跑在我前面。

《時代周報》刊出一篇專文向余教授賀壽，題目是有「尊嚴的知識人」，知識人一詞是余教授向來喜歡自稱的，有一種專業專注的向度，照片是舊照片，印象中是李懷宇所拍的，那年大概是二〇〇九年吧。余教授二〇一四年回台接受唐獎頒獎，後來我有幸和余教授合照一張，至今不能忘記那握手時的感動。

昭翡問我有沒有打電話向余教授祝壽？我一是不敢，二是電話恐怕也打不通，我還是習慣這樣安安靜靜地在一旁。至於，書要怎麼出？恐怕還是得等了，不過，余教授都說書要交給我，我也不那麼擔心了，只是不知何時寫完，我一定要努力撐到那時。

出版是一種考驗，也是一場馬拉松賽跑，我始終不確定自己的跑步節奏對不對？只是希望自己維持在跑道上，不要掉隊太遠，而這本《余英時回憶錄》就是這場馬拉松的聖杯，我想我還要跑一陣子才會抵達。

我一直是平凡的人，只有當我有機會做到不凡的書時，我才感受到出版這份工作的神聖，它同時也照亮了我。

二〇一八年五月七日

意外接到余英時教授的電話。他的聲音溫暖和藹，聽不出歲數。他說：你別著急，我已經開始找照片了。但我怎能不著急呢？

二〇一八年九月十四日

深夜抵達紐約，嚴重時差，怕誤了隔天到普林斯頓的火車，夜半一直醒來，住在一間百年公寓的市中心旅館，有趣的體驗，品質不佳，狹窄的單人房，衛浴共用，聽著各種聲音，此起彼落，是一篇小說的開端。

這間建於一九三〇年代的公寓旅館，在三樓至五樓，沒有電梯，入住時已經是清晨一點了，幾乎沒什麼睡，就起床準備前往普林斯頓，天色亮時才發現一整層竟隔成三十個小房間，房間內只有一張床和一小茶几，不能再小的單人房，像是船艙臥舖，聽說以前是專供在飯店工作的人住宿的地方，我頭一次覺得自己住進了作家才會住的旅館。那麼，我要寫什麼呢？

我想起柏格曼因為胃痛，半夜起來寫劇本，我則是失眠，只好寫臉書。天既然亮了，也不用睡了，該起來找路前往賓州車站。

二〇一八年九月十六日

大學時讀到《歷史與思想》，對余英時教授平實易讀的文字，深刻的思想，十分驚豔，也讓就讀中文系的我，開始有了一種歷史的眼光，這種潛移默化的影響，對照今天的我，是有脈絡的。書上當年用螢光筆畫的重點，到今天已成了咖啡色塊，是時間的見證。即將離開了普林斯頓，後會難期，於是請余教授簽名留念，我對余教授說：我不敢請求題字，但簽名應該是可以的吧。余教授說：我知道你不會開口，但我會寫給你。我只能傻笑。這次來美的機上，重讀此書，仍然有當日初讀時的感動。

二〇一八年九月十七日

才從普林斯頓世外桃源的仙境來到了紐約，迎來熟悉的大城氣味和喧囂。如果普林斯頓之行是夢幻，那麼現在到了夢將醒階段。住在下城的便宜旅館，余教授曾問我有沒有朋友在紐約，怎麼找到住宿的地方？我說，就上網找地鐵線旁的小旅館，方便進出，他要我自己小心一點。余師母給的一大袋水果沒吃完，我又拎回紐約，我那時看到了一大袋，愣住了，師母以為我要待多久？

記得第一晚和兩位老人家吃飯，點了一整桌菜，牛肉乾絲，梅干扣肉，豆苗，烤龍蝦，餅，白飯，我嚇壞了。他們對我喜歡吃的，各有認定，所以都點了。也該驚嚇的，太受寵若驚，到現在還沒有回神。此刻，一個人在下城八樓的房間內，想著這不可思議的旅程，而樓下對面酒吧的客人，看完了足球賽剛散，紐約要進入稍為安靜的時刻了。

余教授說，沒有想到我們一直沒有這樣聊過天。我說，余教授很少回台灣，在台灣，我恐怕也很難見到您。臉書上一點一滴寫著這幾日的心情，有些是突然想起，趕快記錄下來，怕自己忘了。我見余教授時既沒筆記，也沒錄音，深怕斷了他的談興。余師母偶爾也加入談話，這幾天的接送，此生難忘。讓八十多歲的長輩開車接送五十餘歲的晚輩，我真是太糟糕了。

整個三天，情緒很翻騰，又很寧靜，被巨大的溫暖療癒了。離開普林斯頓時，偶然看到了幾句話寫在牆上，特別記下：

Do Justice
Like Kindness
Walk Humble
人生行路的中道，無非如是吧。

二〇一八年九月二十三日

九月中，一趟想了很久的旅程終於啟動，一開始只是想去探望余教授夫婦，書稿是藉口，行前《印刻文學生活誌》總編輯初安民和副總編輯簡白，要我寫一篇長一點的文章，配合刊登《余英時回憶錄》的書摘，頓時感到壓力，我原本只想拍拍照寫點短文，交差了事。

我一直想我到底要和余教授談什麼呢？整個旅程被這個念頭盤據心頭，出乎意料地，當我踏進余教授家時，整個人被一股巨大的溫暖包裹，我們敞懷暢談，我沒想到在普林斯頓的三天，我竟有完整的兩天下午可以和余教授說話，如果不是擔心他的體力，我第三天也想再去。余教授夫婦也連續兩晚請我吃飯，師母很高興，她以為余教授第二晚不會再出門吃飯了。

我不是一個及格的採訪者，沒有錄音筆，沒有筆記，沒有小抄，沒有重點，一場開放式的談話，卻談得很自在，不過晚上回到旅館，才開始竭力寫下所有記得的對話。

我為什麼不寫筆記呢？我不想斷了談興，破壞氣氛，或許因為如此，兩人都很自在吧。不過，我還是太緊張了，所有余教授問我的問題，我忘了反問他的看法，可以參照。我後來才知道，這兩天的談話，據余教授在《余英時回憶錄》中的序言說的：是這幾年來覺得最愉快和盡興的一次。

寫給《印刻》的文章，交稿的同時，也傳給余教授，果然他對題目中的「朝聖」有意見，我後來改了。人生行路，許多價值崩毀，許多人讓我失望，這種朝聖的心情，何其難得，何其必要，幾乎是依著這樣的信念，讓我走到現在。我自己也明白，當我踏上余教授家的廳堂時，我離自己的職場終點，也剩下最後幾里路了，但心裡隱隱也有一種放鬆感：我們要焚膏繼晷到何時呢？又是為誰呢？

這一堂的編輯課，是工作上最大的回饋，夫復何求？在我自己的編輯生涯中，這也是一次難得的體驗，為即將出版的新書寫側記。關於攝影，我是要離開時才拍的。我對余老師說想拍余教授的書房，他停了一下說：我的書房很少讓人進入，破例讓我進去拍。他這樣說我反而更不好意思了，我一時不知如何是好，匆匆按了幾張便退出來，但還好有捕捉到珍貴的片刻。

二〇一八年十月一日

余英時教授傳來書名的題字，這次到普林斯頓沒能親手帶回，師母說余教授怎麼寫都不滿意，序也是這兩天才寫好。我一直在想著這次的旅行，在我的人生中，這三天有不可磨滅的位置，海倫·凱勒寫過一篇文章，「三日光明」，我想我也感受到光照進心裡的感覺。余教授後來把我登在《印刻》文章題目改成：一個編輯的豐收之旅，他不想把自己拉高。我以「朝聖」為題，是因為我想起的是西班牙的朝聖之路，有人半途而廢或中途亡故，我以為編輯也是苦行之路，挫折和挫敗很多，能有這樣的時刻，意義完足。

從也沒想到我會在飛機上開始寫文章，而雜誌等著我截稿落版付印，整個旅程提心吊膽，要看著錢包護照，還要看著相機，如果相機／記憶卡掉了，整個旅途就毀了，我的臉後來也像紐約客一樣，充滿防衛。我的心始終停留在拜訪前的這一刻：

終於坐上前往普林斯頓大學的火車，展開一次想了許久卻始終不曾真正踏出的旅程，火車從紐約賓州車站發車，車程約一個多小時，然而，對我來說，這段旅程，在我心裡走了很久。

二〇一九年一月二十九日

像以往一樣，沒有特別的事，很少打電話給余教授，早上打電話向余教授、余師母拜年，今年第一通電話，也擔心普林斯頓下雪，怕他和師母進出困難。余老師說只有美東下雪，他們那裏還好，我沒問他「續編」的撰寫進度，他已說了最近都在忙別的事，我就不多說了。應該還沒提筆，我會繼續等。像過去一樣，我把《余英時回憶錄》續編當成允晨文化四十週年的大事（一九八二—二〇二二），如果回首自己的編輯生涯，書是最好的見證。

一邊講電話一邊看著在他家拍的照片，好像我還在那張舒適的沙發坐著。前幾天胡忠信大哥問：你們聊天時喝什麼茶？說真的，那個當下，茶的滋味都忘了，我只想記下所有的談話，隨興地談，吉光片羽，一閃即逝，在余教授書房門口拍了他岳父陳雪屏教授寫的墨寶：「英時近集坡公詩句放翁詞句為楹帖囑書之，未成小隱聊中隱，卻恐他鄉勝故鄉。」意味深長。

余教授只有在一九七八年回中國一次，再也不履故土，此心安處是吾鄉。《余英時回憶錄》出版後，我曾應讀者要求印了一批毛邊書，我後來不再印了，我相信余教授會希望讀者能專注在書寫的內容，而不是版本的獵奇，不過還是留一本給余教授收藏。

二〇二〇年一月五日

前幾天做夢夢到與余英時教授和余師母同遊，遊憩地是一處滿溢著陽光的湖邊，夢醒時，十分眷戀，甚是思念。隔天打電話拜年問安，老人家也很高興，要我找時間再訪，偏偏我抽不出時間，真讓人焦急。余老師說：普林斯敦今年還沒下雪。我聽了倒有些安慰，我想這樣進出就方便多了。從事這一行最快樂的事是，不經意地遇到大作家、大學者，不斷點醒你思想或生活的盲點，讓你在人生理想上有了標高，我覺得這才是我真正幸運之處。我所遇到的作家或學者，像余英時教授這樣縱觀全局，頭腦清明的，真的不多。人多以名位財富衡量人的價值，但我追求心智的開闊與清明，人各有志，每個人都有自己的道路。記得華文朗讀節時，有人問台灣的出版品有沒有競爭力？每個人看法不同。我只說：至少允晨文化的《余英時回憶錄》，六四諸書，中國底層群像，是全球華文獨家出版。而這些書會超越時代，繼續流傳下去。夢裡總去了遙遠的地方，醒來才知是夢。

二〇二〇年九月十日

一個多月前，美國東岸颳起了颶風，吹斷了路樹和電線桿，和余英時教授的聯繫就完全中斷，直到剛剛才又接到余教授的電話，說線路修好了，聲音溫暖清晰，一如以往，才又放下了心。余老師說怕我找不到他。也是一個多月前，做夢夢到在一家書店裡翻書，忽然進來了兩個人，竟然是余英時教授和余師母，所以，我是在夢裡去了普林斯頓嗎？

和余教授電話同時來的，還有余教授為《史學與傳統》舊書新刊的題字，在等待《余英時回憶錄續編》的同時，我就先編這本書吧。這書四十年前原在時報文化公司出版，余教授要我先和趙政岷董事長報備後，才進行編務處理。書裡許多文章，今日讀來，仍饒具興味和啟發。我相信有一命運的手在我的背後牽引，還不知自己終途，但我相信緣分，難以強求，順其自然。

二〇二一年八月十二日

《史學與傳統》重新出版時，除了新序和請余教授題字，封面也是新作。照道理說，有了余教授的題字，過多的設計就太多餘，和美編討論時，我突然想起余教授家後院的竹子，竹子是余教授搬來普林斯頓時朋友送的，初時只有一株，我來訪時已是一片幽篁，綠意盎然。余教授愛竹，竹子也是一種興寄，符合他知識人的氣節與精神，於是有了新的封面，送給余教授過目時，一下子就定案，余教授在《余英時回憶錄》的序中說：許多事一言而決。於他於我，這番相遇與遭遇，都是我不曾想過的。

二〇二一年六月三十日

二〇一八年九月的美國普林斯頓之行，其實有很多情緒，一是《余英時回憶錄》終於來到最後的編輯階段了，二是這一切到底怎麼發生的？三是接下來我還要再做什麼書呢才能再抵這樣的巔峰？我開始回望了。書的作者照片是在余教授的書房拍的，我不知他很少讓人進去，但余教授還是答應了。我貿然出口要求之後就後悔了。我很快按了快門就退出來，沒想到這一張是所有我拍余教授中最好的一張。很快就要三年了，我很想念那三天在普林斯頓的時光。很多讀者問《余英時回憶錄續編》何時出版？說真的，我也不知，順其自然。水到渠成時，書就會出現，我這麼想。

二〇二一年八月八日

這一生我遇到兩位一九三〇出生的人，一是我父親，一是余英時教授，我在普林斯頓時和余教授的閒聊中也聊到這個年代上巧合。父親出生時是日本人，死時是中華民國人；余教授出生時是中華民國人，一度是無國籍人，然後是美國公民。我想的是時代。父親的過世我心裡有準備，因為是慢慢地走向終點；余教授的過世我完全沒有心理準備，因為我認為他會活到一百歲。

二〇一八年九月十七日離開普林斯頓時，我本想開口向他要個隨身物當紀念，我忍住了，我想我還會再來，但就這樣錯過了。編輯《余英時回憶錄》我發覺余教授的照片太少，我也趁著拜訪時多拍幾張，也許續編可用。沒想到沒等到續編，後來就給了媒體朋友使用，我離開普林斯頓以後，兩次夢到余教授和余師母，夢境場景明亮，醒後想起來是書店。每次夢後就給余教授打電話，余教授過世了，我心裡另有一層哀傷，一九三〇年代的人，我終於完全告別了。

在所有拍過的照片中，我最喜歡的是書房中的他，以及他走在陽光餘暉的身形，那時我們走路去吃魚麵。

二〇二一年八月十三日

二〇一一年，辛亥百年，余英時教授為他的故友陳穎士教授詩集的出版，請我協助，我一口就答應了，意外地多讀到余教授的文章和古典詩作，可說是額外的收獲，雖說余教授的詩只是以附詩出現。余教授的古典情懷在詩中最易看到，以詩見心，若編詩成篇，就是心史了。二〇一八秋，訪普林斯頓，離開前，余教授對我說：我知道你不會開口求字，所以我會寫一幅給你。當然，我是回來後才收到。我那時不知道他會寫什麼字給我？我後來收到了，寫的是一九七八年深秋時節口占詩《河西走廊口占》：

昨發長安驛，車行逼遠荒。

兩山初染白，一水激流黃。
開塞思炎漠，營邊想盛唐。
時平人訪古，明日到敦煌。

那是他最後一次去中國了。關鍵的一年。十一年後，爆發了六四天安門事件。二〇〇五年，我出版康正果的回憶錄，捨掉了余教授建議的書名：半生憂患出長安，改以《出中國記》為名，現在想來，仍是魯莽。我仍在書裏詩裡讀著余英時，就像他不曾離去。

二〇二一年十月二十八日

昨天傳真了一封信給余師母，報告韓國有出版社要出版《余英時回憶錄》韓文版的事，非常意外地，師母竟然打電話來，這是自七月二十三日的電話後再度與師母說話，師母的聲音依然清朗熱情，只是聊到余教授時，還是可以感覺到有種遲疑，像是收住了某種情緒才又繼續說。其實我也是。提到余教授，諸般情感，總又湧上心頭。師母說韓文版的預付版稅就不必給她了，就當成余教授給允晨的，我收下了，但這筆錢我也決定不動。我問師母：老師最後有寫什麼殘稿要給允晨四十年？師母說：沒有，他還在打腹稿。我對師母說：那我只好夢中來問了。很想知道余教授會寫什麼。但人生總有這樣的殘念。師母說歡迎我再去普林斯頓。我總是要去的，去看余教授，余師母。

二〇二一年十月八日

懷宇的《余英時談話錄》終於進入編輯階段了，我讀著校稿，字裡行間是余教授不疾不徐的談話，如在身前，情景彷如昨日，談話錄裡有太多的背景線索，也又勾起我回到普林斯頓的那兩個下午。我想起了我們當日沒有錄音的談話，書稿有更多背景說明，關於錢鍾書，沈從文，殷海光等提及的大師的印象。我也終於知道余師母第一天中午請我吃飯的地方就是普林斯頓高等研究所。我曾在電影《美麗心靈》見過這餐廳。真像夢。余教授談到美國最好的圖書館是國會圖書館，在華府。這段話也勾起我的回憶，我記二〇〇七年三月，我到紐約參加「漢藏會議」，會後去了康州拜訪孫康宜教授，以及我的作者康正果，然後又從康州搭了火車到華府拜訪作家韓秀，這應該也是一趟平常的旅途，火車中途經過普林斯頓停了一下，我念頭閃過：余教授就住在這裡。我抵達華盛頓車站時，韓秀在出口處接我，她很興奮地說她剛剛見到了余英時教授了，他匆匆忙忙地要去圖書館找資料。我才知道我其實和余教授搭了同一列車，前後抵達華盛頓，不免扼腕。要很多年後，我們才終於有機會面對面說話。奇妙的緣分，既短暫也永恆。

二〇二一年十月二十九日

寫完《余英時談話錄》的出版故事初稿，已晚上十一點了，四千字，好像很長又好像很短，就像時間的感覺。到戶外走走，鬆鬆腦，安靜的秋夜，街上有幾個行人，一部警車，幾隻在公園裏的貓狗，也不是無家可歸，只是逗留。我喜歡夜晚的街道更勝白天，完全是回憶的空間，只有你和你自己。我一直還在二〇一八年九月的普林斯頓，那個時刻如此鮮明溫暖，讓我難以離開。

二〇二一年十月二十九日

書就要印刷了，趕在余英時教授逝世百日出版。神奇的是，你看著書就覺得他還坐在那裡和你說話，如此真實。余教授的《河西走廊口占》這幅字會放在書的扉頁，因為這首詩對余教授的意義非凡，有趣的是我始終不清楚為何那印章是用貼的，我再也沒有機會問了。

二〇二一年十一月三日

《余英時談話錄》已送印了，書出來時剛好是《余英時回憶錄》出版滿三年，余教授過世滿百日之期。這三年中，我夢過余教授兩次，場景都像是在普林斯頓的書店，書店明亮，過世後沒再夢過，倒是夢見了陽光下的墓園，看不清墓碑上的名字。人生承載的記憶越來越多，自己的時間相對越來越少，懂得這個道理已是望六之年；不是才剛過五十嗎？二〇一九年年六月，《余英時回憶錄》獲第十二屆香港書獎，我的膽子太小不敢去香港領獎（朋友說你以為自己很重要嗎？），但還是請余教授寫了書面獲獎辭，至少那時，余教授還是想寫完全書的……。無論如何，還有《余英時談話錄》留下來，那是余教授留給我們最後最珍貴的十五堂課。

二〇二一年十一月八日

今天是余英時教授逝世百日，書趕在最後一刻送到倉庫，開始發送通路。當我讀著書稿時，我總感覺到他就好像還坐在普林斯頓的家中，親切的，溫暖的，不疾不徐地說著話，你聽得出神，不知道他何時竟走開了，聲音還在空間裏傳蕩，然後你翻開書來讀，發現他就在書裡，不曾離開……。

二〇二二年十一月十四日

我還留著二〇一八年九月十四日在普林斯頓中餐廳抽到的幸運餅乾中的紙條，上面一張是我自己抽的，下面一張是余教授抽給我的，讓我自己讀。我讀到時起了某種異樣的心情，就好像這趟旅程是命定的，不早不晚。

It is necessary;therefore, it is possible.

A new voyage will fill your life with untold memories.

《余英時談話錄》的出版時間，不在預期中，但，或許時間到了，因緣具足時就出現了，「談話錄」是個寶庫，它提供深入探究的線索和路徑，因為口語，更加親切，平易近人。所以我才說這是余教授最後的十五堂課。我在普林斯頓余教授家中，我對余教授說了兩次：余老師我好想留下來跟您好好念書。余教授微笑不答，轉而鼓勵我創作。我們當然還談了許多不方便詳敘的，這本談話錄也都有約略觸及。比起財富的累積，我更看重的是自己心智的成長，在我這一生遇到的師友中，為數不少，讓我覺得自己雖不足，但其實富足，這是為什麼當我一個人在夜裏無人的長街晃蕩時，嘴角也不自覺帶著笑。

書已在各書店通路了，歲末讀書，尤其是成書不易的書，還有什麼比這更幸福呢？

二〇二二年九月十三日

《余英時訪問記》的作者李懷宇來信，說他幾天前打電話給余師母，師母說：現在讀談話錄、訪談記，就好像余老師還在身邊聊天一樣。深有同感。懷宇的筆，真是不得了。

中秋前夕夢見余老師，真是一場甜美的夢，可惜他沒跟我說什麼。我有機會打電話給他時，卻都在忙別的事，終究是自己錯過了。

九月十三日不算是特別的日子，不過，二〇一八年的這一天，我在子夜抵達紐約，準備隔天早上前往普林斯頓。人生不能重來，於是在自我意識中倒帶。以為啟動了什麼，就可以重來。並不是。

我曾推開一扇重門，卻一直停留在門邊。於是，只剩下書和回憶了。

2

太平洋岸，台東之夜

列車沿著東海岸行駛，漸漸地遠離了海岸，駛進了縱谷，雲層越來越濃，白白的雲朵帶著雨意，感覺就要下雨了，但雨還沒落下。第一次，我坐火車抵達台東，看縱谷裡的青山田野，心想，台灣還有這麼多沒到訪過的地方。

如果，不是蔣竹山兄在晃晃書店買了我的書，當我接到邀約時，我不知會不會來到這個離我很遙遠的東海岸書店？其實覺得神奇，在有限的陳列空間，店主如何決定她要陳售的書？當我終於見到書店主人素素時，我好奇地提出我的疑惑。她說，當然會有啊，我們主要是販售人文社科類的書籍。

書店裡有書，也有貓，結合著民宿，一眼就讓人放鬆，覺得怡人自在，我後來挑了幾本書，連同撿到的石頭，請素素幫我寄回。離分享會還有一些時間，素素騎著摩托車載我到海岸邊晃晃，我之前已約略看過地圖，知道離書店不遠處有一座太平橋和太平溪，太平溪的出海口，就是太平洋。聽起來多麼自然，但這條太平洋的路，我卻花了許多時間才抵達。前方不高的山巒，高低起伏，形狀卻有些眼熟，我說怎麼那麼像觀音山？那是都蘭山。都蘭山？我一聲驚呼，居然如此相見。然而，真正的驚奇在後頭。向晚的天色，低壓的雲，景色有些憂鬱和壓抑，我從海岸邊往前望，在雲層下方，有一浮葉般的島嶼，我問素素：那是……？那是綠島。綠島？活了五十三歲，聽過無數綠島的故事，我終於眼見，它就在海流的一邊。心裡有些激動起來……。

晚上的分享會，雖然參加的人不多，但住宿的旅客也加入了，讓分享會有了旅途相逢的火花。我分享的無非是走過的台灣書店風景，有一些走過的書店和店主人在我的出版地圖中，留下影跡。夜裡，借宿民宿的床位，在投宿青年中，阿北忽然也感覺到一種青春氣息，夢幻時刻。

隔天，離開台東前，又走了一趟海岸，雨中，綠島隱在雲層。我慶幸我生在這樣的時代，百無禁忌地出版我想出版的書……。

3

尋找謝雪紅的夜

印象中，沒到過彰化，為了《謝雪紅——汪其楣》的讀劇，我第一次來到彰化。不久前，有朋友在臉書留言，說彰化市區沒什麼特別景點，我於是也這樣以為。不過，當我查了前往彰化縣文化局思沙龍的路線時，赫然發現，扇形車站就在彰化車站附近，至少還有這處值得一看吧，我想。

和家恆作伴南下，到了彰化車站，我嚇了一跳，站內竟有四座月台，一座位在山線海線交會的車站，怎會是小鎮？又怎會沒有故事？我在台北太久了，當我真的走在彰化車站前，我開始認真逛了起來，像是一場小旅行，忘了我是要去找謝雪紅。

市區隨處可見漂亮的洋樓，隱藏在凌亂巨大彼此不協調的招牌背後，如果招牌都拆掉了，這城市的面貌一定很不一樣。我在馬路上拍著洋樓時，轉身瞥見幾間難得一見的日式木造樓房，在短短的街上，被夕照照得閃閃發光。竟還有這樣美麗的房子，古樸內斂，錯置在不同的時代。我走上前去拍照，發現是賣魯肉飯的飲食店，肚子也餓了，決定在這裡晚餐，店裡生意很好，都是學生，男男女女，一式的學生服，一式的青春。

其實，是要去看定光佛寺的，無意間走進了長安街。飯後去了定光佛寺，出乎意料的安靜，我對這定光佛有一點眼熟，雖是初訪，但很像當年在淡水鄞山寺所見的佛像。鄞山寺非常漂亮，也同樣安靜，我始終不知這寺廟的淵源，卻用來做了系刊的封面。我想起來，曾聽唐山書店陳隆昊前輩說起客家的信仰，所以這裡是福佬客的聚落嗎？我這樣的想法延續到我走進謝雪紅童年時的舊居巷道，巷道裏有一座土地公廟，但不是常見的福德宮，而是寫著福德祠，我第一次見到福德祠是在苗栗，我開始想，或許謝雪紅和賴和一樣都是居住在福佬人區的福佬客吧？

這種人文地理的延伸，讓我在讀劇會前，就先進入恍神狀態，然後在這種恍神狀態中，我進到了紅絲線書店，這間位在市區靜巷底的獨立書店，透露獨特的靈氣，把所有的市聲都擋在外頭，滿室書香中，別有香甜氣味，我問了主人，這氣味是？她說，她剛剛點了線香。書店中最讓我驚艷的是數座白色的舊書櫃，主人說向一家舊書局買來的，果然，時間在器物上留下了不可抹滅的印記，二、三樓的空間販賣舊書，也供聚會，如果再訪彰化，會再來這間迷人的書店。

從巷底的通道穿出來，到了大馬路，赫然看見八卦山大佛，就在前方，也是初見，山腳下還有古樸典雅的孔廟，我開始懷疑，告訴我彰化市區沒什麼的朋友，他到底去了哪些地方？孔廟對面是一間老戲院，老一輩在地人在這裡看《梁山伯與祝英台》，如今是服飾店，我在街道與車流間穿梭拍照，家恆一直要我小心，他說你這種行為很像旅客。

走進思沙龍之前，我已進行了一趟時空旅行。台上的汪其楣老師準備讀劇，台下是吳晟老師，然後，沒多久，又安靜地走進一人，是我一直不曾見過本尊的小說家宋澤萊老師，彰化的夜開始了。

4

出張

朋友說，每次你到台中，台中就變冷了。的確，去年在台中過夜，朋友盛情留宿，也剛好遇到寒流來襲，沒有冬被，只好蓋著兩床夏天的被子撐過一晚。我沒住過台中，不知這裡是不是真的沒有冬天，這次朋友依然盛情留我過夜，我只要求：如果沒有冬天的棉被，我還是去汽車旅館睡好了。

結束了新書分享會，我拖著行李走在草悟道上，真的像是一種旅行，也是一趟商旅；一個銷售員，拖著旅行箱，向著他的目的地或下一站走去。不知為什麼突然想起《推銷員之死》。這座城市如今最熟悉的，只剩下這一區了，我依著大約的方向，走向朋友的家。夜晚很寧靜，走起來有放鬆的感覺，偶而也停下來檢查臉書訊息，似乎不太有人意識到你不在台北。臉書威力的無遠弗屆，不只在於可以把你定位，還讓你在上面留駐，不管移動或不移動。

拖行李箱南北往返幾次，這是唯一一次把箱中的書籍全部清空，走起來，步伐格外的輕快，很快地就從書店走到了朋友家，當我抵達時，他很驚訝地問：你怎麼來的？走路。朋友剛從日本旅行回來，他說幫我留了一瓶「國士無雙」，既然已到了台中，不來拜訪就太不近人情了。我在居酒屋中見過這支酒，對這酒名留上了心：什麼樣的酒可以稱國士無雙？什麼樣的人適合喝國士無雙？在寒流來襲的夜晚，我們捨棄了烈酒，喝起了國士無雙，微甜滑順的口感，還好不太膩人，我以為要稱為國士，還是要辛口，比較貼切。

喝酒也無非是為了敘闊，聊一點共同的經歷，或分享生活中各自的故事，他放蔡振南、陳明章的音樂，我隨口就講了出來，他十分驚訝：我的朋友中很少人知道他們。怎會？或許是太年輕的緣故，我說：為了喝你的酒，我使出渾身解數。我其實只是剛好很喜歡蔡振南和陳明章的音樂，從大學時代開始。我聊到幾年前父親過世時，我一邊摺著紙蓮花，一邊反覆聽著蔡振南的「多桑」專輯，那張專輯完全是為我這樣的世代寫的歌，好讓我們在音樂裡去追想永不復返的時光，蔡振南的那種蒼勁歌聲，我以為是台語歌的絕響了。至於陳明章，歌曲中敘述的生活情事，總是婉轉低迴，像是傾訴，和他的粗獷外型，很難聯想到一起，我尤其喜歡的是他的吉他……。

我在台中的這一夜聽到冬雨的聲音，朋友說：你帶來了冬天。

5

神隱中年

如果五十多歲才走進林森北路八條通的酒店，不算太早，也不算太遲，只是一種體驗。

我怎麼會進到有小姐陪酒的酒店？又是怎樣開始？我自己還有些茫然，一切都要從早上的手機簡訊開始。

這不是推理小說，也不算是失身的開始，只是發生得很突然，早上手機傳進一條訊息，失聯很久的譯者突然急著要見面，我很驚訝，基本上已經放棄了，那麼，是要來交稿吧。譯者出現的時候，很興奮地拿出另一本書：這個作者剛到台灣，你看有沒有興趣？我晚上要和他碰面。我看了題目，大日本帝國殖民地的琉球沖繩與台灣，我覺得很有意思，地緣上琉球和台灣這麼近，琉球也有很多台灣移民，一定有許多歷史可爬梳，我就說好。晚上我們一起去見作者又吉盛清教授。

我不懂日文，也很少前往日本旅遊，因緣際會下卻出版了池田維大使的兩本書，現在又多了又吉盛清教授的書，這樣的出版因緣不意外，我喜歡從地緣上看台灣的歷史發展和變化，也想知道鄰近的國家對台灣的觀察或交會，總之，譯者一陣風地出現，又介紹了一位作者給我。

晚飯之後，譯者說現在回飯店太早，通常要陪作者去喝一下酒，唱一下歌，還好不用跳舞，於是我們搭了小黃，連同另一位正訪台的日本學者到了這裡。小黃從林森北路轉進來後，直接停在酒店前面，我連店名都沒看清楚，就走進一扇小門。

終於還是來了，我心想。條通這一帶，我並不陌生，我通常是來找作家邱振瑞喝茶，都是亮晃晃的白天，酒店從沒進來過。狹小的巷道十分夢幻，一輛馬車或三輪車的寬度，充滿了無數的門，和閃閃爍爍的小燈，門後是另一個世界。

進來後的感覺有些異樣，卻也不是不自在，只是不習慣有人幫你倒酒，加冰塊，和擦拭酒杯。我很想說，我自己來就好。除了有小姐陪酒，酒店就我看到的部分其實像是卡拉ＯＫ，櫃檯前的座位，有個日本商人，穿著西裝，鬆開領帶一個人喝著酒，唱起了——五月天？我的天！五月天的歌？我還不會唱呢。他一個人唱得很高興，身體擺動，唱不上的高音，旁邊的小姐就幫他和音，一起唱上去。加油阿！歐吉桑！

譯者朋友告訴我，到這家酒店的原因是這裡有琉球歌，果然作者唱起了琉球歌，神情也整個放開，朋友說琉球語與日本語不同，文化上也有差異，連三線琴琴身繃的也是琉球盛產的蛇皮，我第一次聽到。作者問我有沒有去過琉球？我搖搖頭，我說我連墾丁都很少去。作者搖搖頭：琉球比較近！也是啦。我後來也唱了兩首，花心，和忘情水，我還停在二十年前的卡拉ＯＫ時代，幾乎沒有會唱的新歌，只是「花心」，我已經唱不上去了。

後來又來了幾位日本朋友，他們唱的歌輕快甜美，旁邊的小姐說，有些日本大叔特別喜歡唱這種小女生喜歡唱的，可愛的歌。原來是這樣啊！是一種補償心理嗎？中年男人的少女情結？

我不知酒店是不是都是這樣，不過這種日式酒店的體驗挺特殊，我十點多就離開了，朋友說過了十點半離開，就不算失禮。我陪作者走出酒店，走到巷口，他看到麵太郎還開著，突然覺得餓了，我就離開了，留他一個人，我想他應該比我熟這區。

這一天所有的事情都發生得很快速，連簽書和進到酒店這件事。我回頭望著八條通的巷口，有一種不真實，好像電影神隱少女的的那個山洞口，裡頭有自己的時空。

6

當年，我們還是男孩和女孩時

午後，走在同安街上，遠遠地看到一中年男子佇立街頭，身形眼熟，趨近看時發現是果子離，我問他為何站在這裡，他說，他正在考慮要不要繼續散步，這時已有雨絲飄下，我抬頭望望天空，覺得雲層不太厚實，雨應該不會太大吧，我就把想法告訴果大，一個小時後，我在紀州庵裡，聽雨如落珠，連珠般地擊打著屋頂，伴著陣陣雷鳴，天果有不測風雲。不知道果大是不是還在路上？我想起三十多年前的同一天，雨也是這樣下著；那年，高中畢業。

雨後，沿著同安街走往青田街，先把一件朋友遺落的衣服送回，朋友應門時說：我也才剛回來，如果我不在家呢？那我會塞在信箱，我說。遇不遇，各安天命。離晚餐還有時間，想找間咖啡館休息，剛結束的課程，讓我筋疲力盡，我往永康公園的方向移動，路過一家咖啡館，想起大約十年前，曾和朋友來過，就進來坐一下，一邊想著不知會不會看到這位朋友？這家街角咖啡館的常客是附近居民，不是所謂的文青咖啡館，咖啡館裡的客層和談話，也就更家常了。我拿起書包裡的書，隨意看著，有人推開了門，隱約感覺身形甚是高大，忽然走到我桌前，擋住了光線，竟然就是我才念及的朋友，怎麼會有這麼巧的事？朋友去了我的新書發表會，買了幾本書，就默默離開了，我才想著要如何說謝，他就這樣出現在我眼前，台北神遇。

這朋友很特別，和他聊天時可以感覺一種穩定感，說不上為什麼，好像有一種低音 BASE 的頻率，平衡浮躁的氛圍，把主調穩定住。他說他留意我這幾年的臉書，好像是一個突然出現的人，不知過去在哪裡？但我一直都在，只是個沒聲音的人。喜歡這樣自然地相遇，又自然地分手。陪他抽完一根菸，我就離開了，我告訴他我即將出版一本吸菸者的小說。

這是個見老朋友的日子，和小伍已經五、六年不見了，我想。晚飯見的朋友，分離更久，是將近三十年不見的補習班同學，這些同學中也有高中同學。補習同學中，有一位在兩年前的酒聚中相遇，聊著聊著，驚覺竟是舊識。餐桌上，聊過去的名字，談各自的遭遇，談舊友的生離死別，各有造化。同學突然提到另一高中同學的名字，說已經不在了，我非常驚訝，二十多年前我搬到基隆時，他幫我做了書架，到現在還很堅固，他愛酒，當時也送了他一瓶珍藏的金門陳年高粱，他數理科很強，但考運不佳，終究沒考上大學，退伍後先從事餐飲，然後做木工。我一直記得他。高中畢業考時，我對著數學測驗卷發呆，準備繳白卷時，他把我的考卷搶去寫，那次考試許多同學補考，我意外地成了通過考試的人。

席間當然也聊起當年同校女同學的名字，交換各自暗戀的往事，有一個名字已將近三十年沒聽人提起過，卻在這張餐桌上談了起來。我記得這個名字，記得名字時也想起她那時的形貌，整個高中時期我只和她說過一次話，第一次也是最後一次，在畢業典禮後一起步出校門，我們互相說了再見。

中年是什麼，我不太確定，很多滋味，正要開始體會。

7

夜行咖啡

下午陷入一場昏睡，什麼事也沒做，然後，就黃昏了，整天待在家中，有點氣悶，想出去透透氣，吃完晚飯後，覺得應該喝杯咖啡，我看看手機上的溫度顯示，十四度，於是穿上了有帽子的外套，把頭縮進外套，開始往山下走。咖啡館在一公里或更遠的山腳下，很久沒走這段下山的路，有點期待，也有點陌生。

一路上，只遇見一兩個人，真是安靜的夜晚，只剩下大馬路上的車聲和風聲。一公里多的距離，設了三支公車站牌，走起來大約十五分鐘，說是為了喝咖啡，其實也想探一下這家新開幕的咖啡館，在我住的社區，很少有這樣大型的咖啡館進駐，對附近居民來說也是一樁盛事。星期日的晚上，人不多，其它時間，我大多都在台北或在往返的路上，開業半年，不知它的營業狀況。年輕的店員很熱心地推薦各種優惠專案，我有點慚愧地婉拒他的建議，我真的只想找個安靜的角落，喝一杯咖啡。

我應該在今天完成一本書的出版前言，但很難落筆，一是作者的威望和經歷太巨大讓我不知如何落筆，一是諸事接踵而至，很難專心寫稿。這部書稿本應該在去年九月完成出版，但校稿送給作者過目，遲遲未回，我催促後，得到的答覆是，你先寫篇出版前言。我一口就答應了，然後才發覺自己實在太輕率了。

我在咖啡館裡一邊翻著稿子，一邊想著作者一生的經歷，沒有找到切入點，他說自己的一生是台灣近代的縮影，他是有資格這麼說的。但我要用什麼角度來說呢？喝完了一杯咖啡，還是沒有任何想法，夜深了，我又揹著稿子，往山上走去，今晚或許也不真的想完成什麼，只是想這樣地走著，在這樣的冬夜。

8

關於彭明敏教授的幾則紀事

二〇一七年三月二十七日

整理桌面，才發現不知何時彭教授竟簽了一本書送給我，祝我生日快樂，我卻沒有當面道謝，真是失禮之極，生活步調的混亂可想而知。最讓我感動的是，他不只簽名，還寫了那麼多字，並標上日期，這是從沒想過的。他只有一隻手，我親眼見過他為讀者簽名，每一筆都很認真地寫，但難免歪斜，如果說，一字千金，那這本書就價值連城了，讓人感慨的其實是老派風度，因為，不是每個作者都會這麼做。

出版這一行，自有行業裡的人情冷暖，不足為外人道，但被作家這樣地感謝終究是很少見的；白先勇老師也是這樣一本一本地簽名，送給無名的編輯者（早在二十多年前我就有白老師的簽名書）。拿到簽名書的編輯，很快就忘了過程的辛勞和折騰，瞧！我們是多麼地容易滿足。簽名背後其實意謂著一種對職業尊嚴的肯定，但只有老派的人知道。

也許和年紀有關，過去不在乎的事，現在變得在乎了，而且不喜被冒犯；過去貪戀執迷的，卻忽然雲淡風輕。人到中年，應該要展現的是尊嚴和風度，對於義與不義應該要能更清楚的分辨和堅持。我希望自己能做到。人格者經常不是那麼務實卻也不那麼汲汲營營，也因為他們的存在，讓人對所身處的社會，還能懷抱一點希望。

二〇一七年四月十日

中午和幾個朋友陪彭教授吃飯，第一次知道彭教授一年四季都喝冰開水。他說：水喝到肚裡就變溫了。慧蘭姊提醒他發表會那天是我的生日。他說：我知道，我有情報。然後，就笑了起來。

二〇一八年九月十一日

來聽「大地之歌」音樂會，詞曲家陳維斌醫師的作品，台北室內合唱團演唱，一場優美溫暖又有著濃濃台灣情懷的音樂會，它讓我想起一些日漸淡忘的情感，也拉近了我與台語語彙的距離。語言非常奇妙，尤其當你聽母語，說母語，有些情境就會重現，歌詞中不時出現的疊字，我想起來，我小時候就是這麼說的。陳醫師是另一種台語歌曲創作的典型，融入了鄉愁，土地，青春的情思，以及無所不在的童心，聽起來有微微的心酸，但還是透著歡樂，來自土地給予的慈愛，很棒的音樂會，我居然坐在第一排，特別有感。音樂會上巧遇彭明敏教授，非常興奮，精神很好，自從《寫給台灣的備忘錄》台中場新書發表會後，我就沒再見到他了。音樂會結束後，我陪他走到了大廳的迴廊車道等車，沒特別聊什麼，慢慢走，只是陪伴，我問他聽了兩個小時的音樂會累不累?他說不累。他則問我忙不忙，我說一樣，無非是出版的瑣事。車子來了，上車後，他搖下了車窗，伸出了手，我上前握住，要他多保重，他的手，非常溫暖。

我後來才知是我最後一次握他的手，回憶靜止在這一刻。

9 我的拉麵驚奇之旅

在我開始編輯《拉麵的驚奇之旅》（原名*SLURP*）時，我從沒想過吃拉麵是一種獨特的體驗，不過就是吃一碗麵罷了。同樣地，我從也沒有想過拉麵如何變成日本的國麵，變成國際行銷日本的利器，以及背後的發展歷史。

於是，一蘭拉麵來台灣開設分店時，我很好奇這家起源於日本九州的天然豚骨拉麵品牌，到底有何神奇之處？書裡作者顧若鵬描寫他無意間進入一家日本拉麵店，安靜無聲，掛有簾子，看不到其他客人進食，也看不到工作人員，像是進入修道院的感受……。我只能想像，直到昨天和老卜終於進到店裡吃拉麵，才真正見識到。也許天冷下雨，還不到正午，排隊人不多，比起剛開幕時的人龍，算是可以忍受的程度，排隊吃飯這件事，我向來很排斥。

一蘭拉麵座位的設計是每個人獨坐，面對出麵口，桌面設有服務鈴，也無法和鄰人交談，據說是讓人專心享受拉麵的滋味，你只要一直吸麵發出 SLURP SLURP 的聲音就好。老卜從隔壁座位上說：像是監獄的感覺。還好空中可以傳音，不必打摩斯密碼。的確像是電影裡囚犯會客的場景，連小房間裡用餐的空間都很像，但沒看到獄卒。

吃麵固然是很個人的行為，但這樣的設計靈感是否真和監獄有關？是怎麼開始的想法？不理解，但顯然是行得通的，不然也不會來台開分店了。當然，你可能更關心的不是這種吃麵的儀式行為，而是更根本的，它的拉麵好吃嗎？我細細地嚐了湯頭，雖然無法細緻地分辨出滋味的層次，但的確是不錯的，看起來濃郁飽滿的湯汁其實還是清淡的，麵本身柔軟有彈性，圓細一致的麵條寬度，毫不含糊，真是功夫。我忽然想起第一次吃到拉麵是在公司附近的拉麵店，來自北海道札幌的樂山娘。那時只覺湯頭雖有滋味卻很鹹，麵的寬度？想不起來了。公司附近的樂山娘後來也從街角消失了，拉麵戰爭，無所不在。

一蘭拉麵好吃嗎？或特別好吃嗎？我說不上來，好吃與否的評價，是否也會把排隊時的醞釀期待等心情加進來？這種天候，進到店裡想喝一杯熱茶，麥茶或綠茶都好，飲水機按出來的卻是冷開水，忍不住打冷顫。架在碗邊的湯匙固然有創意，免洗筷子讓麵湯有些失色，可惜。但麵還是不錯的，也許下次吃別家時，會開始比較了。

出版了一本書開啟了自己的拉麵品味之旅，始料非及，不過多了體會，也是異想不到的收穫。

10 又見樂山娘

三十四點八度的中午，踱進中山北路一段的巷子，喝一杯冰鎮的清酒，剛好。

和康大編午餐，似曾相識的店招，竟然是前一陣子才念起的樂山娘拉麵店。進到店裡，日式的素樸餐桌椅，也帶點歷史感，安靜空落的座位有沉靜氣味，適合談天，談事，小酌。我問掌櫃的老闆娘，這間店多久了？是從南京東路二段的巷中搬來的嗎？老闆娘說：不是，另外那家樂山娘原址原店頂給別人了，店名也改了。原來如此。

認識康大編剛好就在他出版了《編輯七力》之後，邱奕嵩約午餐才認識，慢慢地熟起來，也沒什麼特別目的，只是年齡相仿，也都是編輯同行，有時交換工作甘苦。奕嵩的晚上常有活動，兒童不宜；康大編的假日都在爬高山，我也不宜，於是中午成了我們三個人的不定期聚會，有時他們從南京東路一段走過來，有時我走過去；不，是坐公車過去。半個月前，康大編突然問我，他寫的新書，《深度報導寫作》我有沒有興趣出版？我有沒有興趣？當然有興趣啊，開什麼玩笑！不過，我還是有點不相信這是真的。

這種不真實感就像午後這條安靜的巷道，一間消失已久的日式拉麵店忽然又出現在眼前，應該出現在夏日的高溫，讓五月的街道因此氤氳朦朧了起來，真像幻境。然而，要編《編輯七力》作者的新書，我倒底有幾力呢？我開始冒冷汗。看康大編的編輯歷程，真是轟轟烈烈的壯旅，《經濟日報》，《中國時報》，《數位時代》，《壹週刊》，《今週刊》，一直到今天的《財訊》，每一次的經歷，都有不同的切入和進境，和他相比，我從頭到尾只有一招使來使去的亢龍有悔，一式到底，工夫用老。

拿到書稿後，我利用空檔讀完，一邊讀，一邊吸收，有一種狂喜，找時間再來實作，也許佐以卡普欽斯基，或有大成的一日。圖書編輯最快樂的地方在於比讀者先睹為快，但痛苦隨之而來：該如何把書推出去？不過，今天只是喝酒，就像一場平日的上班族午餐。

11

雨中跳島前進書店

想起要給詩人的書還沒給，趁午後微陰出門，感覺有點飄雨，懷著僥倖，覺得雨不會那麼快下下來。上了公車，已可以感覺到雨聲，等到公車轉到松江路上，往前方望去，路的盡頭，台大的方向，已在黑雲籠罩之下，馬路上已有積水，顯然雨已經開始下了。已經來不及回頭了，只好在車上養神，盤算著下車後該怎麼在大雨中衝過人行道，再進到騎樓躲雨。

車上的時光，看一整條南北向的馬路，不同的天色，不同的雨勢，還是有某種興味，確實是夏天無誤。行進間的車子，濺起的水花，呼應不斷擊在車頂的雨聲，真像是擊鼓，有殺伐的威勢，我不懂自己為何選在雨就要開始下的前刻，離開乾燥空調的辦公室。我很希望下車時雨勢變小。結果不然，雨更大了。下車的地點離書林書店很近，決定先到書店躲雨。大雷雨中的書店，流曳著爵士鋼琴的琴音，心境與環境上，有極大的反差，這種反差又有某種和諧，讓人更專注在書店裡。第一次我認真看書店中的書，大部分是原文書，但還是覺得親切。二樓的閱讀區，傍著明亮的窗戶，也可看清雨勢，星期一下午的書店只有我一人，突然有不知是幸福還是悲哀的感覺。雨勢小的時候，我決定離開。

離開馬路，轉進巷子，雨又開始大了，只好又進書店躲雨，到了雅博客書店，看到幾本允晨的新書已成二手書在書架上，也看一本古龍的《名劍風流》，可惜不成套。不停地換書店躲雨，是一種新體驗，繼續往下一個書店前進，好像進行某種跳島行動，在台灣，在下雨的時候，你都會為這有著騎樓的城市感恩。雨勢稍小時，我折回便利商店想買把傘，不過一場大雨，便利商店的傘遭秒殺，傘總是在雨天賣得好，我真希望自己作的書也能像是一場及時雨。冒雨前進，像個士兵，終於來到了明目書店，老闆正把騎樓下成箱的書搬進店裡，我把要給詩人的書放在櫃檯，買了兩本新發行的書，就離開了。

很久沒走進溫州街了，雨中看到「在路上撿到貓」的招牌，明亮溫暖，決定讓自己暖和一下，我不是貓，比較像閒晃的老狗，推開咖啡館的門，波西米亞的氣味，一下子又把我帶到了巴黎左岸，我在中年迷失的咖啡館，繼續躲雨。雨一時沒有停的跡象。

12

中年的街頭

我趕到阿華沙魚烟時剛好六點，店家開始準備收攤，而我則吃了最後一塊的沙魚烟，滋味因此特別深長。

朋友說今年還沒見面，就約在這裡碰面，他聽我提過，卻沒來吃過。當初約了六點是下班時間，完全沒想到也是店家打烊的時間，我直到收到朋友的簡訊，才趕快換搭計程車前往，到的時候，他早已獨自享用多時，杯盤狼藉。

我們不算是太熟的朋友，偶而聊天交換人生的故事，更多的是困惑或感喟，並不真的期待得到什麼解方，頂多只是一種壓力的宣洩。我們是完全不同的人生路向，和完全不同的背景，純粹是地域和年紀的相鄰，把我們拉在一起，奇怪的是，我們可以很淡然或隨意著交換著生命中暗黑的秘密，在飲下一口啤酒之後，就隨之淡去。我覺得自己這幾年變得比較不同，比較像酒，有點厚度，生活的壓力讓我們異化成沒有想過的自己。幾年前，曾請一位老大哥寫一本中年的書給我，一直沒有寫出來，忽然自己也來到了中年，絮絮叨叨說著中年的瑣事。

生活永遠不會像表象所見的光鮮，朋友自問自己的人生賺得什麼？一蹋糊塗，我說。其實我自己也是。他說：你這輩子注定要成為幫人圓夢的人，但那是別人的夢，我們兩個人是「一蹋糊塗」組。糊塗有時是好事，清醒太痛苦。這也是為什麼我們又坐在這個街角的原因。他說他去年最高興的事是認識我，我手上的杯子並沒有掉下來，陪你喝酒，得到這一句，也是應該的，我心裡這麼想。

我們在太平永樂的路口分手，他往大橋頭走，我往雙連方向走去，雨還沒開始下，還可以走一點路。我走過文昌宮時停了一下，文昌宮輝煌的廟宇完全不是小時候的印象。當然，也沒有了火車和鐵軌。然後，我繼續往南走，在捷運中山站裡，身前走過一對優雅的年輕壁人，定睛看，竟是佶洋和他的新婚妻子，我忍不住對他們說：你們為什麼老是要跟著我？我想起初見時那坐在牙科椅上的女孩，如今成了他的愛侶，衷心為他們高興。

回到家時看到桌上的割包，才意識到今天是農曆尾牙。

13

說故事的人

到政治大學參加「文季五十週年研討會」，帶自己的新書去送給高中同學和老曹，老同學提了兩袋蓮霧來，一袋給老曹，一袋給我，我則送書給他，以物易物。他拿起來翻了翻：這麼厚？還有沒有別人寫的？出書是考驗友情的開始。

我下午才到會場，老曹已待了一天，旁邊坐的是高瑞穗老師。我一開始沒注意，只顧和老曹說話，拿書給老曹，他又掏出一千元給我……。我高中的時候，從來也沒想過有一天會賣自己的書給老師。

好久沒來看尉老師了，感覺又更瘦了，目光少了往日的神采，不是淩厲，而是那種意氣風發的神采。尉老師談唐文標的論爭，我大約都聽過了，一邊聽，一邊翻著他過去寫的書，《到梵林墩去的人》，《眾神》……，尉老師自認自己這篇小說寫的最好，但《眾神》裡的文學評論也很精彩，他批評的眼光，從來就目光如炬，現在依然是老驥伏櫪。

坐在後頭，和久違的任之聊著，我完全不知他在台灣，稍早遇到季季老師，她還問我：有沒有看到可可？可可？人不是在香港嗎？孫萬國教授談顏元叔教授當年的往事是很有意思的，我想起顏元叔，我在手上的《西洋文學批評史》就是他引進和翻譯的。台灣要往哪裡去？台灣人能去哪裡？一直是個躲不開的命題。去了歐洲美國，我們就能融進當地社會嗎？我不知回到中國的顏元叔最後是怎麼看待自己的一生？

研討會結束前，尉老師突然要他的老朋友老曹起來說話，我想老曹心裡的感觸一定很深，兩個文友相識於《筆匯》時代，交情超過五十年。也是老曹，把尉天驄，陳映真，黃春明，七等生，警總……帶進我們的高中課堂上。啟蒙，從那時開始。心情有點激動的老曹說他只是一個在高中課堂上說故事的人，如今有人記得他，只是因為他教了兩個學生，黃哲斌和廖志峯，在書裡頭提起他……。老曹提起往事，曾有朋友問他：尉天驄家裡是開餐館的嗎？當年的文壇其實只是一張大餐桌，尉老師的俠氣豪氣，可見一斑。我記得尉老師曾說過一次餐會，餐桌上老曹對文友中的某位發言，覺得不對味，就先離開了，那次餐會中的一些人都先後被警總約談，大概是陳映真第一次入獄之前的事。

結束後，陪老曹搭計程車離開，換乘捷運，我要趕著去看優人神鼓的「墨具五色」，老曹則要趕回家，車上聊往事逸事，他提起一位很優秀的學長，畫家廖石珍，五十三歲就過世了，很可惜，看不到他後來的發展，他說有一次，他為了買畫支持這位藝術家，第一次向出版社提出結清版稅的往事……。老曹具體教過我什麼嗎？我不確定，他只是一直說著這些故事給我們聽。

我們後來在捷運月台分手，八十歲的老曹快步跑進即將關門的橘線列車，那身影就像當年我從中正樓上的教室看著騎著腳踏車到學校的老曹，翻身下車的英姿。

14

冷槍

鄭自才先生到辦公室來看《刺蔣——鄭自才回憶錄》的藍圖，即使到了藍圖階段，校稿的細節仍然一處一處修改，我也耐著性子任他修改。合作過程中，見識到了他溫和的堅定，我於是也放手了，不然書應該做不出來。

我怎麼會認識鄭先生？第一次見面應該是在周婉窈老師《面向過去而生》的發表會，地點在蔡瑞月舞蹈社，沒什麼交談，拿到名片時我愣了一下，這個溫文儒雅的老先生，就是那個刺客嗎？我幾乎遺忘的歷史事件。去年十一月中，有一天接到陳耀昌醫師發來的訊息，說他有一位朋友要出書，問我有沒有興趣？我問是哪一位？鄭自才。咦！他終於要寫出當年刺蔣前後的秘辛了嗎？陳醫師補了一句，書稿我沒有看喔。我說，我來聯繫。然後，有了這本書。

刺蔣案已將近五十年了，蔣經國逝世也三十年了，他逝世那天，一月十三日，我從來沒忘記，因為那時開始服兵役，放結訓假時被緊急召回，我因此少了一天假。這本書的重要不只在於黃文雄先生扣手槍板機擊發的那一槍，那一槍，一般狙擊手稱為「冷槍」的一槍，沒有擊中，只擊中紐約廣場飯店的大門玻璃，但它的影響和發酵，都在後來，而受直接影響最大的是當事者本身和家屬。在台灣人爭取民主運動的歷程，這一槍的歷史意義又是什麼？編輯的過程中，我想起《史記》的刺客列傳，司馬遷為何在他的史學力作中別出刺客列傳呢？他的心情是什麼？他又放進了什麼樣的春秋義法？

我不會過多或過度闡述。閱讀的想法，始終歸於讀者。然而，這是一本重要的書，我很高興我有這個機會出版。這些年來，我出版的書很少是甜美愉悅的，我清楚必須把握有限的出版生涯，留下重要的作品，不一定是文學或美學意義的，但至少有文獻的價值；而文獻的價值難以衡量，它將超越個人的生命。

校藍圖花了很長的時間，到了中午近一點時，鄭先生終於放下手上的稿子，問我他可以休息一下嗎？他想到樓下小七買點東西吃，吃完繼續校。我聽了覺得自己太失禮了，我不好意思打斷他，反而讓他餓著肚子工作。我說：鄭先生，你吃豬腳嗎？公司附近的知高飯很好吃。他說，好。我想起了上次在春梅子，我們有了一頓愉快飽足的晚餐。作者樂意接受你的飯食安排，是很難得的，我曾遇到作者無論怎麼安排或處理，都不滿意，並有許多後話，我慢慢地也就淡了，落花不是無情物，但編輯也不是木頭人。

《刺蔣——鄭自才回憶錄》真正說的，不只在「刺蔣」一事，而是一段青春往事，和台灣知識分子的憤怒與追求。

15 台北假期

預估錯了塞車時間，所以提早了一個小時到桃園機場接索爾孟教授，這個時間也是他過去抵台的時間，不同的是，過去陪我接機的朋友已經調去美國，有些孤單和心虛，回台北的路上，我就只好用蹩腳的英文和索爾孟教授說話，只有我們兩個人。

五年不見了，上次來是二〇一三年五月，他出海關，一個溫暖的微笑，瞬間又拉近了距離，彷彿他昨天才離開，他總是趁訪問韓國之便來訪台灣；在韓國，他像巨星被包圍，採訪不斷，他很高興來台灣，可以鬆一口氣。我對他說：這是你的台北假期。

我們在車上漫談談這幾年的變化，談我們的初識。他這本新書，我已先寄到紐約給他，他說他已請懂中文的朋友看過，他很滿意。倒是他太太對作者照片有意見：這張照片已經是十年前了。

索爾孟教授說，這張很好，而且是屬於志峰的版權。我們在巴黎初見時，用我的二手徠卡相機幫他拍了這張，我大概也不能再拍得更好了。

從環河北路的匝道口進入台北，他說台北好像沒有什麼改變，我說是的，但我喜歡這種安靜。西北區的這段，是變化比較少的，他說他一九七四年初訪台灣，我說，那年我十歲。和索爾孟教授聊天，其實是很容易的，我總是說出我真實的想法，我的問題在於辭彙太少，讓我少了進階的探問。他問我去過韓國嗎？我說我只去了坡州，三天之後回台灣，幾乎哪裡也沒去。

他習慣下榻晶華酒店，他喜歡安靜，優雅，不過度的服務和不炫麗的裝潢，走進飯店房間時，他很高興一切都沒變。我問他知不知道法國導演盧貝松以晶華酒店為背景拍了一部電影《露西》，他說他不知道。我說那部電影其實看不太出在晶華酒店拍的，可惜了這優雅。

我讓他休息一會兒，一個小時後帶他去朝思暮想的鼎泰豐。酒店附近有一家鼎泰豐，我建議他走路，我說這種天氣很好。他欣然同意。他也喜歡走路，走路讓他觀察。我對他說鼎泰豐沒有得到星星，他說，Who need stars。我們看法相同。路上看到 UBIKE，他還停下來，研究一下，他說巴黎也很多。我開玩笑地對他說：等會兒你可以騎腳踏車回飯店。

星期四的夜晚，才六點半，鼎泰豐人多，要等四十分鐘，服務人員要我們去逛逛再回來。我看著他問，你要等嗎？他說他不知道，當他說不知道的時候，其實就是「不」。我想了一下，決定帶他去吃高記的生煎包；尉老師用來拖稿緩兵的生煎包。

高記的中山店用餐環境不錯，也適合聊天，我們只點了幾樣菜，應店員推薦的排骨湯，反而是他不喜歡的，我該相信自己，他說這是適合冬天的。我們繼續聊，聊施蘭芳老師，聊他女婿Olivier Tallec，聊嫁到法國Nancy，聊劉霞的下落，聊廖亦武……。他在巴黎見過廖亦武，覺得他的作品很好，他問了市場的反應，我大概說了。他也問起曾見過的小說家李昂和林懷民老師，我說雲門現在搬到淡水去了。他問我還做哪些法國作家的作品？我說了馬克費侯和蒙迪安諾。他說他都很熟，尤其馬克費侯，其實我應該多問，因為我沒見過這位年鑑學派的歷史大師。關於蒙迪安諾他倒是說了一些看法，他說蒙迪安諾很害羞，上電視節目幾乎都不說話，不說話反而成了招牌，他還說蒙迪安諾到藥房買藥的機率比到超市的機率還高，我忍不住笑了起來。

餐後，我們散步回飯店，我們又隨意聊了一些，我其實不知道我們有這麼多事可以談，在酒店門口，他說我很幸運遇到我老闆，我說是的，所以，我也很難換工作。不過，他又補了一句，讓我哭笑不得：It's too late,anyway.

16

再見索爾孟

送索爾孟教授到機場，他還要到日本的大學演講四天，他說自己也不知為何受到日本和韓國這麼多邀約，在報到櫃台前，我對他說：抱歉，我忘了帶護照，不能陪你去了。

四天來，和索爾孟教授吃了三次晚餐，兩次午餐，好像說了很多話，也好像沒說什麼，我嘗試了解他的思維方式，希望自己也有那樣的智慧，冷靜，清晰，和全面。我沒辦法和他談很深入的話題，但還是可以交換一些意見和想法，這可能是從事出版工作最大的收穫，我感覺自己有些不同，仍保持著一種前進和吸收的狀態，即使現實面，不管在身體精力或市場反應上呈現的是全面衰退，但這樣的狀態也同時讓我和有些朋友的距離越來越遠，看來是兩難。

晚餐經常只有我們兩個人，我們聊起普魯斯特，他說如果不是生了大病，或無法走動，一般人很難讀完《往事追憶錄》。我問：法國的年輕人讀這部鉅作嗎？他們只讀第一本，他說。我好一點，我讀了第一本和第七本。我們也聊起了翻譯的問題，我說如果你的書以英文來翻譯會容易多了，也較好讀。他說他有時看自己的英文譯本，他覺得陌生，因為那不是他的語法。索爾孟的敘述和語法沒那直接，比較曲折和婉轉，總會讓你想，他真正的意思是什麼？即使合作那麼多年，我有時也想他真正的意思是什麼。他經常意在言外。

我們也聊起他初訪台灣吃過的餐廳，他說了 Fish resturent，我想了半天，就是想不起來台北哪家餐廳是這個名字？推敲許久，忽然靈機一動，大聲說：是不是海霸王？他說是。我想，說得出海霸王的大概都有一定年紀了，我這一輩偶爾會去，再往下就難了。他問：餐廳還在嗎？還在。都是誰去呢？大部分是老人，我說。老餐廳，老侍者，老顧客。

四天對我來說是漫長的，但也一下就過去了。索爾孟不只是學者，也是多國多報多語的專欄作家，美國，法國，西班牙，波蘭，韓國，日本等……。我其實想藉他的筆讓更多人知道台灣，當然，我不知他會怎麼寫？寫什麼？他有時也對我說在韓國的見聞；也許他到了日本，也會說說在台灣的見聞。

前往機場的路上，車子少，城市十分安靜，他問人都到哪裡去了？我說大概在郊外或餐廳吧。不上教堂嗎？我愣了一下，沒閃過這個答案，如果週日去的地方是教堂，那辦公室就是我的教堂。

道別時，索爾孟說我像是他們的家庭朋友，我不知是不是，不過和他在一起時，我總保持著學習，我害怕的是盲從和無知，更嚴重的是，我沒有足夠的自信。

17

淡水暮色

離台前一天，和廖亦武沿著淡水河邊走，是巡禮，也是道別，這種乍暖還寒的天氣，雨絲不斷，正是熟悉的春日氣候，我們很自然地就走到有河書店前，想和店主打招呼，但鐵門緊鎖，門前一落報紙，原來今天是星期一，書店公休。

星期一的河邊，遊客稀稀落落，十分安靜，像極了三十年前初到小鎮求學的情景，我們沿路走，沿路聊，聊他的作品，聊共同認識的朋友，我們也聊到「無恥」這件事，他說，如果「無恥」是你說的，情節不重大；如果是我說的，那就肯定是無恥了。我完全同意。對於真小人和偽君子，他認為真小人還是可愛多了，因為你知道他要的是什麼。這個道理我懂，但我經常只想轉身走開。

我們走到了馬偕上岸的地方，我對他說，當年初到淡水唸書時，自己經常隨便亂逛，有一天逛到了真理街，狹仄的真理街上，一側是肅穆清靜的教堂，一側是簾幕半捲的夜冬梅茶室。當時是下午，我什麼也沒看見，只覺得有意思，好像上帝站在一邊，人間在另一邊。看到馬偕銅像，我很自然地帶著他去看淡水最老的學堂，建於光緒年間的牛津學堂，在淡水街上，你無時無刻想到的人是馬偕，這個來自加拿大的長老教會傳教士，幾乎是這個小鎮的靈魂；至少我當年在河邊晃盪時，是這麼感覺的，一直到今天，都沒有改變想法。

牛津學堂旁的淡江中學，他倒是有印象，他說是周杰倫拍電影的地方。其實，當年我如果仍留在淡水，我倒是想到淡江中學教書，不為了什麼，只為這片山水。那時的淡水，處處是遺世獨立的祕境。我不知他是否有興趣聽這些瑣事，我們就這樣一邊走一邊聊，他突然說起《吆屍人》中他最喜歡的故事，是遺體化妝師的故事，他對化妝師把工作當成藝術的行為感到一種崇高和尊敬，而這樣的藝術也是極短暫的存在，幾乎少有人正視過。我沒想過這種短暫的藝術，就像我很少注意起別人的謀生方式。這個化妝師令他難忘的原因，也是因為他醉倒了七次，才訪得的一個完整的故事。

我們在河邊的領事館晚餐，學妹文倩做東，照例還是喝起了高粱。我問他最喜歡的酒是什麼？

自然是我們四川的酒。四川有什麼酒嗎？劍南春。啊！劍南春，我很少想起這支酒，不過，我慢慢有感覺，喝烈酒的人別有一種粗獷，有一種特別的姿態或質地，至少，我在廖亦武身上感覺到這種爽直的性情，他從不委婉，雖然，他老叫我老闆。這晚，有智帶著他的女友特地趕來相聚，我覺得我的工作告一段落了，三個月來第一次感覺到放鬆，很自然地感覺到酒意和睡意湧來，像餐廳外的潮聲。

在捷運車廂中，我們各自昏沉睡去，有人拍下了照片存證，我陪廖亦武坐到中正紀念堂站下車，他換新店線回寶藏巖，我反方向回台北車站，再回基隆，我就在捷運站裡和他道別，沒有多說什麼。他轉了一瓶高粱酒給我，我想我會留著，下回來，新酒也就陳年了。

18

致我無知的青春

直到今天，二〇一七年七月十五日，我才開始想解嚴這件事，三十年過去了，我想到的只是青春，我從不是特別有知覺的人，只對文字敏銳，喜歡文學，我真正對職業學生反感是有一天，一位學姊來到我住宿的地方，問李元貞老師和施淑女老師上課都在上什麼，有沒有提到下課後聚會等問題……，到底在說什麼！我完全不明白。我有點生氣：沒有啊！你來上課就知道了。我怒，因為冒犯了我的曉風殘月世界。這位中文系的學姊如果是學長，我不知會不會吐他口水？

有一晚，我在水源街上的書攤工讀，小鎮警察騎著摩托車來到攤位，翻書，盤查我的身分，說：有人檢舉你在賣禁書。我拿出了學生證，還好沒被沒收，他沒看到可疑的書刊，又騎走了，沒再來過。這兩件事讓我記憶深刻，但我還是躲在淡水的山上，自覺與世無關。宣布解嚴的那天，我其實並沒有特別的感覺，我只覺得心情沉重，因為即將入伍，服役的兵種是憲兵，後來因為某種因素，我離開訓練中心，九月中又重新入伍一次，那一年正是一九八七年。然而，蔣經國過世時我是真的有感覺，那時剛受訓完有結訓假，假還沒放完，就被取消，召回部隊。

我的政治啟蒙，要到我編輯《解構黨國資本主義》開始；而我的社會關懷，到立法院當國會助理開始。我完全遠離了正規的中文系道路，栽進我沒想過的世界。我有時不知道自己該選擇清醒的痛苦，還是混沌愚昧的過日好？這個問題要到終了的時刻才能回答。

解嚴三十年的這一天，來到青藝埕的輝敏書室，和一群新朋友聊著三十年的青春往事，果真百感交集，尤其，現場播放的正是當年紅遍全球的單曲，U2的With or Without You……。不過，我更感興趣的是另一個話題：禁菸。我突然發現滿室的人最懷念戒嚴時期的事是，抽菸的自由。我忍不住和他們分享筒井康隆的小說，《最後的吸菸者》，吸菸者最後竟成了需保育的動物……。

過後，我走回迪化街，在一個朋友老家的樓下，吃著大腸麵線，吹過長街的風，開始帶點涼意，沒想到自己會這樣過了一天。吃完後，往車站的方向走去，赫然發現，由名建築師李祖原設計監造的新圓環竟然完全拆除了，二億三千萬，啟用幾年，就這樣拆除了，煙消雲散，只剩下日治時代的消防蓄水池，像一隻地上的眼，冷眼看著時代的荒謬。我站在池邊，完全不知該說什麼。

19

時代的課本

到了八月，仲夏夜的風開始有著一種清涼意。知道八月的風不同，是多年以前，剛到憲兵新訓中心不久，一次父親到中心會客，對我說，夜裡，風就涼了。記到現在。

父親過世多年，家裡仍然留著他當年讀台北工業學校時的課本，捨不得丟，這些書的壽命，已超過七十年，算是家裡真正的古董，只是日文我完全看不懂，無法從中學習，這些書不是文學名著，只是電氣類的教科書。父親一直很寶惜，有時也看他翻著。記得以前唸書的時候，唸得漫不經心，課業成績不理想，叔叔就會嘆氣：有機會唸書，就該好好珍惜，你父親當年如果不是因為家計，提早離開學校，發展應該會不一樣……。

從小就覺得父親是個認真的人，總是在工作，除了酒和菸，不太有其他享樂，然而，他這一生與成功無緣，甚至六十歲時就中風臥床，所幸，又陪伴了我們二十年。我總覺得他身上帶有許多時代的謎和故事，他出生時是日本殖民下的台灣，日文是他當時的國語，我從沒機會好好和他聊這段的心路歷程；他到底怎麼看呢？他對日本的想法又是什 麼呢？等我比較認真思索這些問題時，他已不太能說話了。我有時想，我如果也能懂日語，或許他會和我多聊一些那個時代的事，於我，日語不可言說的魅力，在於它開啟一道時代的暗門，很多人事在那門後繼續活動著。但我明白得太晚。我第一次看到昭和一詞，是小時候和父親去掃墓，祖先的墓碑上刻著，昭和五年冬修。我問父親：昭和五年？那是哪一年？

我們的生命從父親開始，命運也同時埋下伏筆，不同的父親，又引生不同的故事，甚或不同的認同，彼此交錯，成了難以理清的線團。父親也是許多作家創作的源頭，像法國作家蒙迪安諾，終其一生，他也只想還原父親的時代和父輩的遭遇。也許有一天，我也會寫我的昭和時代，只是主角不是我。

生活美學014

流光·散策

作者：廖志峰
發行人：廖志峰
執行編輯：簡慧明
總校訂：胡慧玲
美術設計：劉寶榮
法律顧問：邱賢德律師

出版：允晨文化實業股份有限公司
地址：台北市南京東路三段21號6樓
網址：http://www.asianculture.com.tw
e - mail：ycwh1982@gmail.com
服務電話：(02)2507-2606
傳眞專線：(02)2507-4260
劃撥帳號：0554566-1

印刷：中茂分色製版印刷事業股份有限公司
裝訂：聿成裝訂股份有限公司
初版日期：2023年8月

定價：新台幣399元
ISBN：978-626-97425-4-7（一般版）
ISBN：978-626-97425-6-1（簽名版）
本書如有缺頁、破損、倒裝，請寄回更換

國家圖書館版品預行編目(CIP)資料

流光．散策/廖志峰著. -- 一版. -- 臺北市：允晨文化, 2023.08
面；　公分. --（生活美學；14）ISBN 978-626-97425-4-7（一般版）
ISBN 978-626-97425-6-1（簽名版）
863.55　　112010003

流光

散策

流光

散策